大鱼

有爱的青春陪伴者

过来打个架，还要先干了这碗狗粮？

盟主么么哒

林音
/著
Linyin Works

百花洲文艺出版社
BAIHUAZHOU LITERATURE AND ART PRESS

图书在版编目（CIP）数据

盟主么么哒 / 林音著. -- 南昌：百花洲文艺出版社, 2018.12
ISBN 978-7-5500-3067-1

Ⅰ. ①盟… Ⅱ. ①林… Ⅲ. ①言情小说 - 中国 - 当代 Ⅳ. ①I247.5

中国版本图书馆CIP数据核字(2018)第247977号

盟主么么哒

林音 著

出 版 人　姚雪雪
责任编辑　余丽丽
特约编辑　廖　妍
装帧设计　颜小曼
封面绘制　Cain酱
出 版 者　百花洲文艺出版社
社　　址　江西省南昌市红谷滩世贸路898号博能中心A座20楼　邮编：330038
电　　话　0791-86895108（发行热线）　0791-86894790（编辑热线）
网　　址　http://www.bhzwy.com
E-mail　bhzwy0791@163.com
经　　销　全国新华书店
印　　刷　长沙鸿安印刷有限公司
开　　本　880mm×1230mm　1/32
印　　张　8.5
字　　数　226千字
版　　次　2018年12月第1版
印　　次　2018年12月第1次印刷
书　　号　ISBN 978-7-5500-3067-1
定　　价　36.80元

赣版权登字：05-2018-315

目录

「第一章」
长腿女侠的传说
盟主，你是不是看了那本《掌门，宠我》？
001

「第二章」
和盟主同床共枕
盟主居然抬我下巴了！他是不是要吻我了？
020

「第三章」
八卦阵里的幻影
堂堂武林盟主，愿意嫁进咱们魔宫做男宠吗？
037

「第四章」
还不是因为爱你
我做的一切，还不是因为爱你！
057

「第五章」
反派死于话多
盟主，你为什么对我如此冷淡，把宠爱都给了别的丫鬟？
075

「第六章」
没有人能替代她
盟主爹毛的模样真有趣，
像个口是心非的小媳妇。
097

「第七章」
盟主相亲是大事
咱们志同道合，成亲以后肯定会成为方圆百里
有名的模范夫妻。
116

「第八章」
我给过你机会了
盟主咬过的点心更好吃呢。
135

目录

「第九章」
答对所有送命题
盟主，你醉得一塌糊涂，抱着我的腿又哭又闹，说此生非我不娶……
155

「第十章」
想就这样抱着你
唐俏俏，你能让我的心甜如蜜，又能让它痛如绞。你或许不是天下最好的，却是我心中最特别的。
176

「第十一章」
他一开始就在布局
教主恕罪！不是属下太无能，而是敌人太强大！先走一步，后会有期！
197

「第十二章」
恋爱的酸臭味
我会追随你到天涯海角。名利地位不重要，我只要有你就好。
221

「番外一」
慕容月辰和杨如意
245

「番外二」
翠花的皇后梦
250

「番外三」
浮世相思
253

「番外四」
左护法凭本事单身
255

「番外五」
偷来的初吻
259

..第一节..

一大早，沧明山庄就闹得不可开交。

无数绝色美男站在微寒秋风中，满面怒容，手中宝剑嗡嗡作响，杀气四溢！

为首的男子白衣委地，墨发齐腰披散落下，他手持火把，火光映上他绝世无双的俊颜，眼瞳里流转着的不知是火焰的倒影，还是即将喷薄而出的浓重怨愤。

此人正是武林盟主——岳清河。

他丢下火把将面前大坑的书全部点燃！

熊熊火光映得他俊颜有些狰狞，与书皮上的绝美画像差距颇大。

今天是江湖第一才女“长腿妖艳采花贼”的新书发布日，别问为什么叫这个名字，那女贼就是如此厚颜无耻！岳清河不肯念出这肉麻拗口的名字，便直呼她为“短腿妖贼”。

说起那女贼，可是无人不知无人不晓的神秘人物。

她写得一手好文，每本书的女主角都是她自己。这本写华山派掌门调戏良家妇女被长腿女侠逮到游街示众，那本写武当派弟子偷人家包子被长腿女侠抓住暴打。

流言传得多了，那些虚构的故事便被人信以为真，将她当作路见不平的巾帼英雄。

各道早已忍无可忍，苦于无法得知那女贼的真实身份，一时拿她没辙。

这也倒罢了，偏偏那女贼将所有人都写得歪瓜裂枣，唯独将岳清河比作清风朗月。

多大的仇？

手下又拖来几个麻袋放在岳清河面前，跪在地上小心翼翼观察盟主的表情："盟主，我们去晚了，大部分已经被抢购一空。就剩下这些了……"

岳清河从牙缝里挤出一句话："那就给我抢回来！绝不能让别人看到这些东西！"

"是！"手下齐齐应答，然后飞身消失。

岳清河命人将麻袋倒入火坑，书页很快变成焦黑，化作灰烬。

身后模样清纯的圆脸小丫鬟于心不忍，帮着求情："盟主，这书可是长腿妖艳小姐姐的珍藏版！烧了太可惜啊……"她不明白，书中将盟主写得俊逸不凡，令天下女子痴狂，盟主为何愤怒呢。

岳清河恨恨道："什么长腿妖艳小姐姐！我看她就是一个'土肥圆死秃头'！"

一直没说话的武当派掌门脸色微变，摸了摸头上乌黑亮丽的假发，轻轻咳了一声。

岳清河自知失言。武当派掌门年轻时痴迷练武，长期熬夜导致中年秃顶，大家顾及武当掌门的面子，从来不敢提"秃头"这两字。岳清河深吸一口气，尽量压制情绪。他太生气了，那个女淫贼居然连他的内裤款式颜色都写得无比详细，仿佛亲手扒下来看过！

岳清河回眸瞪那丫鬟一眼：“你敢为她说话，我现在就杀了你！”

丫鬟不敢多言，只是心痛地望着火坑，眼中似有泪光闪烁。

火坑旁的美男都是遭到魔手的武林人士，此次前来，希望与岳清河联手捉拿那女贼。

“岳盟主，再不找到那女贼下落，不知江湖中又会流传出怎样的谣言。”青城派大师兄合上折扇，眉头紧皱，“上次书中将我写成进出青楼的花花公子，还与那女贼谱出一段露水情缘。家师看了暴怒，命我将那女贼捉来鞭打百遍！可还没找到她一根毛，她在江湖上就放出话来，下本书的男主角是我师父、师叔。我师父、师叔年事已高，要是被那女贼胡乱栽赃，恐怕会活活气死！”

“没错！”崆峒派弟子点头称是，“上次那女贼杜撰了一段我们掌门年轻时的风流韵事，引得无数少女纷纷落泪，如今都称掌门是情痴大叔，掌门已经气得卧床三月不起了，师娘也离家出走了。岳盟主，你可不能坐视不理啊！”

岳清河神色凝重，“短腿妖贼”长期骚扰这些久负盛名的名门侠客，简直是武林一大害！

“此事不必多说，我岳某肯定不会放过那个女贼！”

崆峒派弟子又问：“岳盟主可知她的身份？我派查探许久，实在是一点蛛丝马迹都找不到。”

岳清河想了想，摇头说道：“此人狡猾至极，从未露出过马脚！不知诸位还有谁查到其他线索。”

昆仑派弟子突然说道：“既然书中栽赃陷害了那么多闻名遐迩的美男子，也许是个受过情伤的丑女。会不会是逍遥派的掌门南宫无愁，听说南宫掌门年轻时也爱舞文弄墨，吟诗作对……”

他话未说完，便听到一声冷斥：“休要胡说，愁儿不是那种人！”

昆仑派弟子看了眼说话那人，怯怯说道：“掌门……”

所有人的目光都望向昆仑派掌门，他老脸一红，清咳两声，道："南宫姑娘怎么能称得上丑女呢，她年轻时也颇有几分姿色……咳咳，大家先不要妄下定论，老夫不愿冤枉好人。"

火坑边上，一群美男在商量如何捉拿那女贼。

而"长腿妖艳采花贼"本人，正站在岳清河身后。

藕荷色素裙，眉眼清丽秀雅，可不就是刚才那劝岳清河的丫鬟嘛。

她悄悄抹了一把泪，不忍再看火坑中的灰烬。

卧底沧明山庄小半年，她将岳清河的喜好习惯摸得清清楚楚，就为了在书中完美还原霸道盟主的真实面目。刚写完上册便已供不应求，眼瞅着生意越做越大，没想到那些在书里被她宠幸过的美男居然恩将仇报，一起跑来沧明山庄声讨她。

男人可真是残忍！

她哀怨地想着，抬眸去看岳清河。

俊美无双的盟主站在风中，月白长衫无风自舞，堪称风华绝代啊！就连他的声音，都好听得如同清风掠过竹林。

小丫鬟顿觉心里一软，好似心脏都软化成了雪。

哎，盟主就是盟主，不管做出多过分的事，都不忍心怪他。

火渐渐熄灭，坑里一片漆黑。

岳清河转头瞥了小丫鬟一眼，吩咐道："唐俏俏，去找人把这坑给我填平！"

"是……"唐俏俏苦着脸回答。

岳清河隐忍怒气："看这表情，不乐意是吗？"

这丫头平时机敏聪慧，所以才在短短时间晋升为他的贴身丫鬟。可她今天怎么没精打采的，难道她也是那短腿妖贼的崇拜者？

岳清河凑近唐俏俏，俊颜在她眼前放大。

他衣服上有种好闻的桂花香气，又轻又淡，优雅芬芳，唐俏俏心跳加速，脸色潮红，岳清河绝对是她所有书里最优秀的美男啊！

“唐俏俏，你别告诉我，你也是那短腿妖贼的忠实读者……”

唐俏俏望着岳清河夜色般深邃的眸子，小声地为自己维护：“她不是妖女……”

岳清河危险地眯眼，一干武林人士也恶狠狠地瞪着唐俏俏，好似她再说一句话就要将她活吞！

他们以多欺少，胜之不武！

唐俏俏狠狠腹诽，脸上却满是讨好：“她是恶贯满盈的女魔头！为非作歹！无恶不作！应该尽快被正道绞杀！”

岳清河的表情温和下来，脸上浮起笑容，温暖如海面粼粼碎波。

“还以为你也向着那女贼，幸好不是，省得我再挖个坑埋你。”

唐俏俏只觉冷汗淋漓。

要不要用这么温柔的表情恐吓她啊？简直让人毛骨悚然！

她决定了，写完下册就离开沧明山庄！

..第二节..

为什么武林正道要来找岳清河呢，并不仅仅因为他是武林盟主，还因为那女贼的书中大多将正道侠士描写成鸡鸣狗盗之人，却单单将岳清河描绘得如诗如画，这和她平日文风大不相同。所以大家以为，那女贼应该是爱慕着岳清河的女人之一。

可喜欢岳清河的女人那么多，一时大家也没什么头绪，商议了一番，暂时离开了。

岳清河坐在大厅的红木椅上，俊脸没有半点表情。

金色阳光透进来，映得他俊雅非凡的侧脸是那么忧郁……

真心疼盟主，原本就是天下女人爱慕的头号对象，如今再被唐俏俏添油加醋美化一番，更成了江湖上其他男人嫉妒的对象，以后每年找他比武的人又会多上几倍……

唐俏俏心中愧疚，看着岳清河的目光多了几分慈祥的母爱。

殊不知岳清河脸上的表情不是忧郁，根本就是愤怒！

他握紧双拳，正在计划怎么将那个女贼千刀万剐。

唐俏俏沏了壶碧螺春，小心翼翼地放在桌上，岳清河听到动静，扭头看她。

两人目光撞到一起，唐俏俏吓了一跳，心虚让她脸颊泛起淡淡绯红。

岳清河不以为意，认真问道：“你说，那女贼会是什么来头？”

唐俏俏装模作样地想了一番，仔细分析：“我觉得昆仑派弟子说得有理，很有可能是逍遥派掌门做的，她和昆仑派掌门那么多年痴恋没有结局，因爱生恨……”

“够了，这两位受人敬仰的掌门何时有过痴恋？”岳清河气得要死，站起身盯住唐俏俏，怒道，“你老实说，你是不是看了那本《掌门，宠我》？那种东西怎么能当真！”

唐俏俏愣了愣，小声问道：“盟主，你也看了吗？”

静……

诡异的静……

好似有杀气浮动！

唐俏俏似乎听见宝剑出鞘的声音，她不敢看岳清河的眼睛，低头说道：“那啥……奴婢还有点儿事没做完，先行告退……告退……”话没说完，便一溜烟逃了出去。

岳清河脸色涨红，良久，他从椅子的藤垫下抽出一本书来，破旧的书皮上写着四个大字——《掌门，宠我》。

这本是“长腿妖艳采花贼”的处女作，让她一炮走红。

亏他当初看这本书的时候还洒了几滴男儿泪，为两位掌门惊天动地的不伦之恋感动，没想到风水轮流转，他竟也成了书中主角。

绝对不能让任何人知道他曾是那女贼的忠实读者！

岳清河疼惜地看了一眼被他翻阅过多遍的书，使出内功，手中的书页顿时粉碎成灰。

唐俏俏逃回屋，惊魂未定地拍拍胸口，考虑是否现在就收拾细软离开。

反正岳清河的性格已经被她摸清，离开以后凭空编造也是可以的。

可想想盟主那双迷人的眼睛，唐俏俏又挪不开脚步了。

老实承认吧，她就是不想走，每天能看到盟主是多么幸福的一件事。

唐俏俏坐在桌边,用毛笔蘸了墨汁,掏出藏在隐秘处的册子,低头奋笔疾书。

今天发生的事情被她添油加醋一番，成了长腿妖姬走投无路来投奔盟主，被盟主软禁府中夜夜恩宠，得知此事，武林正派前来围剿，激起一场恶斗。

唐俏俏灵感满满，下笔如有神，不知不觉写了三大页。

转眼夜幕渐深，她擦了把额上的汗，合上册子谨慎地藏了起来。

盟主似乎离开山庄去办事，一直没有吩咐她做事。

唐俏俏休息了一会儿，想到一会儿盟主会回来，便取出铜镜打算补个妆。虽然在沧明山庄待了这么久，盟主都没有爱上她，但不管怎样，都要保持最美的样子，指不定哪天盟主瞎了，爱上她了呢。

唐俏俏哼着小曲儿，在发髻中插了一支白玉簪。突然，有风袭来，速度快而狠，她下意识地闪身，一根毒针击碎了她心爱的白玉簪。

还不等她反应过来，又是两根毒针齐发，直逼她双眼。

唐俏俏以迅雷不及掩耳之势举手，两根毒针被她夹在指间。

她低头看了看指间造型别致的金色毒针，深吸一口气，怒道："御苍南，你想杀了我不成？"

一个黑衣男子从窗外翻身进来。他身形高挑，夜色衬得他肤色如月下白玉，那张脸异常俊俏，别说他穿着低调的夜行衣，就算他不穿衣服，也如同粪池里的夜明珠一般夺目！

仿佛没看到唐俏俏眼里的怒意，他避重就轻地说道："教主的功夫还是那么好，属下敬仰有加。"

"敬仰？"唐俏俏真想仰天大笑三声，看看御苍南那死了老婆一样的表情，听听他平淡得没一点起伏的声音，哪有半分敬仰？他分明是真的下了杀心！她将毒针掷向御苍南，"金针上还涂了毒葵的汁液，你真是恨不得我死，我要是真死了怎么办？"

御苍南接住毒针，眼睛瞟了瞟别处，面无表情："那我就是下任教主了。"

"你说什么？你再说一遍？"唐俏俏从牙缝里挤出这句话。

御苍南迟疑了一下，改口道："不会死的，我有解药。"

"你以为我不知道，毒葵无药可解，只能用银兰花的毒性相互压制。"

"教主英明。"依旧是毫无表情的声音，这是赤裸裸的敷衍啊！

"然后呢，你说。"唐俏俏走近御苍南，抬眸逼视他寒星般的眸子。

御苍南望着唐俏俏，看到她气得微红的脸颊，星眸就这样深深望进他眼里。他脑中突然闪现久远的画面：她站在满地残雪中，红衣如血，回眸一笑，却花般娇艳。

"然后……也没什么……"

御苍南突然有些心虚，避开唐俏俏的视线。

唐俏俏用手箍住御苍南的下巴，迫使他望着她。这一招她在书里经常写，是她幻想中未来相公对她的常用招式之一。只是她从未想到第一次竟然是她主动，对手还是御苍南这个讨厌鬼。不过此刻她心里根本没闲工夫思考这些，她可是从鬼门关逃出来的！想起刚才的事情，她就觉得惊险万分。

“没什么？两种剧毒融合会没什么？”

“顶多就是出现幻觉在院里奔跑，等岳清河出现的时候，你会狂笑着告诉他，你就是被他恨之入骨的‘长腿妖艳采花贼’……”

御苍南说到这里，沉默了一下。他的下巴都被唐俏俏捏疼了，他微微皱了皱眉，说道：“教主，以前是我太高估你了，现在想想，万一你中招，后果确实不堪想象，以后我不会用毒针给你打招呼了。”

“打招呼？你在对我打招呼？莫名其妙地用毒针射我也叫打招呼？”唐俏俏简直要抓狂，她崩溃地抓了抓头发，蓬头乱发的模样简直像鬼。

疯了吗？御苍南同情地看着她，捡起地上半截白玉簪。

那是岳清河打赏给唐俏俏的东西，虽然不是什么名贵物件，却也是唐俏俏最喜欢的饰物之一。

御苍南看了看那玉石质地，又给了唐俏俏致命一击：“玉色不均，是最下等的汉白玉，想不到堂堂武林盟主也这么小气。”

唐俏俏一把抢过来：“赏给丫鬟的，又不是皇帝的妃子，你以为会赏昂贵的金银珠宝吗？你这人怎么这样！”

真是要气炸了！世间怎么有这么尖酸刻薄的男人，她上辈子是欠了他什么吗？

唐俏俏恨恨地想着，御苍南突然伸手过来，狂妄地说：“赔给你。”

唐俏俏愣在那里，看到御苍南手心里放着一支翡翠蝴蝶簪，上面镶嵌着流光溢彩的珍珠宝石，一看便知价值不菲，恐怕皇宫都没有几件能与之相比的宝物。

莫非他是故意打碎她的簪子？

唐俏俏心中满是狐疑，一时没有接下。

御苍南见她没动静，索性揽住她的肩膀，直接将簪子插在她的头上。

她靠在他温暖的怀里，感受到他性感的肌肉，心跳竟然好似漏掉一拍。

下一刻，唐俏俏只觉头皮一疼，簪子直接插进了肉里。

“御苍南，你会不会给女孩子戴发簪啊！”唐俏俏疼得快哭出声，她推开御苍南，狠狠捶了他一拳。

御苍南看着泪眼蒙眬的唐俏俏，心里虽然内疚，嘴上却不知道如何安慰她。

他的目光从她脸上移到头顶，那支发簪竖在头上像根筷子，他言不由衷：“很好看。”

唐俏俏忍住疼，问：“护法大人，你来找我到底什么事？没事能不能别来，我身体不好，经不起折腾。”

“属下只是想问，教主何时回去。”

“我写完下册就回去。”

“什么时候写完？”

“大概还要两个月。”

“哦。”御苍南转身，“那我走了。”

唐俏俏眼里含泪：“慢走不送，后会无期。”

御苍南好像没听到她的话：“我明天还会来。”

..第三节..

岳清河回到沧明山庄，走进别院时，隐约看到一个黑影。

不妙！

岳清河不假思索，立刻冲进去！

唐俏俏正对着铜镜试图拔出那支簪子，她怕疼，所以迟迟不敢动手，听到门响还以为御苍南又来了，扭头怒道：“你还有什么要说的？”

话没说完，她突然发现是盟主，吓得声音变了调：“盟盟盟……盟主……哎呀，妈呀，我可想死你了！”

唐俏俏变脸极快，岳清河没有怀疑，问道：“你的头怎么了？”

“呜……盟主，我被刺客扎了一刀！你可要为我做主啊！”唐俏俏抹了把泪，确实太疼了，她的眼泪并不是假的。

岳清河走近唐俏俏，发现凶器竟是一支价值连城的蝴蝶簪，哪家的刺客这么有钱？

岳清河一把拔下簪子，血如喷泉似喷涌而出。

唐俏俏满脸是血，她眼睁睁地看着岳清河将簪子揣进兜里。

这真是心灵和身体的双重伤害……

好在岳清河这时又想起唐俏俏，看到她头顶冒血，连忙找来药粉为她止血。

唐俏俏坐在那里，从铜镜里看到身后的盟主。他正细心地将药粉撒在她头上，衬着乌发，白花花如同头皮屑。唐俏俏没注意这些，只看到岳清河眉梢眼角那无法抗拒的温柔。她瞬间脑补出更多剧情，脸色通红，扭捏地揉着衣角，早把那支蝴蝶簪抛在了脑后。

“伤口不深，看样子并非下了狠手。你可看见那刺客长什么样了吗？”

“事情发生得太突然了，我什么都没看清，只记得他穿一身黑衣服。”

“用这么贵重的东西扎你，莫非是喜欢你？”岳清河兀自猜测。

他的话让唐俏俏心里暗爽。然而，他下一句就残忍地摧毁了她的幻想：“不对，能送你这么贵重的簪子，必定非富即贵，庄内美女众多，怎会轮到你。我看这里一定有误会。”

“盟主，你怎么说话呢，我虽然是个丫鬟，但也是有几分姿色的。”

唐俏俏不乐意了，她抹把脸，血迹更匀称地涂满了她的脸，此时的她蓬头乱发，哪能看出半分姿色？

岳清河不忍继续打击她："不管怎么样，我会派人保护你，有什么事你就求救。"

唐俏俏点点头，又问道："盟主，你今天调查得怎么样，找到长腿女侠……哦，不，短腿妖贼的下落了吗？"岳清河眼神如刀剑，吓得唐俏俏连忙改口。

"市井中流传很多那女贼的传说，有说她是皇城公主，有说她是江湖女侠，有说她美若天仙，有说她英姿勃发，这些全都是那女贼在书中为自己杜撰的，让百姓信以为真，根本没人亲眼见过她。我看她这般丧心病狂地栽赃正道，很可能是魔教中人，我已经加派人手去魔教探查，若真是魔教那帮浑球做的，我一定不会放过他们！"

听着盟主愤怒的誓言，唐俏俏吓得抖了抖。

她可一点都不想跟盟主开战……

"可是她在书中将盟主写得超凡脱俗，天神都难与之媲美，盟主何必要赶尽杀绝呢。也许，她只是一个爱慕着盟主的平凡村姑，活在自己那小小的世界里……"唐俏俏说着说着，自己都有点感动了。

"那女贼写了各门派的坏话，却唯独将我写成情窦初开的英雄少年，我要是坐视不理，别人还以为我和她是同伙！"

而且结局还注明了下册会有羞羞的内容敬请期待，这让岳清河如何忍耐，现在想起来都气得牙痒痒。

唐俏俏不敢多言，她的头皮上了药有种凉飕飕的感觉。御苍南扎得不是太深，这点小伤倒不严重。

虽然有些担心，但此刻她正和盟主独处，孤男寡女共处一室，机会难得，唐俏俏心中又编出许多桃色情节。

可惜盟主根本没往心里去，给唐俏俏简单包扎一番，便离开了小屋。

唐俏俏趴在窗户上痴痴看着那素白超脱的白衣消失在视线里，这才想起那支簪子，心中觉得无比可惜。

盟主明知道那是她的仰慕者送的，还要拿走它，真是太残忍了！

次日傍晚，月朗星稀。

院中绽放满树桂花，金色花瓣如繁星般点亮了幽淡夜色。

唐俏俏坐在院中的石椅上晒月亮，等待盟主回庄。

今天还要刺探一下敌情，知己知彼方可百战不殆嘛！

隐约听到靴子踩在碎叶上“簌簌”的声音，不同于庄主的大步流星，这脚步声轻轻缓缓。唐俏俏身体突然紧绷，猛然回头，双指夹住面前射来的暗器，指间的感觉不对，唐俏俏顿时冷汗直流：“我去，这么粗的毒针！你是有多想杀了我！”

御苍南就站在她面前，绝美容颜在皎洁月光下俊秀难言，声音冷淡无情绪：“不是毒针。”

唐俏俏定睛一看，插在指间的竟然是那支被盟主拿走的蝴蝶簪，晶莹剔透的珠坠在风中轻轻摇晃，光华流转。

是她太敏感了，还以为御苍南每次出现都会用暗器给她打招呼。

“你为什么把它送给岳清河？”御苍南似乎不太高兴，却也没有明显表露出来。

“怎么是我送的，是岳清河抢的好不好。”唐俏俏翻个白眼。想起刚才大概是御苍南打算帮她戴上簪子吧。

还好她反应快，逃过一劫！

御苍南的神色稍微缓和下来，道：“收好，别让岳清河拿便宜的白玉簪子跟你换了。”

唐俏俏小心揣进怀里，身后冷不防传来冰寒的声音：“原来这簪子是定情信物！”

唐俏俏只觉头皮发麻，她缓缓转身，看到岳清河就站在桂花树下。

晚风吹起他素白的衣角，周身都仿佛飘浮着隐隐杀气。

完了！被盟主发现了！

她给盟主戴了绿帽子，盟主肯定不会放过她！

唐俏俏浮想联翩，完全忘记自己的身份只是个丫鬟。

岳清河打量御苍南，蹙起好看的眉毛：“你就是喜欢唐俏俏的那个刺客？”

御苍南有些困惑，下意识地反问一句：“喜欢她？”然后轻嗤了一声。

喂！你那是什么表情，以为我没看到吗！

唐俏俏怒极，御苍南竟然在盟主面前这么不给她面子！

岳清河又问：“你是什么人？”

御苍南言简意赅：“魔教的人。”

要不要那么诚实啊！唐俏俏急得跺脚，心想要不要用暗器当场把御苍南射死算了！

果不其然，岳清河听到御苍南的话，脸色一变，抽出宝剑：“你就是魔教教主？”

少年，我看你筋骨奇特聪慧过人，怎么是个弱智？你从哪里看出来他是魔教教主的了？不是来个魔教的人就是教主的好吗！

唐俏俏简直要崩溃，然而下一句便听到御苍南冷淡的声音：“没错，我就是魔教教主御苍南。”

啊啊啊！御苍南我知道你很想霸占我的位置，可我还没死，你这样冒充我真的没关系吗？

唐俏俏内心无数台词，脸上还要装出小白兔一般惊讶无辜的模样，她觉得自己快要分裂了。

岳清河用剑指着御苍南，看了看他，又看了看脸色惨白的唐俏俏。御苍南言语中并未维护唐俏俏，两人应该没什么私情。

“你来沧明山庄有何目的，我看不是来追求一个小丫鬟那么简单的吧。”

御苍南嘴角弯起浅浅弧度，那双湖水般通透的眸子有种亦正亦邪的光:“在下看贵山庄山清水秀，特来取材。”

“取材？”岳清河脸色一沉，声音低了几分，“莫非你就是‘长腿妖艳采花贼’本人？”

杀气更盛!

连身边的桂花都被杀气震落，飘散冷风中。

. . . 第四节 . . .

唐俏俏知道盟主现在很愤怒!

这误会大了啊，这是盟主的地盘，要是所有人都来对付御苍南，事情就不好办了。当然，御苍南被打死没关系，万一他临死时不甘心，透露出她的身份，她可要横尸沧明山庄了!

唐俏俏灵机一动，大声说道：“作者若是男的，为什么要写与盟主的爱情呢？”

她本意是想提醒盟主，作者肯定是女人。

不料，此话一说，突然异常安静。

御苍南和岳清河彼此对望。

银白的月投下梦一般的光，娇美桂花纷飞飘落在院中……

时间好像静止了……

再美的画也比不上此时场景……

岳清河持剑静立，白衣胜雪，长眉入鬓，墨色眼眸晕开一片深邃的影。

他盯着御苍南，心想：我去！这家伙难道暗恋我？

御苍南背手而立，衣袂飞扬，黑色锦袍上暗色花纹贵气逼人，肌肤在月色下晶莹透净。

他盯着岳清河，心想：我去！这家伙不会以为我暗恋他吧？

他们觉得浑身不自在，扭头看唐俏俏，见她不知脑补到什么奇怪的画面，捧着微红的脸，表情好像很享受。

两人异口同声，对唐俏俏吼道："收起你那龌龊的想法，老子没有断袖之癖！"

真有默契，话都说得一模一样。

唐俏俏回过神来，眼眸低垂，不敢再泄露半分真实想法。

她不敢看盟主和御苍南的表情，闭着眼都知道他们想要将她生吞活剥。

岳清河不肯相信，那些凄美动人的文字怎么可能是一个男人写的。他望着御苍南，断然说道："你绝不是那短腿妖贼！"

御苍南嘴角浮起似有似无的笑，他声音清朗，不急不缓背诵道："那年大雪，我初见盟主，少年英姿，腕间系根红绳，与他贵贵的红内裤恰成一套……"

岳清河气得发抖，这个狂妄的贼人不但大摇大摆出现在他面前，竟然还是个男人！这叫江湖人知道了该如何嘲笑他！

宝剑闪烁寒光，朝着御苍南毫不留情砍去，御苍南挥剑挡住，金属碰撞出银色火花。

他面无表情地说："只是看这段写得很好，情不自禁背了下来。"

"御苍南！不管你是不是短腿妖贼，我岳清河与你势不两立！"

"我虽然不是作者，但你恨我也无妨，反正你没恨错。"御苍南有意无意瞄了唐俏俏一眼，眼神好像在暗示什么，“作者就是我魔教中人，还是个女人。”

你干什么啊，刚才冒充我，现在出卖我！你就是摆明了想整死我成为下任教主是吧！

唐俏俏紧张极了，心里把御苍南骂了千百遍！

“女人？”盟主陷入苦思，却没怀疑唐俏俏，“莫非是魔教圣姑？”

“没错。”御苍南冷冷答道，那表情简直酷霸狷狂。

什么圣姑啊，我们魔教从来没有这个头衔好吗！御苍南你不要盟主说什么你就编什么啊！

唐俏俏一屁股坐在石椅上，突然觉得身心疲惫。

心好累，感觉不会再爱了……

岳清河怒道：“我与你魔教无冤无仇，为什么编造那种东西？”

御苍南不以为然：“也许圣姑看上你了。你也知道，嫁不出去的老女人总是有很多幻想。”

够了！唐俏俏忍无可忍，霍然站起身：“盟主，你和他说那么多干什么，一剑刺死他啊！我还等着清洗血迹回屋睡觉呢！”

岳清河没有说话，他从仅有的一招半式已知御苍南功夫深不可测，若是缠斗起来，一时半刻根本占不了上风。

唐俏俏不知盟主在犹豫什么，她试图搬起刚刚坐过的圆形石椅：“盟主，你不忍心下手吗？那你放着我来啊！”

“你一个手无缚鸡之力的弱女子，来什么来……”岳清河话没说完，声音突然卡在喉咙里。

唐俏俏竟然真的举起了沉重的石椅，那可是两三个男子才举得起来的！

她摇摇晃晃地走向御苍南，打算用石头把他砸死。御苍南根本没把她放在眼里，他伸手推了一把她的肩膀。

“啪叽”一声，唐俏俏后仰摔倒在草地里，石椅砸进地里几寸。

杀了他!

杀了他!

杀了他!

唐俏俏闭着眼，拳头握紧，咯咯作响。

无边的愤怒已经将她包围了，她要使出绝招了!

睁开眼，正要发飙，唐俏俏突然看到御苍南蹲在她身边，眼睛水汪汪地盯着她。

他牵起她的手，语气充满幽怨：“阿俏，你变了，现在你对我好凶。”

这奇怪的违和感是怎么回事?

唐俏俏呆呆望着御苍南与她相握的手，那双手白皙细致，手指修长美丽。

“我大老远来找你，就是想看看你，可你总是想杀我，我好怕。”

你还会怕？你当年和我过了三百招我都没伤到你分毫！唐俏俏想骂人，御苍南温柔地捂住她的嘴：“我没有怪你，只要我还没有死，我就可以陪在你身边。白天像你的太阳，晚上像你的月亮，带给你光明和勇气。我想，我能做的，大概就是如此了。”

这话怎么那么耳熟?

不就是她那本《师叔，我拿什么爱你》里的对白吗!

御苍南，我知道你记性好，你有那闲工夫好好背你的武功秘籍啊！干什么把我的书倒背如流？还在盟主面前假装和我有暧昧！你居心何在？我真不该对你心软！看我现在就杀了你!

唐俏俏怒目相向。

御苍南放了手，但她说不出话也动不了，因为他刚才顺便点了她的穴。

御苍南站起身，望向岳清河，声音平淡没有半点音调起伏：“总而言之我喜欢她所以要杀就杀她吧。”连一个顿点都没有，是有多敷衍才能说出这样的话……

接着，他“咻”的一声，用轻功飞了出去，消失在夜幕下。

岳清河没有追过去，他还摸不清御苍南的底细，能做魔教教主绝非常人，他必须谨慎行之。

还是先调查清楚，再率人同去魔教，不过这个倒霉的小丫鬟要怎么办？

他蹲下查看，发现唐俏俏被点了穴，他颇为同情地说道：“你的情郎真是绝情。”

唐俏俏呜呜着说不出话，岳清河为她解了穴，才一瞬间，她的眼中就溢出泪来，她抱住他的大腿说道：“谁会放着盟主这样厉害的英雄不喜欢，去喜欢那种獐头鼠目的丑男！况且他对我那么凶残，分明是想置我于死地！这一定是魔教的阴谋，盟主明察啊！”

唐俏俏表达爱意的同时顺便拍了个马屁。

岳清河低头看着面前痛哭流涕的少女，双腿有些僵硬。

他不是很相信她的话，因为御苍南根本不是丑男。但他不得不承认，唐俏俏的话让他心情愉悦。

岳清河俯身扶起唐俏俏，察觉到她身体虚软，他心生愧疚，语气也轻柔了几分：“此事我心中有数，我稍后便会飞鸽传书召集武林同盟前去魔教，尽快铲除御苍南和那魔教圣姑！”

唐俏俏靠在盟主身上，心如小鹿乱撞，脸颊发烫，想必是脸红了。

虽然今天很危险，但幸好又逃过一劫。

看样子沧明山庄不可久留，还是连夜逃走吧。

..第一节..

夜色渐沉，星光被云层遮掩，别院里静悄悄。

唐俏俏一动不敢动，头顶落着只羽毛雪白光亮的信鸽。

岳清河站在她面前，将写好的信件系在鸽子腿上，放飞白鸽。

唐俏俏眼巴巴望着飞向半空的白鸽，用力蹦了几下，实在是够不着。

岳清河看她一眼，冷言说道：“那不能吃。”

盟主你别搞笑了好吗，都到这关头了谁还顾得上吃啊，我只想把信抢回来而已。

但是，唐俏俏不敢说出心中所想，嘴角抽搐干笑：“呵呵呵呵，是吗……看起来很好吃……”

岳清河看了看她清瘦的瓜子脸，好心说道：“你想吃什么，我让厨娘给你做点吃的。”

她心里想着“你看我吃得下吗”，却口不对心地说出一溜儿好吃的：“炖猪蹄、酱骨头、花生酥、茯苓糕、酒酿圆子、八宝豆腐，再来半只烤鸡。”一边在心里说着“这不是我说的，不是啊”，一边大呼出声，“麻烦让厨娘快一点好吗，最后一顿饭我想吃得丰盛点。”

天啊，连她自己都觉得死期将至，丧失求生欲望，要吃最后一餐了吗？

岳清河同情地看了唐俏俏一眼，吩咐丫鬟通报厨娘，抽出一张白色锦帕递给她：“把口水擦擦。”

唐俏俏接过锦帕，心中愤愤然，但那帕子触及肌肤，异常柔软，带着盟主衣服上特有的淡淡清香，又让她的心软了一片。

趁着盟主没注意，唐俏俏把锦帕藏进袖子里，等情绪稍微平静些，认真地解释：“其实我不是吃货，只是刚才被栽赃陷害，让我很害怕，所以想吃点东西垫垫肚子。这是危急关头才会发生的事情，平时我饭量很小，很好养的……”

“哦。”盟主淡淡应一声，不明白唐俏俏好养和他有什么关系。

厨娘做好饭送来，唐俏俏毫不顾忌，狼吞虎咽。

自从来了沧明山庄，她的伙食和下人一样，清粥小菜，偶有荤腥，太久没吃到这么丰盛的食物了。

岳清河也陪着她吃了点饭，但岳清河有心事，所以吃得不多。

他看着唐俏俏吃了一会儿，心里突然漫出辛酸。

又不是要杀她，怎么吃得这么凶残……

岳清河心有不忍，说道：“放心吧，没有确切证据，我不会杀你的。”

唐俏俏愣住，她嘴里叼着半个鸡腿，抬头痴痴看着岳清河。

“我也不会把你交给御苍南那个负心汉。”

岳清河没别的意思，但这话太像小说里霸气男主角的对白，瞬间感动了脑补能力出众的唐俏俏。

嘴里的鸡腿“啪叽”一声掉在桌上，唐俏俏抹了抹油汪汪的嘴，抽泣着说：“盟主你真好。”

气氛好像有哪里不对？可岳清河又说不出具体哪里不对，只得点点头，转移话题："你是怎么认识御苍南的？"

唐俏俏不假思索，一口否认："我根本不认识他！"

岳清河不太相信："那他为什么说他喜欢你？"

"他是拿我当挡箭牌，他要是真喜欢我，怎么会告诉你呢。他明摆着借刀杀人。"

唐俏俏说得有几分道理，岳清河更加疑惑："可他送了你贵重的礼物。"

"那家伙就是花钱大手大脚，为了置我于死地，送点礼物不算什么。"

"你好像很了解他？"岳清河眯了眯眼，墨黑的眸映着红烛的光，多了几分探究。

唐俏俏突然觉得心虚，她知道岳清河并非草包，他们也不是闲聊，每句话他都在刺探她。

"哦，我也是刚才通过你们的对话胡乱猜测的……"唐俏俏眼神避开岳清河，盯住一大桌子被她吃得差不多的残羹剩饭。

岳清河微微一笑，语气轻松起来："既然你们没有关系，陪我一起去魔教也无妨。"

前面那些铺垫都是在给她下套吗？

可是盟主说的是"陪我一起"，好暧昧的字眼，让唐俏俏心里痒痒的。

她哪敢拒绝，低头答道："盟主的命令，奴婢岂敢不从。"

唐俏俏打算趁夜逃走，没想到一觉就睡到了大清早。

她被一阵喧闹声吵醒，迷迷糊糊坐起来，只觉脑袋晕乎乎的。

唐俏俏突然意识过来，岳清河怕她逃跑，在饭菜里下了迷药！

哼，想不到所谓的武林正道，也会做这种下三滥的事情！

唐俏俏正在腹诽，白色布帘被一只修长精致的手挑起。

岳清河款款走进房间。

他墨发被银冠束起，五官英挺俊朗，薄唇紧抿，整个脸的弧线都冷硬完美。一袭月白色长衫，虽清雅动人，却又有着一方霸主的卓越气势。

唐俏俏张着嘴，痴痴地盯着盟主，口水快要流出来。

岳清河望着蓬头垢面的唐俏俏，淡淡说道："去洗把脸，各路英雄已经到齐了。"

今日盛况比想象的还要夸张，八大门派无数美男坐满了整个大厅。

唐俏俏刚进门，就感受到一股春天般的气息。

那墨蓝长衫手持短笛的不是青城派二师兄吗——曾在书中偷吃贫穷百姓家大米，被长腿女侠暴打数次。

那身穿青衫唇红齿白的不是嵩山派小师弟吗——曾在书中为非作歹强抢民男，被长腿女侠含泪阉了……

来了这么多熟人，唐俏俏非常激动，双眼放光左顾右盼。

可惜帅哥们一点儿都不挂念她，全都摩拳擦掌准备杀去魔宫。

唉，要么怎么说男人无情呢！

明明曾经朝夕相处过的……

岳清河说出圣姑这个设定，嵩山派弟子似乎想起什么，恍然大悟："说起来，我确实曾遇到过一个女子，路上假意与我结伴，和我称兄道弟，谈笑风生。我对她丝毫没有怀疑，一路上悉心照顾。分离后不久，市面上就有了写我的书，那书里虽然对我百般抹黑，却将我的喜好习惯写得丝毫不差。所以熟识我的人才会误解我。"

华山派小师弟惊道："你说的可是一个黑胖的麻子脸女人？我也曾遇到过，但我觉得她极可疑，试图将她赶走。她苦苦哀求，我看她可怜，勉强让她当个烧火丫头，谁知道她才做了没几天就不告而别。不久后我便在那女贼的书里看到了诋毁我的内容！”

嵩山派弟子闻言摇头道：“事情差不多，但我遇到的姑娘模样俏丽可人，左脸有颗美人痣，性格也颇为可爱。”

怪不得你会和她结伴同行……

华山派小师弟无语，若是他遇到这样的姑娘，态度也不会那么恶劣……

所以书里对嵩山派还算留情，对他华山派可就心狠手辣到极点了。

其他美男听到他们说的，也纷纷开口说道：

“我也遇到过，是个半边脸受伤的丑女……”

“我遇到的是个柔弱美丽的千金小姐……

“我遇到的是一个喜穿黑色斗篷性格孤僻古怪的女人……”

“我遇到的是一个小眼睛龅牙啰里啰唆的胖妞……”

“我遇到的是一个力大无穷的村姑……”

大家的话把岳清河搞糊涂了。

难道，魔宫有个专门抹黑他们的写手团？

可看那文笔应该没有代笔之人……

最大的可能性是，那些容貌不同的女子，全都是同一个人扮的！

岳清河心中一惊，从未想到那女贼竟有这样缜密的心思，她易容接近每个人，用完美的演技欺骗了所有人！

他们的对手绝不是想象里受过情伤的丑女，而是一个聪慧腹黑、深藏不露的魔教奇女子！

岳清河更加不敢轻敌。想到那女贼还将写下册，岳清河突然怀疑那女贼此刻是否正藏身在沧明山庄中。

他回过头，眼神灼灼地望向唐俏俏。

她顿感不安，小声问道：“盟主有何吩咐？”

“将山庄里所有女人召集过来！我要亲自验明她们的身份！”

..第二节..

院子里站了密密麻麻几排女人，她们以为盟主想要纳妾，心里都欢喜异常。

唯独唐俏俏知道是怎么回事，站在那里双腿微微发抖。

毕竟是心虚啊！

岳清河面目威严，走来走去看了好几遍，站在一个高胖丫鬟面前，猛地箍住她的下巴，狭长的眸子盯住她的眼睛。

唐俏俏心里一痛，这一招暧昧又霸气，绝对是言情小说心动必杀技！

她憧憬了那么多年，盟主怎么能给别的丫鬟用！

唐俏俏伤心又嫉妒，却听“呼啦”一声，盟主突然从那丫鬟脸上撕下来一张人皮面具来。

那丫鬟吓得立刻跪地求饶：“盟主饶命！奴婢不是故意骗盟主的，求盟主开恩啊！”

此话一说，在场众人如临大敌！

美男们冲上来持剑将那丫鬟包围，战争一触即发！

这到底是怎么一回事？唐俏俏傻眼了，她凑过去看那丫鬟，貌似是个新来的，长得挺普通，就是感觉有哪里不对劲。

唐俏俏想要仔细看看，冷不防岳清河一把拉住她，将她护在身后：“小心，那是魔教圣姑！”

盟主居然在关心她，唐俏俏老脸一红，被盟主在这么多人面前宠爱的感觉真好。

岳清河想起这段时间发生的事情，怒火攻心，声色俱厉：“你为何藏身沧明山庄！有何居心？”

丫鬟吓得哭出声来，声音粗哑难听：“奴婢只是喜欢盟主……想要每天看到盟主……奴婢什么坏事都没做……”

大家被这赤裸裸的表白给震惊了，一时无人说话，连岳清河都觉得尴尬，一时不知该说些什么。

虽然恨透了短腿妖贼，但知道她是自己的仰慕者，心中又忍不住软下来。

可是这节骨眼儿上，他根本不能同情那女贼！否则武林正道还真以为他们是一伙的！

思及此，岳清河又厉声问道：“既然没做坏事，为何要戴着人皮面具，不敢以真面目示人？”

那丫鬟浑身一震，啜泣着说：“奴婢是怕盟主厌恶奴婢，奴婢不敢……”

岳清河一剑刺过去，剑尖就离那丫鬟喉咙半分，他冷冷道：“抬起头来。”

那丫鬟跪着半晌没有动弹，好似内心挣扎了许久。

岳清河的剑又近了些，冰冷剑刃碰上那丫鬟的肌肤。

那丫鬟终于抬起头来，含泪的眼睛望着岳清河。

大家刚才没有看清她的容貌，现在纷纷受到震撼，剑都忍不住颤抖起来。

跪在那里的，竟然是个男人！

虽然头上戴着花，穿着粉红裙子，可那眉眼、那喉结，还有那身板，分明是个男人啊！

岳清河不敢想象，魔教圣姑居然是个男人？

他受到了极大的打击，站在那里说不出话来，脸色苍白。

他真的为“长腿妖艳采花贼”的文笔所触动过啊，怎么能会是男人呢，这让他如何面对自己！

“你……就是那短腿妖贼……”

岳清河此时的语气充满了失望与疲惫，他已经不想再审下去了。

“短腿妖贼？”那丫鬟疑惑地反问了一句，突然眼睛亮起来，“盟主说的是才貌俱佳智勇双全的花女侠吧！奴婢也是看了她的书以后，对盟主充满了好奇，守在沧明山庄外半个多月才有幸见到盟主一次！果然和书中写的一样，奴婢只看了一眼便再也没办法移开视线，只想为盟主做牛做马献出一生！可是管家说庄内只缺个丫鬟，奴婢无计可施，只好易容，没想到待了几天就被盟主发现了……”

原来抓错人了，岳清河又失望又庆幸。

失望的是，没抓到那女贼；庆幸的是，她不是男人……

又盘问了一番，岳清河确定此人和短腿妖贼无关，让管家把他带下去了。

继续审下去，岳清河又抓到好几个易容的，但都不是那个神秘莫测的女贼。

全部盘查完了，岳清河突然想到唐俏俏。

她做他的贴身丫鬟也有一段时间了，若她是易容的，他肯定早就发现了。

况且，这段时间唐俏俏一直安分守己，没有做过值得怀疑的事。

除了……

和御苍南那件事。

毋庸置疑，唐俏俏和魔教教主御苍南有着不同寻常的关系。可如果她就是圣姑，御苍南怎么会告诉他呢？又怎么会把唐俏俏丢在这里残忍地走了呢？

这些事情他一直不懂，只是在他看来，唐俏俏是那女贼的嫌疑微乎其微。

如今所有人都查过了，就剩下唐俏俏，岳清河不得不重新思考了。

偌大的院落中，各种类型的美男围住唐俏俏。

她杏眼桃腮，明艳照人，笑起来眼睛亮晶晶，脸颊有可爱的梨窝，是一种没有攻击性的美丽。水红色轻纱随风飘扬，衬得她气色极好，宛如画中仙子。

男人对美女向来没有抵抗力，再别说唐俏俏软萌又甜美。

没有人相信她会是那无恶不作的女淫贼，大家看她的目光充满友善。

唐俏俏毫无压力，她觉得自己如同女王，正在挑选今晚陪她侍寝的男宠。

岳清河双指钳住唐俏俏的下巴，深如海的眸子望着她。

好幸福！好亢奋！盟主居然抬我下巴了！是不是要吻我了？啊啊啊……好期待！

唐俏俏开心得要死，心脏扑通扑通地跳——毕生梦想终于要实现了！

猛然一阵疼痛，唐俏俏尖叫："哎哎哎，疼啊！你撕到我脸皮了！"

岳清河愧疚地收手，唐俏俏果然没有易容，他早该知道一切与她无关。

"大家都检查了，你也不例外。"岳清河居然对唐俏俏解释。

唐俏俏揉着微红的脸，眼泪汪汪地说："我知道。只是我对盟主忠心耿耿，还被怀疑，心里有点委屈……"

"别哭，我不是在怀疑你，只有这样才能让大家知道那女贼没有藏匿在沧明山庄，将来也不会发生误会。"

岳清河继续解释，看唐俏俏哭得梨花带雨，他觉得自己像个欺负小女孩的坏人。

其余的丫鬟看到这一幕，心里无比嫉妒，可谁让她们不如唐俏俏呢？那丫头不但长得漂亮，还聪明腹黑舌绽莲花，有几次她们不服气想要教训一下她，却一点儿便宜都没捞着，现在见了她只能躲着走。

"好了，不哭了，你去收拾一下，今天就和我出发去魔教。"岳清河轻轻拍了拍唐俏俏的背，语气比平常温柔了许多。

刚才他怀疑了她，伤害了她，让她哭得这么伤心，心里总归是不好意思。

唐俏俏抽泣着转过身，心里暗暗松了一口气。

那些美男口中的女人当然都是唐俏俏，想写出好书，就必须下到基层了解真实的他们。她易容成各种类型的姑娘，和美男们近距离接触，拿到第一手资料。

因为她在书里把他们黑得惨不忍睹，所以她压根儿不敢以真实面目出现。

可是，盟主不一样啊！

这么出类拔萃的盟主，她怎么舍得易容来面对他呢，万一某天盟主爱上她了，让她怎么办！

唐俏俏又脑补到她为盟主拭泪，叹息着“清河小心肝儿，我到底该拿你怎么办”的画面……

. . 第三节 . .

众人到齐，便浩浩荡荡地去往魔宫。

路途遥远，此行必会用上许多时日。

岳清河与唐俏俏骑上了同一匹马，她坐在他身后，胸口紧贴着他宽厚温热的后背，双手抖了又抖，才颤颤巍巍环住了他的腰，心中瞬时幸福感满溢。

众丫鬟嫉恨的目光如针芒在背。唐俏俏可不管那么多，她闭眼靠在岳清河背上，口水将他的衣衫都浸湿了。

不过保命要紧，唐俏俏绝不会因为一己私欲冲动犯错。

她昨晚被迷昏了，错失逃跑机会，同样的错她不会犯第二次！

整整一天，唐俏俏吃东西都小心翼翼，但这次饭菜都很正常，没有迷药也没有毒药。大概是岳清河见到无数武功高强的武林人士聚集在此，不信她这个小丫鬟有本事逃走。

傍晚时，众人在客栈住下，吃饱喝足，回屋休息。

唐俏俏收拾好细软，望着窗外皎洁的银月，心中不由得泛起悲伤。

此次一别，还不知何年何月能再见到盟主……

突然，有人敲门禀告：“唐俏俏，盟主要你现在去见他。”

唐俏俏吓得一哆嗦。

这么晚了，盟主找她有什么事？

月黑风高夜，正是杀人好时机……

盟主不会是早看出她的身份，准备神不知鬼不觉将她解决掉吧？

唐俏俏越想越害怕，来人不耐烦地催促：“你发什么呆，快点走啊。”

她无奈，只得奉命来到岳清河房间，刚进去，身后的门就被关上了。

唐俏俏娇美的小脸皱成了苦瓜。

她早知道盟主英勇睿智，没那么好糊弄的！

到底是跪地求饶，梨花带雨地哭求他原谅呢，还是干脆撕下伪装，与岳清河大战三百回合，直接将他绑回魔宫享用呢？

唐俏俏心里有两个小人儿在打架，久久没有分出胜负。

岳清河一直没发话，唐俏俏越发心虚，连腿都在抖。她一抬头，冷不防看到岳清河正在脱衣服。外衣和腰带被他随意放在床上，上半身赤裸，墨黑长发披散下来，精致的锁骨在发丝中若隐若现，虽然他皮肤白白的，却有漂亮的腹肌，完全不像御苍南那样阴柔。

唐俏俏心跳加速，吞了口唾沫。

没想到盟主身材这么好，真是穿衣显瘦脱衣有肉啊。

不对，现在的重点不是盟主的身材，是盟主为什么会光着身子啊！

“盟主，你在干什么？”

“脱衣服准备睡觉。”

“可我还在啊，你不觉得应该避嫌吗？”

“过来跟我一起睡。”

岳清河对唐俏俏勾了勾手指，她的鼻血一下子喷出来。

你不知道你帅得一塌糊涂吗？不要勾引我啊！我天生贫血和你睡一觉醒

来铁定没命！

唐俏俏手忙脚乱地抽出帕子擦血，背过身不去看岳清河。

“你怎么了？”岳清河不知道发生了什么事。他还没谈过恋爱，对这方面根本没有常识。

唐俏俏摆摆手：“我有裸男过敏症，看到裸男会流鼻血。”

没想到这丫头如此纯情，搞得岳清河有些不好意思。他随手披上一件丝绸长袍：“好了。”

唐俏俏回头，看到岳清河坐在床边，衣领敞开，露出他胸前光洁如玉的肌肤，丝绸质地的长袍柔软而贴身，将他完美的身体曲线尽展无遗。他望着唐俏俏，桃花般的眸子简直勾魂摄魄。唐俏俏的鼻血倒流，呛到喉咙，她差点一口血喷在岳清河脸上。

“盟主，你别这样，我还年轻，经不起诱惑……”

唐俏俏在说什么岳清河完全不明白，他只是怕她逃跑打算亲自监视她，但作为正义之士的代表，他又不能狠心将她五花大绑，毕竟主仆一场。

岳清河一把将唐俏俏拉上床：“别叽叽歪歪了，快点上床睡觉。”

唐俏俏很害怕。

唐俏俏很紧张。

唐俏俏浑身都僵硬了，睡在旁边大气不敢喘。

虽然她在书里写了不少限制级剧情，可真实的她也没见过啊！

在这种巨大的恐惧之下，唐俏俏完全忘记了和岳清河睡一起，占便宜的分明是她自己！

时间一点一滴地过去，身边的男子没有什么动作，唐俏俏的身体终于放松起来。她悄悄望向岳清河，他闭着眼，呼吸平缓自然。月光从半开的窗里透进来，映得盟主容颜如玉，纤长卷曲的睫毛在眼睑投下淡淡阴影，那单薄的唇抿得异常好看。

盟主长得好看，声音好听，还不打呼噜，简直是集万千优点于一身啊！

唐俏俏捂住心口，她心脏跳得好像擂鼓，真怕被盟主听见。但看盟主什么反应都没有，应该睡熟了吧。

好想摸摸他细腻的肌肤，好想亲亲他粉润的唇……

唐俏俏按捺住内心激动，轻轻爬起来，跪坐在盟主身上，猥琐地凑近他。

眼前便是盟主帅到爆的脸庞，他温热的呼吸如春风般抚上唐俏俏的脸，她忍不住嘟起嘴凑过去……

唰唰唰！

暗器破风而来，从唐俏俏和岳清河唇间窄窄的缝隙中横穿过去，扎在了墙上。

唐俏俏吓得一头冷汗，看到墙上扎着一排金针，幽绿的光说明它淬了剧毒。

御苍南这个碍事鬼居然在监视我！信不信我揍你！

唐俏俏怒极，想要出去和御苍南打上一架，但思来想去，和盟主独处的机会如此难得，怎么能中了御苍南的计。她贼心不死，又一次想偷吻岳清河，更多的金针破窗而来，不过瞬间，唐俏俏指间夹满了密密麻麻的金针，她连摸盟主一下都腾不开手。

唐俏俏怒不可遏，跳下床，将毒针丢在地上，穿了鞋子就去找御苍南。

月光清清淡淡，院墙上攀爬着翠绿的叶和妖娆的花。

御苍南倚着院墙，悠闲地站在那里，把玩着手里的毒针。

他就好像在自家院子里一样随意，黑色锦袍无风自舞，漆黑的发衬得肌肤如雪，有种苍白的美。

“睡醒了？”御苍南眉毛一挑，好像没看出唐俏俏眼里满满的杀气。

“睡个屁！你让我怎么睡！御苍南你怎么还没走，他们要抓你啊，你快逃！逃得越远越好，再也不要回来了！”

唐俏俏怕吵醒盟主，刻意压低了声音，但她此刻脑补的是小说里女主角哭泣着对男主角嘶吼的画面。

“你们在一起睡觉，我怎么能走。”御苍南看着唐俏俏蓬乱的发，想起她和岳清河共枕同眠心情就不太好。

“关你什么事！你暗恋我啊？”唐俏俏杏眸一瞪，不施粉黛却清丽脱俗。

御苍南只觉心脏猛地一跳,他别开脸,不去看她亮晶晶的眸子,连他的语气，都没有泄露半点心动。

“我就是过来看你死了没有，想把你的尸体带回魔宫厚葬。”

“放心吧，我死了教主之位肯定是你的，要不要我现在写遗书啊？”唐俏俏每句话都语气不善，她已经把御苍南当作毁她一生幸福的大恶人了。

“唐俏俏，你也知道你是一教之主，你怎么能趁别人睡着了欲行不轨。太下流了，我都看不过去了。”

“跟我装什么君子，我知道你五岁尿床，七岁跟公鸡打架被啄得满院子跑，八岁偷酒喝，醉得一塌糊涂，哭着跪在我爹养的那条大黄狗面前，跟它称兄道弟。”

御苍南的脸色越来越差，唐俏俏却毫不畏惧：“我知道你这么多秘密，帮你写自传都能写十几本书了。你是不是怕我把你的事迹都写在书里？我告诉你，现在晚了！我下本书就要把你写进去，极尽所能地丑化你！让你这辈子都娶不到媳妇！”

唐俏俏话音刚落，御苍南突然将她揽入怀中，她重重撞在他胸膛上。

他低头看她，那双眼黑得像海，声音低沉得好似呢喃：“你就这么恨我？”

唐俏俏在他怀里，挣脱不开，周围静悄悄，简直是杀人灭口的好时机。

..第四节..

唐俏俏有些害怕了，这些年御苍南武功进步极大，已经不是当初那个经常被她打哭的毛孩子了。

“那啥……我就是说说，你先放了我……”唐俏俏终于还是示弱了，她真是鄙视自己，欺软怕硬哪里有半点教主的神采。

御苍南微微放开唐俏俏，但他的手还揽在她纤瘦的腰肢上，让她无法逃离。

“护法大人，你也知道我为魔教付出了多少，我绞尽脑汁写出数本惊世大作，让天下百姓看清了所谓武林正道的阴险嘴脸，江湖上人心惶惶，只认准我‘长腿妖艳采花贼’是除恶扬善的女侠。将来魔教与武林开战，必定大占上风。你看看，我头发都要熬白了！我跟岳清河独处一室，你以为我只图自己快活吗？我还不是为了在下册里写出更多真实详尽的内容。我为魔教鞠躬尽瘁，却受尽误解，我的命好苦啊……”

唐俏俏抽泣着假哭，悄悄观察御苍南的表情，见他果然有些犹豫，她更大声地哭起来。

御苍南一把捂住她的嘴，闷声道：“你是教主，你说什么都是对的。”

唐俏俏掰开他的手，含泪说道：“那你快点放我走吧，春宵一刻值千金哪！”

“不行，只要你和岳清河在一张床上，我今晚就不让你们好好睡。”

“你不能这么残忍……”

“我就是这么残忍。我会守在这里，如果你又对岳清河伸出魔爪，我立刻告诉他你的身份。”

这是赤裸裸的威胁啊！偏偏就这么见效，让唐俏俏一点儿办法都没有。

“好好好，算我怕了你了，我回去睡觉，离他远远的，你满意了吧？”

御苍南这才放过唐俏俏，他随手捻起一朵红花，嗅了嗅花间香气，语气淡然：“我会看着你的。”

真的要监视她一夜吗？

要不要这么尽责啊！平时让你干活怎么总是假装没看见呢！

唐俏俏后退几步，确定自己处在安全范围里，突然开口：“喂，御苍南。”

御苍南愣了愣，下意识地问：“嗯？”这个鼻音低沉又性感，是女人都要被他迷得神魂颠倒。

唐俏俏脸上露出忧伤的表情，声音轻软委屈：“你要是喜欢盟主你就告诉我，我不想搞到最后我们‘姐妹’反目。”

“谁和你是姐妹！”御苍南眼神阴冷下来，手里的花瓣被他捏得粉碎，他一字一顿，从牙缝里挤出一句话，“而且我不喜欢男人！”

“哦，不是就好，我回去睡了。”

唐俏俏打个哈欠转身就走，完全不在意御苍南的心情。

唐俏俏蹑手蹑脚地回到房间。她有高深的轻功底子，并没有惊醒岳清河。只是看着床上可口的美男，她却一点儿便宜都不能占，总觉得背后有双阴森的眼睛在盯着她。

她坐在床边，左思右想，最终还是睡到了离岳清河最远的床角，背对着心爱的盟主，心中无限哀怨。

夜深人静，床榻柔软，盟主轻柔的呼吸声仿佛乐曲般在唐俏俏耳畔萦绕。这要她怎么睡得着！

醒来还会遇到八大门派无数帅哥，她不想以最丑的样子出现在他们面前啊！唐俏俏叹口气，闭上眼，心中恨恨地默念：“杀你第一遍！杀你第二遍！杀你第三……”

直到杀了御苍南三千七百四十八遍才睡着……

清晨，唐俏俏是被岳清河推醒的，一睁眼就看到他好似会发光的俊颜。

“你怎么睡在墙角？”

唐俏俏揉揉眼睛，迷迷糊糊地回答：“大概是滚来滚去，一不小心就滚到那里去了吧。不过这里凉凉的，倒是很舒服。”

“我看你气色不太好，没事吧。”

“没事，奴婢活力四射，盟主不用担心。”唐俏俏无精打采地回答。

她睡觉的时候衣服都没脱，如今连穿都不用穿，爬起来坐在床边，双脚一蹬就穿上了她的绣花鞋。

不过满地那闪闪烁烁的东西是什么？

唐俏俏定睛一看，脑门突然冒出汗来，那不都是御苍南的金针吗！

糟了，昨天太生气，竟然忘了这件事！再加上夜里房间太黑，她回来也没察觉，这要是被岳清河看见了可怎么办！

可是岳清河脚踩在金针上都没什么反应，唐俏俏盯住岳清河黑色的靴子，觉得那细碎的金属声音分外刺耳。

唐俏俏终于忍不住开口：“那什么……盟主，你没发现有什么不对劲吗？”

岳清河用玉冠束起他墨色的发，整了整衣领：“没觉得。”

“那你晚上的时候有没有听到什么动静？”

“没有。”

满地的毒针，岳清河没看见？

这不合理啊！

不过唐俏俏也不敢说得太明白，她默默拿笤帚扫走了毒针。

岳清河看着唐俏俏扫走一地金针，却什么都没说，他实在是不想说。

这是谁大半夜不睡觉，用毒针袭击他？还故意不射中他！这分明是一种挑衅！有人在告诉他，分分钟能让他死！这么没面子的事，岳清河死也要烂在心里！

..第一节..

清晨吃过早饭，众人便策马奔腾，日落时分到达了魔宫之外。

岳清河是第一次来到魔宫，与他所想的狰狞阴森气氛截然不同！

到处都是桃树，明明不在花期，却还是绽放着满树如火如荼的桃花，馨香扑鼻。

远处雪白的宫门在薄雾中隐隐现现，宫门上还砌着两只长耳朵，像只萌萌的大白兔。

岳清河愣住了。

这是魔宫？

不是遍地尸骸，血流成河吗？

怎么和传说里不一样！

大路旁是一望无际的桃花林，风吹散了粉嫩的花瓣，洋洋洒洒，漫天遍地。芬芳馥郁的花香飘入鼻息，那是一种令人神魂颠倒，难以抗拒的美妙气息。

岳清河察觉到不对劲，抽出长剑，挡在唐俏俏身前。还没等他说话，桃树突然错乱移动，瞬间便将所有人围困在其中。

一时之间惊呼声起伏不断：

“我怎么什么都看不见了？”

“岳盟主，你在哪儿？”

“哎，谁踩我脚了！”

“谁用剑捅我屁股？”

“我钱袋儿怎么不见了？”

“……”

岳清河大惊，是他轻敌了，竟被困入魔教的幻影八卦阵中。

四周都是凉薄的白雾，岳清河回头看了看，只有唐俏俏还站在他身后，其他人都消失了，连他们的声音都渐行渐远，周围静下来，好像从来都只有他们两人。

雾太大了，唐俏俏的身体好像快要被雾气吞噬，周身蒙着模糊的光影。岳清河很怕下一刻唐俏俏也会消失，伸手握紧她的手：“好好跟着我，千万别走丢了。”

“这是什么地方？”唐俏俏假装很害怕，趁机跟盟主十指紧扣。

岳清河根本没注意到自己被吃了豆腐，他神色凝重，一步一步缓慢前行，观察着地形：“这是魔教的幻影八卦阵，听说有猛兽恶禽出入，稍不小心就会身首异处！”

什么嘛，以讹传讹，还猛兽恶禽呢，养那玩意儿不花钱啊？真当魔宫跟你们沧明山庄一样财大气粗呢？唐俏俏撇撇嘴，娇滴滴地说：“盟主，你懂得真多。”

雾气渐渐淡了，可是岳清河看不到任何熟悉的身影，也听不到说话声，耳边只有风吹动花叶的声音。他拉着唐俏俏走了很久，却好像只是在绕圈子，最终又绕回原地。

这样下去不行啊，消耗体力，毫无意义。

岳清河找了一株较为瘦弱的桃花树，脚踹刀砍，试图打乱阵法，可那桃树纹丝不动。他累得大汗淋漓，终于放弃，此时他突然想到唐俏俏，他没牵住她的手，不会出什么事了吧！

岳清河连忙回过头，看到那红衫女子还在身后。

他松了一口气，待看清她的动作，他整个人突然僵在那里。

唐俏俏竟徒手掰断了几棵桃树，在地上摆了一排。

“……”女侠好身手！

岳清河缓步走近唐俏俏，看她正用小刀卖力地削着树皮。那动作真是行云流水，瞬间她身边便堆了一大堆树皮。

“你在做什么？”岳清河问。

唐俏俏抹了把汗，抬头用水汪汪的眸子望着岳清河：“天都黑了，我们睡哪儿？”

“……”岳清河头上冒出冷汗，在心中嘶吼：都什么时候了还惦记着睡觉，唐俏俏你知不知道这里有猛兽啊！有河道那么宽的巨蟒！有宝塔那么高的恶龙！有长满獠牙的鬼脸兽！

“盟主，你嘴角怎么在抽搐？”

“……”

“我就知道你没考虑这些，还好有我这个全能丫鬟跟着，帮你出谋划策！”

唐俏俏扬扬得意，拍了拍胸口，对岳清河承诺：“盟主别着急，我先搭一张小床，明天我们再盖房子。等下我用这些树皮烧火取暖，今晚凑合着睡一夜，咱们抱紧点儿就不会冷了。”

岳清河脸色铁青：“你是不打算出去了吗？”

和盟主同床共枕的机会多难得，谁要出去啊！是不是傻！

唐俏俏一屁股坐在被她削得光滑的树干上，仰头望了望如墨的夜色。

白雾已经散去，天空繁星点点，清新空气带着幽雅花香。

她苦口婆心地劝岳清河："现在的人啊，就是太浮躁了。盟主，你深吸一口气，用心感受这个美好的世界，是不是觉得这片桃林风景如画，很适合养老呢。"

"再——见！"

岳清河转过身，拂袖大步离去。

唐俏俏坐在原地，看着岳清河不断出现在自己视线里。

岳清河在八卦阵中绕了一圈又一圈，而绕每一圈回到原地，唐俏俏都会招手跟他聊天。

"盟主，遛弯儿呢，走了那么久不累啊？"

"盟主，又见面了，别来无恙。"

"盟主，你身后那个黑影是什么？"

"盟主，跑慢点儿，小心别闪了腰，听说腰对男人特别重要。"

"盟主，床已经做好了，什么时候过来睡啊？"

"盟主……"

唐俏俏，你烦不烦啊……

岳清河实在走不动了，瘫倒在地上大口喘着气。

虽然在林中没有看到狰狞猛兽，但他走了这么久，根本找不到出口，连个熟人都没遇到，同来的各门派高手侠客都去哪里了？难道他真的要被困在这里一辈子了吗？

唐俏俏走近累到虚脱的岳清河，抬手便是一个公主抱，嗓音甜甜地说："盟主，快上床休息吧，你得保存体力，要是你出了事，谁来保护我这无依无靠的小丫鬟啊。"

岳清河震惊地看着唐俏俏，他居然被一个女人抱在怀中！

而她面不改色，脚步稳如泰山，直接将他放在床上。

“唐俏俏，你力气有点儿大啊……”

真要遇到危险，还不知道谁保护谁呢……

岳清河略有些尴尬，但男人与生俱来的尊严不允许他依靠女人！

他推开唐俏俏，正准备下床，面色突然一僵，难以置信地打量四周。

“这床……是不是有点儿豪华……”

不就是几棵桃树吗，怎么做出这种效果？高高大大的一张床，上有遮挡风雨的华美顶盖，围栏雕有精巧细致的龟鹤祥纹，比他屋里那张沉香木大床还要气派。

“哎哟，不要在意细节嘛。”唐俏俏羞涩地翘起兰花指，脑补自己此时风华绝代一定很诱人。

岳清河察觉到气氛不对劲，身边的小丫鬟怎么和以往的画风不同？

她对他微笑，露出三十二颗洁白整齐的牙齿，脸蛋上鼓起两块僵硬的肌肉，很像笑容狰狞的木偶娃娃，亮晶晶的杏眸忽闪忽闪，闪得岳清河眼睛都要花了。

为何有种羊入虎口的感觉？

一定是错觉！

对！错觉！

这里可是魔宫耸人听闻的幻影八卦阵，出现怎样的幻象都在情理之中！这张床是幻觉，说不定连身边的女子都是幻觉！

思及此，岳清河头皮一阵发麻，他伸手抓住唐俏俏的手，用力捏了捏。

柔软的触感，温暖细腻，充满弹性，像是人类……

唐俏俏惊讶地低着头，看到盟主居然牵了她的手！

嘿嘿嘿，没想到盟主看上去如谦谦君子，却这么主动，真是“人面兽心”

啊！不过她喜欢！

好想撕下盟主的衣服，将他压倒蹂躏……

唐俏俏脑中浮现岳清河惊恐缩在床角的画面……

耳边隐约传来岳清河的声音：“唐俏俏，你能不能别对我这样笑？”

唐俏俏从幻想中清醒，抹了把口水：“怎么了，是不是我太迷人，盟主您把持不住？”

“你笑得太吓人了，我有点儿怕……”

唐俏俏很震惊，还以为自己笑得倾国倾城，居然得到这样的评价，太打击人了！

岳清河突然想到了什么，神色变得阴沉：“你让我想起那短腿妖贼书中所写！”

唐俏俏心口猛地一跳，心虚地问：“写什么？”

“长腿妖姬露齿一笑，闪闪发光的贝齿瞬间夺走在场江湖美男的注意力，这世间怎会有如此美丽的牙齿，她真是独一无二的奇女子，是这世上最不一样的烟火……”

岳清河说不下去了，俯身干呕起来。

唐俏俏尴尬地收起笑。

都把她的书倒背如流了，还说憎恨她。

呵，男人！

. . 第二节 . .

唐俏俏放弃引诱岳清河了，她担心会暴露自己的身份。岳清河可是武林盟主，武功出神入化，人也不傻，哪有那么容易被骗？她得谨慎再谨慎！

“盟主，刚才我突然神思恍惚，也不知道露出了什么表情，你别放在心上……”

“我明白，一定是八卦阵中的毒雾让你产生幻觉了，我会把刚才的事情全都忘记。”

谢谢盟主给我台阶下，可是这里真的没有毒雾啊！

“如果我们被困在这里再也出不去了，你会恨我吗？”岳清河突然问。

“为什么恨你？”我梦里都能笑醒好吗！

岳清河望着唐俏俏天真透亮的眸子，嘴唇动了动，却什么都没说。良久，他摸了摸唐俏俏的头，语气坚定：“放心，我一定带你离开这里！”

盟主的手宽厚温暖，语气温雅轻柔。

唐俏俏愣了愣，心里仿若被阳光照耀。

她慢慢地、慢慢地靠在了岳清河的肩膀上。

她当然知道怎样破解这阵法，可她突然希望他们永远被困在这里……

希望时间停止……

希望整个世界只剩下他们两人……

直到她和盟主生米煮成熟饭……

岳清河站起身，去捣鼓地上那堆树皮：“你等着，我先把火生起来。”

唐俏俏羞涩地点了点头，看着岳清河的背影，心里美滋滋的。

绝世美女投怀送抱，他竟能把持得住，真不愧是她看上的男人！

唐俏俏想入非非……

突然，有个黄衫女子从林间走出，开心地大叫：“俏俏姐，你回来啦！”

唐俏俏僵在那里。

这不是她的丫鬟柳玉儿吗？她怎么会出现啊！太不是时候了！

唐俏俏朝着柳玉儿挤眉弄眼，她却毫无察觉，直奔唐俏俏而来，满脸都写着欢喜：“书写得怎么样了？我一直在等你的下册呢！好希望盟主生生世世都独宠长腿妖姬！”

唐俏俏察觉到盟主凶恶的眼神如毒箭般射来，她双手冰凉，紧握成拳微微颤抖，压低声音从牙缝里挤出一句话：“你没看到岳清河就在旁边吗？你是不是想害死我？”

柳玉儿扭头看到岳清河更激动了，青葱小手使劲鼓掌：“俏俏姐你好厉害，真的把盟主大人拐回来啦。”顿了顿，又担忧起来，“可是，堂堂武林盟主，愿意嫁进咱们魔宫做男宠吗？”

杀气！

浓重的杀气！

唐俏俏万念俱灰。

岳清河一步步朝她走来，手中宝剑出鞘，银光闪烁。

“你到底是什么身份？”他神色冰寒，语气森冷，夜风吹动他月白色的衣袂，周身都浮动着修罗般的煞气！

唐俏俏吓得腿都软了，慢慢地扶着床柱站起来。

这一切转折得太快，她还没有做好心理准备……

“原来御苍南说得没错，你就是魔教圣姑——恶贯满盈的短腿妖贼！”

“不，不是的……盟主你听我说，我腿这么长，怎么会是短腿妖贼呢……”危急关头，唐俏俏还不忘为自己平反。

岳清河气极，根本不想听她解释，一剑刺来！

电光石火间，柳玉儿化作烟雾消失不见。

岳清河愣住了，他的剑尖离唐俏俏的心口不足一尺。

到底是怎么一回事？活生生的人怎么突然消失了？

岳清河冷静下来，细细一想才明白过来，这里之所以称为幻影八卦阵，是因为它能制造以假乱真的幻觉，让人沉迷其中，甚至自相残杀。方才那女子只是别人恶意制造出的幻影，目的就是要他误会唐俏俏。她说书是唐俏俏写的，说唐俏俏是魔宫的人，肯定全是假话！

这一招真够阴狠，不愧是杀人如麻的魔宫！

而唐俏俏也被吓出了一身冷汗，她盯着胸口那闪亮的剑刃，脑中飞速运转。

柳玉儿一直都叫她教主，从未叫过她俏俏姐。况且身为她的心腹丫鬟，也不可能故意出卖她。一定是御苍南的把戏！他又在监视她！真是阴魂不散！

呵呵呵……

姓御的，老子跟你没完！

唐俏俏慢慢地垂下头，喉间发出轻软的啜泣声：“原来……原来盟主一直在怀疑我……”

岳清河手足无措，只觉心口一痛，愧疚感满溢而出。

他将宝剑插入剑鞘，伸手将唐俏俏揽入怀中，轻轻拍打她的后背：“对不起，我不该怀疑你的……”

唐俏俏把头埋在盟主怀里，伸手环住了他结实有力的腰身。

这一波三折的，太刺激了，心脏受不了啊！

“盟主，我没怪你，我只是个丫鬟，性命卑贱，死不足惜……”唐俏俏抬起泪眸望着他，她本就生得娇俏甜美，哭起来楚楚动人。

岳清河更愧疚了，他怎么能怀疑这样一个手无缚鸡之力的弱女子呢？

“你别这样说，是我太冲动了。俏俏，我以后绝不会再怀疑你！”

盟主叫她“俏俏”！

唐俏俏浑身都软了，这个称呼真是甜到骨髓里！

她顺势问：“真的不会再怀疑我了吗？”

岳清河坚定地点头：“相信我，同样的错我绝不会再犯第二次。”

唐俏俏心中暗暗松口气，将手中的暗器又藏进袖子里。

刚才她差一点就要出手了，太险了……

经过刚才的小插曲，岳清河对唐俏俏的态度一下子变了。

他生火时，时不时会扭头看唐俏俏一眼，眼神里有种说不清道不明的情愫。

等火生好后，岳清河从树上摘了个果子，用衣袖擦了擦，递给唐俏俏。

“饿不饿，吃点儿东西再睡吧。”

唐俏俏理直气壮地说：“喂我。”

她脑补盟主亲口咬下一块果肉，以吻渡入她口中……

然而现实是岳清河直接将果子塞进她嘴里，简单粗暴！

“唔……”能不能温柔点儿，这么大个果子全塞我嘴里，是想噎死我吗？

“慢些吃，吃完我再给你摘。”

“……”这辈子我都不想吃你摘的果子！

唐俏俏艰难地吃完一只果子，脸上手上满是汁液。

岳清河关切地看她：“还吃吗？”

唐俏俏拼命摇头：“不吃了，我是小鸟胃，很容易饱的。”

岳清河用锦帕擦了擦唐俏俏的小脸，语气似有几分宠溺：“看你吃得满脸都是。”

唐俏俏傻傻地盯着岳清河，她怎么从来没发现，盟主可以这么温柔，那狭长眼眸里星光璀璨。一定是因为他们被困在这里，不知不觉中产生了忠贞不渝的革命情谊！

“你等等，我去找点水给你洗脸，刚才好像看到一泓清潭。”

岳清河没想那么多，他只是因为内心愧疚，又不懂该怎么弥补，说话便不自觉温软起来。

他转身离去，留下唐俏俏在身后痴痴望着他的背影。

哎，多好的盟主，简直是居家旅行之绝佳伴侣。

唐俏俏偷偷解开一颗纽扣，扯了扯衣服，露出小半截白玉般的肩膀，又将纱衣往上提了提，想制造一种似有似无的诱惑，就算如盟主那般谦谦君子，也抵挡不住吧。

唐俏俏正盘算着，岳清河突然从树丛里冒出来，拉着她便跑。

“哎，咱们去哪儿啊？”唐俏俏狼狈地跟在他身后。

“跟我走就好。”岳清河话不多说，冷酷霸气。

“别跑了，我的鞋掉了。”

“出去我再给你买。”

“我床都做好了，你跟我说出去？怎么出去？”唐俏俏很舍不得自己辛苦做好的床，那里满载着她的梦！

岳清河回眸一笑，眼眸在浅淡的雾色中黑白分明。

“我找到出去的路了！”

..第三节..

晴天霹雳！

唐俏俏面色苍白，再也走不动一步。

岳清河察觉到她神色有异，停下脚步望着她：“怎么了，你不想跟我出去吗？”

唐俏俏可怜巴巴地望着他，小声说：“出去以后，我还能和你一起睡吗？”

岳清河笑了，眉眼弯弯：“可以，你想怎么睡？”

他眼神魅惑，声音低沉性感，让唐俏俏心都酥了。

明明是她想调戏岳清河，怎么反被他调戏了呢？

“就……拉拉小手啊……亲亲小嘴啊……”唐俏俏越说越脸红，真想骂自己一句臭不要脸。

岳清河柔声说：“等我们回到客栈，你想怎样都依你。”

“轰”的一声！

血液在沸腾咆哮！

心跳猛烈跳动，几乎要跃出胸腔。

面前这个温情款款、撩妹手段一流的男人，真是唐俏俏记忆里的盟主吗？

岳清河走到她身后，捡起掉落在地上的绣花鞋，半跪在地上托起她的小脚，为她穿上鞋子。他抬头盈盈一笑，眼底落满月霞，满树绝艳桃花也比不过他倾世容颜。

“阿俏，你的脚真小。累不累，要我抱你走吗？”

唐俏俏用力点头！便宜不占白不占！

岳清河拦腰抱起唐俏俏……

抱了一下没抱起来，他脸上保持微笑：“你怎么胖了这么多……”

怎么说话呢，美好的气氛被他一句话打碎了。

唐俏俏不满：“我不胖啊，是你的腰不好吧，连我这羽毛般轻盈的少女都抱不起来。”

她话未说完，岳清河便将她拦腰抱起，摇摇晃晃地朝树林尽头走去。

“我的腰很好，腿也好，身体健壮如牛。”

“那你晃什么？”

“没抱过女人，不习惯。”

“原来我是你的第一次？”

“……”

“我太荣幸了。”

“呵呵。”

唐俏俏躺在岳清河怀里，仰头望着他，这个角度正好可以看到他清爽干净的鼻孔。

真不愧是绝世英雄啊，连鼻孔都这么好看，仿佛对她表达了浓浓爱意。

唐俏俏又陷入幻想，脸颊羞红，如春花般娇艳。

她垂下眼眸，羞答答地说：“盟主，我们快点走，小心被人看见。”

岳清河带她穿行在花瓣纷飞的树下，淡淡道：“这里没人。”

“你太天真了，这世间有很多变态！有事没事就喜欢偷窥别人！”

“哦？何出此言。”

“盟主，你还记得御苍南吗？”

岳清河脚步顿了一下：“当然记得。”

唐俏俏恨恨道：“那家伙就是个变态！现在说不定就躲在暗处，正在偷看我们呢。”

岳清河沉默片刻，幽幽道：“看来你对他有很大的意见。”

唐俏俏不假思索：“我对这种猥琐的男人向来没好感！”随后又眨巴眨巴水灵杏眸，讨好地说，“还是盟主好，俊美倾城，武功高强，和蔼可亲，怪不得世间女子都为盟主痴狂。”

岳清河淡淡一笑。

唐俏俏不知道是不是她看错了，为何盟主的笑容有些僵硬呢。

不过话说回来，盟主怎么突然不被幻觉所干扰，笔直地走向了出口呢。

唐俏俏微微蹙眉，想起刚才柳玉儿的幻影，心里突然一个激灵！

“盟主，你那把青霜剑呢？”

“剑？”岳清河略一思忖，淡然道，“不知道丢到哪儿去了。”

“这么大的事你怎么不说？我们应该先去找啊！”

“丢了就丢了，世间宝剑那么多，回头再买新的就好了。”

“可那是你爹交给你的，代表了盟主之位，怎么能说丢就丢……”唐俏俏的声音竟然控制不住在微微颤抖。

岳清河的脚步停在原地，低头望着唐俏俏。

那深黑的眸子仿若萦绕迷雾，再也看不出半点温情宠溺。唐俏俏心中突然有种不安的预感，她猛地推开岳清河，跌落在地上，不小心崴到脚，疼得她龇牙咧嘴。

唐俏俏不敢分神，飞快站起身盯住面前的男人，手中摸出锋利匕首！

“御苍南，你还没完了是吗！”

浓雾被风吹来，狂风卷起破碎的桃花。

俊美面容如面具般龟裂，露出另一张熟悉的面孔。

清俊阴柔的五官，没有冷酷硬朗的棱角，衬着缥缈的轻烟雾气，竟好看得不像话。

他抱肩看着唐俏俏，冷漠眼眸中带着轻嘲：“教主，你真像个花痴。”

唐俏俏心如死灰。

她到底在御苍南面前说了些什么啊……

“你是不是不整死我不罢休啊？”

御苍南冷言冷语：“我只是不忍听你在岳清河面前说那些丢人现眼的肉麻话。”

唐俏俏崩溃地撕扯自己头发：“谁让你听了？你回去睡觉行不行啊？”

御苍南冷淡一笑：“晚上吃撑了，睡不着。”

“怎么没把你撑死呢？”

唐俏俏气得半死，握紧手中匕首便冲了过去，但她脚崴了，行动不便，御苍南侧身轻易避开，唐俏俏一时没站稳，差点摔倒，御苍南钩住她纤细柔软的腰肢，将她揽入怀中。

他低头在她耳畔低语，轻柔的呼吸撩拨她的发丝。

“你的脚伤了，别乱动，万一摔死就糟了。”

“你会不会说话？会不会说话？”唐俏俏已然丧失理智，持刀朝御苍南身上猛力乱扎。

御苍南不但完美避开，还一直紧箍着她的腰，使她站稳在那里。

他啧啧叹气：“原来人发疯的时候，武功招式会变得这么乱。”

唐俏俏用尽全力也扎不到御苍南，她瘫软在他怀里。

不知是汗水还是泪水，模糊了视线……

心好累……

可还是要笑着活下去……

御苍南抢走她手中的匕首，随手丢在空中，划过一道银光，飞落在远处的草丛里。

“教主，别挣扎了，跟我走吧，你在岳清河身边待着很危险。”

御苍南那是什么表情？他忘了他才是始作俑者吗！装什么大尾巴狼？

“你好意思说？为什么危险？还不是因为你一直出卖我！”

唐俏俏用力推开御苍南，后退几步，脚踝传来的剧痛让她蹙起眉。但她无论如何也不想跟他站太近，大不了就跟他打上一架，反正他们从小打到大，她从来没有吃过亏。

她的匕首被他抢走了，身上也没别的武器，只好脱下鞋子拿在手里。

御苍南面无表情地望着唐俏俏。

她真是一点儿教主的样子都没有。

但她那气鼓鼓的小脸，泛着淡淡桃红，像毛茸茸的小桃子。

御苍南想象自己隔空捏了捏唐俏俏柔软的脸蛋，他的心跳竟快了几分。

唐俏俏挥舞着手里的鞋子，努力摆出凶神恶煞的模样：“老虎不发威，你当我病猫啊！我看你是忘了小时候被我教训得多惨！”

御苍南扬起手，指间夹着一排金针，在月光下闪闪发光。

唐俏俏的手开始颤抖。

那是御苍南的独门暗器，平时她不怕，可今天她体力透支，脚又崴了，已经落在下风。万一被毒针扎中，她在八卦阵中傻笑狂奔说胡话，被盟主看到，他就再也不会喜欢她了……

“呵呵，我就是随便说说，不用这么认真吧……”

唐俏俏颤颤巍巍地穿好鞋子，笑得有几分尴尬。

御苍南若无其事地说：“你不说我都忘了，好久没比武了。今天倒是良辰吉日。”

唐俏俏小心翼翼地询问：“可我受了重伤，你不觉得胜之不武吗？”

御苍南淡漠地看着她：“那只能说明你没有做教主的命。”

唐俏俏深吸一口气——忍住。今夜月色撩人，气坏了自己不值得。

一阵冷风吹来。

桃花如雪般落下。

温柔的声音，自花雨中悠然传出——

“俏俏，你们这是要做什么？”

唐俏俏愣在那里，望着那个从夜色中缓缓走出来的温雅男子。

他从阴暗的树影中走进凉薄的月光里，眼角眉梢都带着温润笑意，举手投足间雍容闲雅。一头乌发不加修饰，散落如丝缎，霜色锦衣仿佛被月光打透，蒙着雾般缥缈的柔光。

... 第四节 ...

唐俏俏惊呆在那里，突然单腿蹦跳着冲过去，死死抓住来者的手臂。

“哥哥救我！御苍南要杀我！”

唐思慕怔了怔，脸上露出浅浅笑意：“你误会了，是我让御苍南来找你的。”

唐俏俏瞪大眼睛望着唐思慕，脱口而出：“居然是你指使他来杀我？”

唐思慕在她脑壳上狠狠敲了敲：“我杀你干什么，我是让他救你。”

唐俏俏捂住头，小声说：“御苍南不害死我就不错了，还救我？哥，你被他骗了吧。”

唐思慕叹口气：“不管怎么说，我和御苍南是你的左右护法，我们有保护你的责任。俏俏，你这一走就是小半年，江湖凶险，哥哥一直都很担心你。”

唐俏俏不知道唐思慕在担心什么，她行走江湖简直是如鱼得水。反而是哥哥，看起来弱不禁风，偏偏生得那么好看，万一流落到江湖上，肯定会被拐去勾栏院当头牌……

唐俏俏偷偷看了哥哥一眼。

唐思慕不知她在想什么，露出诧异的眼神。

他睫毛纤长，墨色眼瞳浮动盈盈波光，比那勾栏院的绝色小倌不知俊俏多少。

唐俏俏心中波澜起伏，暗暗发誓：我的哥哥由我来守护！

“俏俏？”唐思慕见她没反应，以为她在发呆。

唐俏俏回过神来，正色道：“哥，你别胡思乱想。我那么聪明，谁敢欺负我。你在魔宫也听说了吧，如今我已是万众追捧的江湖第一才女，掀起一阵腥风血雨……”

唐俏俏夸起自己不带脸红，洋洋洒洒说了大半天。

唐思慕轻描淡写地回她：“这就是你将八大门派高手引来魔宫的理由？”

唐俏俏表情一僵，哥哥怎么哪壶不开提哪壶！

“我也不想的，都怪御苍南出卖我……”她的声音越来越小，恶狠狠瞪了御苍南一眼，见到他手中的金针，她又蔫了。

唐思慕问：“你要怎么收场？”

唐俏俏干笑：“总有办法的，等我处理好这件事，我自然会回去……”

“不行。”唐思慕一口拒绝，“你现在就跟我们回去。”

“可是……”

“没有可是。”

唐思慕平时温文尔雅，必要的时候却很果断。

“御苍南，你负责带教主回宫，如果她实在不肯，你就把她捆回来吧。”唐思慕转过身，柔声说，“俏俏，哥哥实在看不得你受委屈，所以哥哥先回去睡了，你乖乖跟左护法回来。”

“哥，不要抛下我……”唐俏俏叫得撕心裂肺，但唐思慕全当没听见，身影消失在夜色中。

唯一的希望破灭了，唐俏俏心灰意冷。

御苍南走过来，将她如麻袋般扛起，大步走出桃林。

唐俏俏披头散发趴在御苍南肩膀，挣扎道：“御苍南，你放开我！我要回去！”

御苍南只顾朝前走：“回去做什么？你真要在我的偷窥之下对岳清河伸出魔爪？”

唐俏俏面红耳赤，不死心地辩驳：“什么伸出魔爪，你说话怎么那么难听。我答应了盟主要陪他睡觉的，君子岂能失信于人……”声音越来越轻……

御苍南喉间发出冷笑：“唐俏俏，你要点儿脸行吗？”

唐俏俏张牙舞爪：“等我的脚伤好了，我一定杀了你！”

回到魔宫，已经是深夜，宫女侍从都已歇息，四周寂静一片。

御苍南推开房门，将唐俏俏随意地扔在床上，转身点燃了桌上的烛台。

烛火摇曳,火光在他眼瞳里跳跃,绝美面容映着绯色光华,竟有种倾城之美。

唐俏俏如死鱼般躺在床上，心里还在记恨御苍南破坏她与盟主的洞房花烛夜。

御苍南坐在床边，低头望着唐俏俏：“还疼吗？”

唐俏俏瞪他一眼，没好气地说：“我骨头都碎了，你还问我疼不疼？”

御苍南突然捏住唐俏俏的脚踝，她疼得倒吸一口凉气，娇美小脸瞬时煞白。

“御苍南，你要干什么？”

“你骨头不是挺好的嘛。”御苍南手里用力，骨头发出“咔咔”的声响。

唐俏俏的骨头确实没事，但她崴到脚，此时红肿如馒头，哪能受得了御苍南的蹂躏？她疼出了眼泪，挥拳叫嚣：“我告诉你，你敢乘人之危捏碎我的骨头，我做鬼也不会放过你！”

御苍南无语……

在她心里，他就是这种人？

他一言不发，转身离开她的闺房。

还没等唐俏俏彻底松懈下来，御苍南又推门进来，手里拿着个木头罐子。

看到唐俏俏怀疑的眼神，他破天荒地给她解释：“涂点药，明天就好了。”

唐俏俏小心翼翼地问：“药里有毒吗？”

“……”御苍南的脸色不是太好。

唐俏俏立刻缩回腿：“看你的表情，肯定有毒！”

御苍南唇边勾起冰冷弧度：“要我尝一口来证明吗？”

唐俏俏不假思索：“要！”

御苍南没理她，从罐子里挖出一大块药膏拍在她脚踝上揉搓。

“哎，疼疼疼疼疼……你就不能温柔点儿吗？”

唐俏俏抓紧床栏，表情扭曲，活像要被开膛破肚的小鲤鱼。

御苍南的动作顿了顿，手中下意识地轻了些，轻抚她红肿的脚踝。

药膏渗入肌肤,带来凉爽的舒适感,时而掠过暖流,那是御苍南温热的手掌。

唐俏俏的眉头微微舒展开，一眨不眨地盯着面前沉默专注的男子。

“护法大人，”她突然开口，“其实你长得很好看，不比岳清河差。”

御苍南怔了怔，眼波漾起一丝涟漪，脸颊微微发红，背着烛光看不清楚。

唐俏俏自顾自说下去：“可就是没女孩子喜欢你，你知道为什么吗？因为大家不敢啊，看你的面相就知道你心狠手辣，杀妻弃子什么事都做得出……啊呀呀呀！我的骨头碎了！”

御苍南转身大步离去，“啪”的一声关上门。

..第一节..

叽叽喳喳的鸟儿扇动着灵活的翅膀，落在桃树枝丫上，惊扰了满树花瓣，细雨般散落。

午时的秋风并不阴寒，淡金色阳光透过窗棂，在砖石地上散落一地明媚的暖意。

唐俏俏从睡梦中惊醒，猛然坐起来，双眼直愣愣地盯着自己的脚。

还好，脚还在……

唐俏俏小心翼翼地活动了一下脚踝，不肿也不疼了。

算御苍南有点儿良知，没有趁她睡着过来偷袭！

唐俏俏松了一口气，紧绷的身体又松懈下来，躺在床上继续睡过去。

昨天实在是太累了，在幻影八卦阵中跟着盟主来回奔波，又被御苍南捉弄几次，她身心都受到了极大摧残，真恨不得在没有御苍南的世界里睡到天荒地老……

唐俏俏睡得迷迷糊糊，隐约听到有人推开门。所有怨气都在这一瞬间喷薄而出，唐俏俏一个鲤鱼打挺坐起来，怒发冲冠：“连睡觉你也要偷窥，你还是人吗？”

唐思慕僵立在原地：“偷窥？”

唐俏俏脸一红，连忙摆手：“哥，我没说你……”

“有人偷窥你吗？”唐思慕很担心。

唐俏俏摇头：“没有，没有，我说梦话而已……”

她爬下床穿鞋子，摸了摸干瘪的肚皮，往门外看了一眼。

她竟睡到了正午，门外阳光正好，依稀可见满院灿然的桃花。

不知道盟主在幻影八卦阵中怎么样了，还活着吗？

应该没事吧。毕竟困在八卦阵中的都是众门派顶级高手，饿个一两天无所谓。更别说岳清河那么厉害了。俗话说小别胜新婚嘛，和盟主分开一段时间有利于他们的感情升温，而她正好趁这段时间吃饱喝足，才有力气跟那些背信弃义的绝情美男对抗。

唐思慕倚着门框看她，微笑着说：“午饭做好了，洗漱后就过来吃饭吧。”

饭厅中，御苍南已经坐下，一袭黑衣，满身冰寒气息，似那寒夜冰晶。

看到唐俏俏过来，他朝她脚伤处看了一眼，见到她走路已经不瘸了，便又垂下眼。

唐俏俏看到御苍南就来气，坐下也没理他。

柳玉儿端着个精巧的小蒸笼走过来，看见唐俏俏，脸上露出惊喜的表情，将蒸笼放在桌上，拉着她的手左瞧右瞧：“教主，你终于回来了！奴婢瞧着你怎么瘦了呢。”

唐俏俏欣喜道：“还是玉儿会说话。”

柳玉儿很郁闷：“奴婢并不是在夸教主……”

御苍南淡淡地插了一句：“教主脚上有伤，别踩着她了。”

柳玉儿大惊：“教主，怎么回事，是不是被岳清河给打了？”

唐俏俏白了御苍南一眼：“他怎么舍得打我，只有御苍南才会如此狠毒无情。”

柳玉儿惊愕地望向御苍南，小声说：“不会吧，左护法不像是那种人啊。”

御苍南脸色铁青：“你们教主的话能信吗？”

柳玉儿若有所思：“那倒也是。”

“喂，你什么意思啊？我的话怎么就不能信？”

御苍南微笑：“魔宫上上下下都知道，教主说话只能信一半。”

眼见唐俏俏要发飙，柳玉儿连忙劝说：“左护法的意思是教主您才华横溢、创意新颖，所以才能写出那么多书呀。故事来源于生活，教主能把根本不存在的事情写得如此真实，引得无数读者落泪，这全都因为教主您笔力深厚，想象力丰富，左护法夸您呢。”

要不是看在柳玉儿的份上，御苍南你今天死定了！

唐俏俏冷哼一声。

唐思慕走过来，打开蒸笼，露出一对漂亮的兔子馒头，雪白精致，宛若白玉雕琢而成。

柳玉儿露出羡慕的神色，为何她没有右护法这般厨艺，能做出如此精美堪称艺术的食物。

“俏俏，快尝尝哥哥做的琉璃玉兔。”唐思慕神色温柔，声音如春日暖阳。

“怎么今天是哥哥做饭？厨娘呢？”

唐俏俏作势要去找厨娘，被唐思慕拉住：“你好不容易回来一趟，哥哥一定要亲自下厨。”

“这么可爱的兔子，我不舍得吃。”唐俏俏没敢下筷，她笑得甜美娇俏，拿筷子的手却在颤抖，她扬手召唤柳玉儿，“玉儿，去厨房里给我找两根胡萝卜，我随便吃点菜就行了。”

柳玉儿没敢去，因为唐思慕看了她一眼。

“哥哥特意为你做的，你不喜欢吗？”唐思慕眼中淌过一丝落寞，他垂下眼眸，长睫覆下阴影。

唐俏俏最受不了哥哥这种眼神了，忙说：“喜欢！我当然喜欢……”

她硬着头皮夹起一只兔子放进嘴里，咬到一颗坚硬的物体，像药丸……

哥哥望着她，眼眸如深海明珠般闪亮清澈。唐俏俏不忍心打碎哥哥的期待，一口咬碎兔子，发出“咯嘣咯嘣”的声音。

这什么东西啊！又甜又苦！发腻的甜味，混合巨苦的药味，直冲天灵盖。

唐俏俏的脸色变白变红变赤橙黄绿青蓝紫……

“我用强身健体的药草做了内馅，怕你嫌苦，放了许多糖，味道还不错吧？”

“不……错……”

这是饭吗？这是一颗经过美化的大药丸子！这种黑暗创意是怎么想出来的？

唐思慕受到鼓舞，又推过来一个铜盘，上面放着几只小巧玲珑的金色天鹅。

他眼睛亮晶晶地望着妹妹：“你喜欢就好。哥哥还做了果仁天鹅酥，一样好吃。快尝尝！”

“一样好吃”这四个字，已经让唐俏俏万念俱灰。

唐思慕夹起“天鹅”，亲自喂入唐俏俏口中。

虽然这只天鹅雕工不错，可是……

生姜也叫果仁吗？

为什么起这么诗情画意的名字，这不是骗人吗？应该直接起名为“油炸生姜块”啊！

“这是用陈年花雕腌制过七七四十九天的贡品生姜，经过高温油炸，外焦里嫩，香气扑鼻，可以提神醒脑，开胃健脾，是哥哥独创的珍品美食。好吃吗？”

“好……吃……”

唐俏俏流下两行清泪。

御苍南一直没说话，只是屁股一点一点往长椅的尽头挪去。

他以为没有被人察觉，但唐俏俏跟他有着深仇大恨，怎么可能让他顺利逃走？她以迅雷不及掩耳之势抓起“兔子”和“天鹅”，扑过去塞进御苍南嘴里，他拼命挣扎，俊脸都快变形了。

唐思慕心情很好，微笑着往唐俏俏盘子里夹了几块生姜，抬眸看她一眼，愣了愣。

唐俏俏正骑着御苍南身上，死死捂着御苍南的嘴，两人做着殊死搏斗。

唐思慕问：“你们怎么哭着吃饭？”

唐俏俏笑得很难看：“御苍南说哥哥做饭太好吃了，他感动得情难自抑。”

唐思慕笑了，眉眼如画：“你们喜欢吃，哥哥天天给你们做。”

“不不不！”强烈的求生欲使得唐俏俏连忙拒绝，“这样太辛苦了，我心疼哥哥。再好的美味也不能常吃，吃多了会腻，等我想吃的时候自然会恳求哥哥做的，平时就算了。”

御苍南泪汪汪听着唐俏俏瞎掰，他有时候真是佩服她，说谎的功力炉火纯青。这就叫所谓的兄妹情吧，宁愿被毒死也要笑着承受。不愧是教主，重情重义。

唐俏俏看到自己的盘子里被哥哥放满了食物，心里更难过了。

“哥哥，你怎么不吃？”

说来奇怪，每次哥哥做饭的时候，她都没见过他跟她一起吃。

柳玉儿抢着说：“右护法说这都是给教主做的，他舍不得吃呢。不过教主放心，右护法刚才让厨娘做了藕丝荷粉、龙井虾仁、翠玉豆糕、笼蒸螃蟹和紫参燕窝汤，他已经吃过饭了。听说那厨娘曾在宫中御膳房掌勺，手艺比起右护法，一点儿都不逊色！”

唐俏俏：“……”

柳玉儿脸颊羞红：“好羡慕教主，有个这么好的哥哥。”

羡慕什么啊？这哥哥给你吧，我不要了……

唐思慕关切地盯住她，眼眸如晨星般璀璨：“俏俏，还想吃什么？”

活命要紧！唐俏俏霍然站起身：“不了，我想去看看我娘，好久没去了。”

唐思慕没看出她在逃避，他随她一起站起来，柔声道：“也好，哥哥陪你一起去。”

..第二节..

唐俏俏来到魔宫的偏殿，这里没有花草树木，院落中冷冷清清。

大床上侧卧着一位面色苍白的妇人，她虽已中年却仍旧美丽动人，穿着一袭杏色丝绸长衫，青丝泻落肩头，有种柔弱慵懒的气质——此人正是唐俏俏的母亲白小惜。

白小惜见到女儿又惊又喜，柔柔地抬了抬手，身旁的丫鬟立刻扶她坐起来。

唐俏俏十分惊讶，连忙上前问道：“娘，你怎么了？病了吗？”

白小惜摇了摇头，温和地说：“前几日患了风寒，不碍事。”

“我爹呢？”唐俏俏左顾右盼，却只看到宫女在不远处怯怯站着。

这和她想的不一样啊！记得走的时候，爹说要和娘过二人世界，不想被她打扰，让她在这江湖上自由自在地吃喝玩乐。她以为回来又会看到爹娘在她面前肆无忌惮地晒恩爱，没想到娘竟生了病如此虚弱，爹也不知所终。

哼，不负责的老男人！

唐俏俏连自己亲爹也毫不客气地腹诽起来。

白小惜看出女儿心中所想，微微一笑：“你爹去给我买药了，还没回来。”

唐俏俏松了一口气，坐在母亲身边："只是一般的风寒吗，我看娘的气色很差啊。"

她摸了摸母亲的额头，冰冷濡湿，像是出了冷汗。

白小惜推开她的手，咳了几声，玉手遮唇，低声说："娘没事，过几日就好了。听说你在外面兴风作浪，惹得许多人发誓要将你挫骨扬灰，娘还以为你不能活着回来了。"

是亲娘吗？居然对她没有一点儿信心！虽然唐俏俏也遇到过几次危险，但凭借她的聪明才智，总能化险为夷。要怪只能怪她演技精湛，就算露出马脚，别人也不肯信。

唐俏俏说："娘，我现在抱住武林盟主的大腿了，他不会见死不救的。"

"岳清河？"白小惜很惊讶，"他不就是最恨你的人吗？"

她知道女儿的丰功伟绩，在书中抹黑众门派美男，唯独将岳清河描绘得完美无瑕。江湖中谣言纷飞，人们甚至怀疑岳清河真与那长腿妖姬有染。

唐俏俏羞涩地绞着衣角，脸颊泛起红云，衬得她肌肤如雪，明丽动人："我在沧明山庄住了那么久，还做了岳清河的贴身丫鬟。我知道他的习惯，知道他的喜好，知道他最喜欢的内裤颜色，我是这世上最懂他的人。男人都是口是心非，他嘴上说着恨我，其实很依赖我。"

身后传来一声嗤笑。

不用问，肯定是御苍南！

唐俏俏回头，对御苍南怒目而视！

白小惜幽幽地叹了一声："可那些名门正派视我们为眼中钉，若是知道了你的身份，肯定不会善罢甘休。岳清河作为武林盟主，不会向着你的……"

娘就是想太多。唐俏俏正要安慰她，突然有个黑衣人冲进来，跪地禀告："教主，不好了！岳清河破了幻影八卦阵，已经带着诸多高手冲来，在魔宫门口打砸怒骂！”

白小惜惊慌地望着女儿，脸色越发苍白，又忍不住咳了起来。

唐俏俏并不意外，她轻轻拍了拍白小惜的后背，扶她躺在床上，转身望向那黑衣人，冷静地说：“让疾风军立刻随我出战。”

她朝门外走去，与御苍南擦身而过，衣袂随风飘扬，艳丽似落日残阳。

此时的唐俏俏绝不像岳清河身边那个贪生怕死的小丫鬟。

御苍南回身望着她的背影，眼中沉淀着一片星河月色。

他只希望她不要在关键时刻，又为岳清河的美色所动摇……

不知何处吹来一阵风，吹乱了白小惜的长发。她抬起眼，看到殿中空寂清冷，所有人都走了，只剩下她信任的几个宫女。她终于敢张开手心，那里鲜红一片。

见状，身边的丫鬟惊呼：“夫人，您又咳血了，为何不告诉教主您中了毒呢？”

白小惜虚弱地摇了摇头：“我不能连累她。珊瑚，答应我，不可以让她知道这件事。”

珊瑚取来帕子为白小惜擦拭手心的鲜血，尽管她极力控制，眼泪却还是一滴滴落下。

“如今老爷生死未卜，您又中了毒，奴婢真的很担心……教主什么都不知道，万一她再出了事可怎么办啊……如果您将实情告诉她，或许她能帮您……”

白小惜低头看着雪白的绸帕，那血痕如寒冬蜡梅，一朵朵绽放在雪中。

她何尝不想告诉女儿？

可是她不能，她的弱点被人捏在手心上……

良久，白小惜垂眸叹息：“俏俏一定会逢凶化吉的。”

魔宫外一片混乱，紧闭的白玉大门上满是剑痕。

青城派大师兄持剑怒道：“魔教的浑球太嚣张了，居然敢掳走岳盟主最宠爱的丫鬟！”

嵩山派弟子附和：“他们欺人太甚！我们一定要冲进去将这帮浑球千刀万剐！”

岳清河神色凝重，紧握在手的青霜剑微微发颤，凌厉剑气直冲云霄。

这么久了，也不知道唐俏俏是否已经遭到毒手。一瞬间，他脑中浮现如花笑靥的她，给他端茶倒水的她，为他捶背捏腿的她，偷吃他桌上糕点的她，偷窥他沐浴更衣的她……

想到这些，岳清河忍不住红了眼圈。

无论如何，他一定会为唐俏俏报仇，绝不会让她白白送命！

在大家的齐心协力之下，大门终于被推开。岳清河带人冲进去，看到面前站着一位黑衣女子，她身形纤瘦，手握一柄轻薄却极为锋利的绯色宝剑，脸上戴着面纱，看不清容貌。

在她身后站着许多手持兵器的黑衣人，看起来训练有素，绝非乌合之众。

岳清河立刻猜出她的身份：“你便是圣姑？”

女子狂妄地冷笑：“你还不算太笨。”

此女子便是唐俏俏，不过她刻意伪装了声音，与平日里甜美可人的声音不同，十分冷艳嚣张。青城派大师兄听到她说话，气得牙痒痒，冲过来挡在岳清河面前，对唐俏俏说：“我还以为所谓的圣姑有多大能耐，原来是个弱不禁风的黄毛丫头！谁准你编造那些黄书，败坏我们的声誉？”

“编造？”唐俏俏似是有些疑惑，笑道，“廖师兄，你贵人多忘事。当初我们花前月下，情意绵绵，你说要娶我做小老婆，你的承诺全都忘了吗？”

唐俏俏当然是在说谎，但所有人都望向青城派大师兄，眼中分明是“好你个小子，深藏不露啊”的神色。

青城派大师兄脸上一阵红一阵白，俊脸气到变形："谁和你花前月下了！你根本就是凭借一己私欲乱写，抹黑我们青城派！大家不要听这妖女瞎说！"

"怎么还不承认了呢？"唐俏俏一声叹息。

"你……你血口喷人！"青城派大师兄的手在抖，长剑杀气弥漫。

唐俏俏却不慌不忙，如数家珍："青城派师兄弟都知道你的习惯吧。你晚上喜欢脱掉上衣在后山练拳，八块腹肌很好看，胸前还有一块梅花胎记。你有时候练到深夜摸黑去厨房偷吃，你酒量不好，喝两口花雕就醉得一塌糊涂，哭闹、打嗝、放屁、抠脚丫、说胡话……"

青城派大师兄欲哭无泪，为何他的习惯被这个妖女摸得如此透彻？

"女贼，我跟你拼了！"他冲着唐俏俏嘶吼，一剑劈过去，用尽全身力气，恨不得将她劈成八段！

唐俏俏持剑挡住，宝剑碰撞发出清脆的声音。

众人已经确信，面前的女人便是传说中的魔教圣姑！果然阴险狡猾到了极点！

他们怕她说出自己的秘密，纷纷持剑冲过去，场面一度十分混乱。

. . 第三节 . .

虽然来者都是绝顶高手，但这毕竟是魔宫，唐俏俏仗着自己人多势众又有暗箭机关，并未落在下风。她了解在场所有的美男，了解他们武功招式的弱点，她见招拆招，一连打败几位高手，而魔宫暗卫与她的配合也十分默契。

岳清河打伤了好几位暗卫。突然，一把绯色长剑飞过来，从他脸颊擦过去，惊得他一头冷汗。定睛一看，原来是嵩山派小师弟打飞了"圣姑"的长剑，而小师弟也被她踢翻在地，抱头呻吟。

岳清河见状，趁机冲过去，持剑朝"圣姑"要害处刺去。那女子却灵活地侧过身，避开他的致命一击，一掌打在他胸口。岳清河只觉得五脏六腑都被震得发麻，竟咳出一口血来。

连魔教圣姑的武功都这么高，那教主的武功该高强到什么程度啊？

岳清河没想到这么多武林高手加起来还打得如此吃力，看来今日必会展开一场恶战！既然是他率人前来，他必要让大家毫发无损地回去。一定要想个办法……

岳清河蹙起眉思考对策，却没想到面前的女子也停下了。

她用碧波荡漾的眸子望着他，声音忽而变得柔美悲切："清河，你果真要杀我？"

静！

诡异的静！

所有人都呆立在那里。

岳清河也愣住了。

她一步步走近他，眼中似有泪光闪烁。

"我只是爱你，有错吗？你对我绝情就罢了，为何要赶尽杀绝……"

赶尽杀绝的是他吗？他们根本打不过她好吗！岳清河察觉到众人怀疑的目光，竟然还有同情？什么意思？她在说谎你们看不见吗？居然还同情她？真以为我是负心汉吗？

岳清河越想越气，他此时算是彻底了解了青城派大师兄的感受。

"你别恶人先告状！你自己做过些什么，你难道不记得？将你大卸八块都是轻的！"

"我做的一切，还不是因为爱你。"

"你……恬不知耻！"

岳清河气得胃疼，恨不得杀她八百遍。

但他没有动手，因为面前的女子眼中流露出绝望，密不透风的面纱遮住了她的口鼻，只留下那双月牙般皎洁的眸，细碎星辰在她眼中闪烁，那是她摇摇欲坠的泪水。

“清河，你说过要带我看星星，看月亮，你说会爱我生生世世。”

“我没说过……”

“你说宁可负天下人，也不会负了我。”

“我……”我真说了吗？

岳清河竟有一瞬恍惚。

为何她的眼神如此悲伤，仿佛他们真是一对反目成仇的爱侣。

难道他真的跟短腿妖贼发生过感天动地的生死绝恋，而他失忆忘记了她……

不！不可能的！他根本没谈过恋爱，这都是短腿妖贼的阴谋！

岳清河强迫自己狠下心来，将长剑对准她，从牙缝里挤出一句话：“住口！我根本没见过你。自古正邪不两立，就算我见过你，我也不会喜欢你！我只想立刻杀了你！”

他最后那句话说出口，她的泪忽然如碎玉般跌落在风中。喉间哽咽了一下，她惨然道：“既然你这么希望我死，那我就如你的愿……”

岳清河还没反应过来，便看面前的女子握住他手中长剑朝自己身上刺去。

鲜血四溅！

她就这样，仰面倒在了浅金色的阳光下，青丝散落在地……

岳清河蒙了，他什么也没做啊，为什么她就这样死了？谁来告诉他，到底发生了什么？

丫鬟们在旁哭号：“圣姑，你醒醒！为了这么个男人不值得啊！”

但那女子闭眼躺在地上，再也没有了声息，风吹动她盈满细碎泪珠的睫毛，凄美至极。

岳清河的手微微颤抖，竟拿不稳手中的青霜剑，长剑“哐当”一声落在地上。

身后响起混乱的声音，有人叫好，有人惋惜，有人哭泣……

岳清河心口剧痛，他挨了“圣姑”一掌，受到内伤，此时再也撑不住，身体一晃半跪在地上，有人趁机冲过来，将麻袋套在岳清河的头上。眼前的光消失了，天地间漆黑一片……

. . 第四节 . .

岳清河醒过来的时候，以为自己做了一场梦——

惨绝人寰的噩梦！

他捂住隐隐作痛的胸口，缓缓坐起来，看到陌生的铁门铁窗。

地上倒着个白衣女子，双手捆着绳索，衣服上血迹斑斑。

岳清河连忙下床冲过去，拨开女子凌乱的长发，看到那张苍白却熟悉的面孔。

“俏俏，你还活着……太好了……”

唐俏俏不知道是不是自己听错了，为何盟主的声音略有哽咽呢。

她缓缓睁开眼睛，看到盟主盛世无双的俊颜，她眼中一下子涌出泪来。

岳清河扯开唐俏俏手上的绳子，怕她被绳索勒疼，伸手揉了几把。她凄楚的泪眼令人触之心伤，岳清河忍不住想要将她拥入怀中轻声安慰，可还没等他有所动作，唐俏俏便如八爪章鱼般缠在他身上，一把鼻涕一把泪地哭诉：“盟主，我就知道你会来救我的……”

岳清河望着怀里哭泣的少女，心忽然像是被春风吹拂，甜甜地化成糖水。

他轻轻地抚摸她的长发，也不知怎的，便说出他平日里从未说过的肉麻话来：“乖，不哭了。”说完又觉得脸红，别开脸往四周看了看，“这是什么地方？”

唐俏俏松开岳清河，抽了抽鼻子：“这是魔宫的死牢。”

岳清河疑惑：“死牢需要这么豪华吗？”

虽说门窗上都有粗重的铁栅栏，但这华美的金丝大床，这高档的红木桌椅，这光可鉴人的金银烛台，连桌上的茶盏都是琉璃白玉所制，精致竹篮还放着淡香扑鼻的桂花酥。

这是坐牢？

分明是圈养金丝雀的豪宅啊！

唐俏俏拉着岳清河的手站起来，怕他多想，连忙转移他的注意力：“盟主，我刚听到有人说圣姑被你杀了，还有人说你是始乱终弃的负心汉。不知道是不是我在做梦……”

岳清河面色铁青，脱口而出：“她是死了不假，但我根本不认识她！”

盟主怎么反应这么大，莫非是怕她吃醋，在对她解释？

唐俏俏脸一红，心里暗自窃喜。

时间拉回到三个时辰之前：

唐俏俏抓住岳清河的长剑，准确无误地插入自己腋下，顺势倒下。

丫鬟们在旁边狂撒鲜红的枸杞，哭号声一片。

她就这样在众目睽睽之下死了！

这是唐俏俏一早安排好的结局，从此魔宫再无圣姑此人，也不会再有人来找麻烦。

想到自己精湛完美的演技，唐俏俏在心中为自己欢呼鼓掌。

岳清河此时仍然脑袋发蒙。

不应该是这样的！他想堂堂正正杀了那短腿妖贼，不料她竟自尽在他面前，这下黑白全被颠倒了，显得她是为情所困的弱女子，而他则是背信弃义的坏男人!

苍天啊！大地啊！为什么会这样?

唐俏俏扯了扯岳清河的衣袖，语气充满崇拜：“盟主，你好厉害！”

岳清河沉默片刻，艰难出声：“这是一个误会……”

“什么误会？”唐俏俏好奇地望着他，眼眸清亮透彻。

岳清河张了张嘴，终究还是没有对她解释。

他扶着唐俏俏坐在桌边，看到她衣衫上满是血迹，眉头不由得皱了起来。

“唐俏俏，你是不是受伤了，脱下衣服给我看看。”

在盟主面前脱衣服?

唐俏俏一慌，男女授受不亲，她怎能随便对岳清河宽衣解带呢？不！最重要的不是这个！而是她根本没受伤，只是衣服上洒了鸡血。只要脱下衣服，岳清河就会看出端倪来。

“你怎么脸色发白，是不是失血太多了？到底伤到哪儿了？”

岳清河盯住唐俏俏，眼中只有担忧与关切，显然没有半点龌龊思想。

唐俏俏慢吞吞地解衣带，自言自语：“哎，我记得我系了个蝴蝶结，怎么变成死结了……”

岳清河见她很久都没解开那条衣带，有些不耐烦了，伸手一抽，轻盈的丝带飘落在地上，她的衣襟敞开，露出杏粉色的抹胸长裙，锁骨纤细玲珑，肌肤凝白如玉……

岳清河僵在那里，心脏突然跳得飞快。

唐俏俏抬眸望着岳清河，眼波如水，妩媚动人。

“看了我的身子，你可要对我负责哦。”

“那算了……”

岳清河捡起地上的衣带还给她，眼神飘走。

唐俏俏暗自松了口气，拢紧了衣服，将衣带打了个死结。

岳清河虽然没敢多看唐俏俏，他脸颊却在发烫，他转身四处打量，越看这死牢越觉得古怪：“我看御苍南是真的喜欢你吧，不但没有杀了你，还让你住在这么豪华的地方。”

“那种人怎么可能有真心，”唐俏俏立刻否认，“他只是利用我罢了！”

“那他怎么不利用别人？”岳清河狐疑地盯着她，“你又不是什么绝世美女。”

盟主你会不会说话？

唐俏俏愤愤然：“我虽然不是山庄里最美的，但也有几分姿色吧？”

她撩了撩蓬乱的头发，对盟主抛了个媚眼，但盟主专注于真相，毫不动摇，继续追问：“我觉得没那么简单。你老实告诉我，你和御苍南到底发生过什么。”

看来不找个借口，没法洗清嫌疑了。唐俏俏眼珠一转，随口瞎编：“我曾经无意中救过御苍南一命，没想到他对我一见钟情，非我不娶。他将我抓来魔宫，逼我做教主夫人，我怎么会相信那种残暴无良的魔头呢！无论他如何威逼利诱，我都不曾动摇，后来我终于逃出了魔宫。我知道盟主您神功盖世，肯定能保护我，所以才躲到沧明山庄，没想到御苍南忘不掉我的美色，紧追不舍。”

唐俏俏诽谤御苍南的同时，顺便将自己和盟主都狠狠夸了一顿，绝对是一箭三雕。

“对不起，盟主，”她装模作样地抹泪，声音轻软哽咽，“是我连累了你……”

岳清河心中莫名感到酸涩，伸手将她揽入怀中，轻轻拍打她颤抖的后背。

“我不怪你连累我，我只怪你没有早点告诉我，你受过的这些委屈……”

“告诉又能怎样呢？我只是个丫鬟，没资格要求盟主为我做什么……”

“别这么说！唐俏俏，你是我岳清河的丫鬟！我必会保护你！”

不愧是武林盟主，说起话来气势逼人，唐俏俏心都酥了。

她在岳清河怀里装哭，心中暗暗思索对策。

虽然八大门派的高手暂时被她逼退，但她抓了岳清河，他们不会善罢甘休，而御苍南那家伙也是居心叵测，她不得不防。她必须要尽快带着岳清河回到沧明山庄，安抚人心……

唐俏俏思考这些的时候，岳清河也在思考。

他不知道之前那场混战的结果如何，也不知道魔教的目的，但圣姑因他而死，魔教抓他回来肯定会施加酷刑，唐俏俏跟在他身边非常危险，该怎么保护这个柔弱的小丫头呢？

趁着岳清河沉思，唐俏俏轻手轻脚走到花架边，发出夸张的惊呼：“盟主，墙上好像有个可疑的机关。你快过来看看……”

岳清河扭过头来，正看到唐俏俏用手转动镶嵌在墙上的半圆形石头机关。

伴随着“轰隆隆”的声音，石墙突然裂开，露出了一条漆黑的地道。

死牢里居然会有出口？这设计有问题吧！

岳清河一时不敢相信，眼见唐俏俏要走进地道中，他来不及思考，一个箭步冲上去钩住她的纤腰，把她拉了回来：“小心有诈！”

哪儿来的诈？这是货真价实的逃命地道啊！唐俏俏在岳清河怀里挣扎，心中有些郁闷，又不敢直言，小声说：“看上去没什么问题……盟主，我替你进去打探一番……”

“那怎么行！”岳清河不假思索，将唐俏俏护在身后，“我先进去，你跟在我身后。”

盟主男友力爆棚啊！

唐俏俏心里万马奔腾！

她“嗯”了一声，乖巧地跟在岳清河身后。

短短一段距离，却如同龙潭虎穴，让岳清河走得心惊胆战。

就这么走出了地道，面前迎来皎洁月光，以及一片遍地泛黄落叶的树林。

岳清河握紧唐俏俏的手，惊诧地望着面前的景色，半晌都没有回过神来。

他们就这么轻易逃出来了？不是真的吧！魔教好不容易抓了他，将他和唐俏俏关在一起，却在死牢里设置个显眼的机关暗道，这根本不合理！一定还有别的什么陷阱吧！

岳清河不敢掉以轻心，带着唐俏俏穿过树林，一路上风平浪静。

后来……

他们就顺利地逃了出去，来到客栈，与其他的武林侠客会合了……

众人想了想，岳清河杀了圣姑，救回自己宠爱的丫鬟，大家也没别的损失，便也不想与魔教纠缠。回程的路上，众人一直问岳清河到底在魔宫发生了什么，他却不肯多说。

唐俏俏作为盟主的心腹丫鬟，沧明山庄的代言人，才气逼人的天才作家……怎么可能沉默呢？

她添油加醋乱编一番，令大家对岳清河敬仰不已。

若干年后，江湖上还流传着岳盟主单枪匹马杀入魔宫，与魔教大军激战数日，最终救回心爱丫鬟，全身而退的英勇事迹……

这是后话暂且不提。

..第一节..

岳清河杀了魔教圣姑，一战成名。

但这又能如何？他一点儿都不开心啊！江湖上到处都是他的传说，想要找他比武的人前赴后继！就比如现在，他出门喝个下午茶都有三个彪形大汉手持大砍刀堵在他面前。

岳清河扭头看了一眼，唐俏俏挎着个竹篮跟在他身旁。

他心中满是不安，轻声道：“都怪我，不该带你出来的。”

唐俏俏又一次趁机与盟主十指紧扣，娇俏纯美的小圆脸上，眸如星辰璀璨“盟主，你说这话就生分了。我生是盟主的人，死是盟主的鬼！”

三个彪形大汉惊呆了。

过来打个架，还要先干了这碗狗粮？

本来想要和和气气地比武，这下他们不干了！左边的光头男举起闪着寒光的大砍刀，气势汹汹说道：“此山是我开，此树是我栽。要想过此路，留下……”

他话还没说完，右边的络腮胡子狠狠踹了他一脚：“留你个头！我们是来下战书的，不是来打劫！”

光头男捂着屁股，委屈地说：“我看书里这句话特别威风，想给咱们涨涨志气……”

中间站着个肤色黝黑的男人，目光阴沉，瞪了他们一眼，两人连忙噤声。

黑面男作了个揖：“岳盟主，能否耽误您一点时间，跟我们切磋切磋呢？”

岳清河不跟他客套，握紧唐俏俏的手，直截了当地说：“没空。”

黑面男眼中闪过一丝阴鸷，姓岳的竟敢如此干脆地拒绝他，是看不起他吗？

“我们风流三少找你比武是给你面子，你小子别敬酒不吃吃罚酒！”

真没想到会有如此厚颜无耻的人，竟给自己取了这么个臭不要脸的名号。岳清河盯着黑面男脸上纵横交错的疤痕，没有看到半分跟“风流”有关的因素。

岳清河冷笑一声：“你们要真是堂堂正正，就不会在这暗巷里堵我。”

黑面男脸色更加阴冷，瞟了一眼躲在岳清河身后的娇弱女子，明白这名女子正是他的软肋。他嘴角勾起邪笑：“怎么，怕你输了会让身边这位小娘子失望吗？放心吧，我们会帮你收留她的。啧啧，这么漂亮的小美人儿，卖去青楼值不少银子。”

唐俏俏心情雀跃，居然有人夸她！

看吧，在外人眼里，她确实是颇有姿色的！

岳清河却面容冰冷，仿佛覆盖薄霜，冷风吹动他黛蓝色的长衫，气势倨傲。

他松开唐俏俏的手，打量面前的三人，薄唇轻启：“谁先来？”

黑面男笑得奸诈：“比武哪有什么先后顺序，当然是我们一起来了！”

他举刀砍向岳清河的要害，另外两人跟在身后冲过来，刀刀狠辣。

岳清河连忙退后，将唐俏俏推向一边：“你快躲起来，小心他们伤到你！”

唐俏俏也看得出来，来人皆是高手，所以才敢挑战赫赫有名的武林盟主。

但她不担心，她的英雄怎么可能输呢，她要亲眼看着盟主把他们打得落花流水！

唐俏俏顺势坐在路边的石墩上，从怀里的竹篮中掏出瓜子，津津有味地嗑起来。边看，她还边给盟主喝彩：“好一招‘猴子偷桃’！我们盟主没得说，就是帅！”

那三人被唐俏俏气得快要吐血，将所有愤恨全都发泄在岳清河身上。

以一敌三，岳清河渐渐感到吃力，他很怕出现意外，会连累到唐俏俏。

唐俏俏却对盟主的心思毫无察觉，坐在一旁张牙舞爪地叫嚣：“使劲揍他！打他的大饼脸！哼，在我们盟主面前还敢自称‘下流三少’，我们盟主才是最下……呃，怎么不对……”她挠了挠后脑勺，干笑道，“你们这个歪瓜裂枣的中老年男子团体叫什么来着？”

“风流三少”手中的大刀饥渴难耐，恨不得将这个叽叽喳喳的丫头扎在石墩上。

他们三人合力逼近岳清河，每一招都阴险至极，逼得他只有招架之力。

他们太想打败岳清河，给这个不知天高地厚的丫头看看站错队的下场是什么！况且在过招时他们也察觉，岳清河的武功并不像传说中那般神乎其神，他们三人有极大的胜算！

黑面男一刀劈过去，岳清河险险躲开，肩上被划开一道血痕。

唐俏俏抓了把瓜子，望着激斗的四人，脸上渐渐没了表情。

她能看出对方的每个破绽，可为什么岳清河看不出呢？

她以前也见过岳清河练武，他的武功招式华丽酷炫，看得她激情澎湃，手都要拍红了。可真正对战时，岳清河的实力却没那么强悍，明明有几次能解决对方，他却都错过了。

“唐俏俏，你傻坐着干什么，快逃啊。”岳清河回头朝她喊了一声。那眼神，简直当她是个大傻子。

唐俏俏站起身，眨了眨天真无邪的眼睛：“我走了，你怎么办？”

岳清河道：“你待在这里也无济于事，只会让我分心。”

络腮胡男冷哼一声：“岳清河，你自身难保，还有工夫担心别人！”

“你咋那么凶呢，怪不得嫂子要红杏出墙！”光头男指责同伙，眼见络腮胡男眼里充血要扑上来跟他拼命，他连忙后退几步，扭头对唐俏俏嘿嘿一笑，转移话题，“小娘子莫怕，等我们杀了岳清河，就把你扛回府里好好疼爱。”

话音刚落，突然几颗瓜子飞过来，竟打断了光头男手中的长刀，金属断刀碎在地上。而光头男的嘴巴也被一颗瓜子打肿了，他捂着嘴，震惊地望着唐俏俏，再也说不出话来。

唐俏俏掂了掂手里剩下的瓜子，语气冷淡：“反派死于话多，你不知道吗？”

众人惊呆了！

几颗瓜子竟有这样的威力？

敢情最难对付的不是岳清河，而是这个看似平平无奇的丫头！

黑面男不敢轻举妄动，谨慎地盯着唐俏俏：“你是何人？”

唐俏俏没理他，朝岳清河勾了勾手指，脸上露出一抹明艳的笑：“过来。”

岳清河慢慢走向唐俏俏，此时他心中也是跌宕起伏。

唐俏俏居然会武功？为何这么久她都没有告诉他？他曾试过她的身手，发现她毫无内力，便放心地让她做了自己的贴身丫鬟。原来他被骗了，她一直都在隐瞒！

唐俏俏看到岳清河肩上的血痕，皱了皱眉，将怀里的篮子塞给他。

“我看你们是活得不耐烦了，居然敢砍我们盟主！”

她一把瓜子丢出去，三人抱头乱窜。不是他们孬种，实在是这丫头的内功深不可测，只听风声都令人胆战心惊。他们要是不逃，肯定会被扎成刺猬！

唐俏俏哪肯放过他们?

她接过岳清河手中的长剑，飞身上前。

长剑映着阳光，宛如轻薄的银色霜雪，却威力极大，划破长空，击碎艳阳。

刚才还扬扬得意的嚣张三人组在唐俏俏面前不堪一击，他们甚至没看清发生了什么，身上便不同程度地受了伤。

三人极为震惊，这丫头的功夫比他们过世的师父还高，简直顶十个师父！他们纵横江湖几十年，从来没有遇到今日之惨状。这是实力上的碾压！

岳清河看呆了。

唐俏俏的功力之深，绝对在十大高手之上，为何江湖上没听说过这个女人的存在?

她的招式简单粗暴，两三下便挑飞了杀气腾腾的大刀，将他们踩在脚下。

“下流三少，你们输了！”

“是风流三少……”

唐俏俏将手中宝剑插在地上，她好像没用力似的，动作轻巧，剑刃却瞬时没入青色石砖。

“从今天开始，你们就改名叫‘下流三少’了！”

黑面男欲哭无泪，又不敢争辩，锋利的长剑近在咫尺。这把青霜剑可是兵器谱上有名的兵器，在岳清河手中并未发挥出十成功效，在唐俏俏手里却势如破竹，难以抵挡。

他趴在地上，脸紧紧贴着青石地，动也不敢动，早把尊严抛之脑后：“是是是，女侠说什么就是什么。我上有老下有小，求女侠高抬贵手，饶我一命！”

唐俏俏冷哼一声，手指摆弄剑柄上的红缨：“去给我们盟主道歉！”

三人在唐俏俏冰冷的视线下，一点一点蠕动到岳清河脚下，抱着他的大腿痛哭流涕：“岳盟主，小人有眼不识泰山，冒犯了您，求您放我们一马，我们再也不敢了。”

岳清河僵立在那里，一言不发，脸色微微发白。

他被自己的丫鬟救了，这话说出去不好听啊！

唐俏俏将青霜剑还给岳清河，柔声征求他意见：“要放过他们吗？”

岳清河还没说话，唐俏俏又说：“你要是不肯，我现在就把他们灭口。”

要不要这么心狠手辣啊？杀人灭口还用这么温柔的语气！这丫头到底是谁啊？

地上的三人吓得浑身瘫软，他们在江湖上混迹多年，都没听过这样的人物。

..第二节..

“岳盟主，你说句话啊！”

三个大男人涕泪横流，快把岳清河的长衫扯破了。

岳清河后退几步摆脱了他们，对唐俏俏说：“他们已经认输了，就别赶尽杀绝了。”

唐俏俏很听话，甜甜地说：“我们盟主真是宅心仁厚。”说罢又低头看了看地上的三人，冰凉凉地吐出一句话，“还不走？等我反悔吗？”

这丫头的眼神太吓人了！

三人连滚带爬，瞬间消失在他们的视线里。

唐俏俏将目光转向岳清河，看到他肩上皮开肉绽，血迹浸透了衣衫，她的心都揪了起来。但看他伤口并无异色，刀上应该没有淬毒，还是先扶盟主回到沧明山庄涂些药吧。

两人走在路上，岳清河沉默很久，问道：“你怎么会武功？”

唐俏俏说起谎来面不改色：“最近新学的。还不错吧？”

新学的？别唬人了！我练了这么多年还不如你！

“盟主，你的脸色怎么这么差？”

唐俏俏扯了扯岳清河的衣袖，见他没有回应，她惊慌道：“不会又怀疑我了吧？”

正说着，她清澈的眸子便涌出泪来，声音微微发颤：“你说过再也不会怀疑我的……”

岳清河心口突然抽痛。

在幻影八卦阵时，就因为他的怀疑，差点误伤了她。他承诺过，再也不会怀疑她。可是经过刚才一战，他突然发现唐俏俏有很多秘密，他不敢再相信她了……

他垂下眼眸：“我没怀疑你，只是觉得意外。”

唐俏俏道：“我也没想到我学武那么有天赋，你若是不喜欢，我以后再也不学了。”

岳清河淡淡一笑，冷淡的神情，看不出喜怒。

唐俏俏继续说：“你若还是不满，干脆挑断我的手脚筋，让我再也没法习武！”

岳清河的脚步停住。

这丫头，要不要这么狠……

他又不是残暴无情的魔头，她说得出这种话，他可做不出来！

他转身望向唐俏俏，幽幽地叹了口气：“你明知道我不会伤害你的。”

这句话真是柔情万种，听得唐俏俏心里像是有只毛茸茸的猫爪在轻挠。

“我怕盟主生气。”唐俏俏抽了抽鼻子，抬眼偷看岳清河，“盟主，你别不要我。”

岳清河拭去唐俏俏眼角的晶莹，笑道：“方才你那么威风，怎么在我面前就变了？”

唐俏俏嫣然一笑，眉目清丽秀美，声音甜软：“因为盟主是我的软肋呀。”

岳清河的心脏猛地一跳。

说不清是什么感觉，他只觉得整颗心都飘到了云端。

真奇怪，山庄内美女如云，他从未有过这种感觉。

为什么唐俏俏总会让他平静的心湖波涛起伏呢……

唐俏俏扶着岳清河回到沧明山庄，姿势亲密，哪里像丫鬟，分明像是小老婆！

嫉妒的丫鬟们凑在院门口，眼睁睁地看着唐俏俏走进盟主的房间，很久都没有出来。

大家正暗暗脑补唐俏俏对盟主做了些什么，越脑补越是眼红，纷纷议论起来：

“盟主跟唐俏俏走得太近了吧！平时我连碰都不敢碰盟主一下！唐俏俏倒好，跟盟主勾肩搭背的！哼，看着挺清纯一丫头，怎么这么不要脸呢！”

“盟主才不会喜欢她！这世上没有人配得上咱们盟主！

“可是唐俏俏心肠歹毒，城府极深，盟主那么单纯，万一被骗财骗色了呢。”

“那就赚翻了！我要是能骗到盟主的财色，减寿五十年也愿意啊！羡慕嫉妒恨啊！”

“你说啥呢！盟主是我们大家的，只可远观而不可亵玩焉！”

一个白胖的丫鬟挤进来，她名唤蜡梅，长得很像年画上抱鱼的胖娃娃。她同样看不惯唐俏俏，听到大家又在扎堆说唐俏俏坏话，高兴地提议：“要不，咱们给唐俏俏尝点儿厉害，让她再也不敢接近盟主。”

周围突然静了下来。

蜡梅以为大家会举双手双脚赞同她的提议，却没想到冷场了。

她扭头看了看面有难色的丫鬟们，愤愤道：“怕什么啊。咱们在沧明山庄待了这么多年了，是资历高深的前辈，还比不过一个新来的丫头吗？”

丫鬟们沉默片刻，七嘴八舌地说起来：

“你忘了，那次彩霞在唐俏俏饭菜里放泻药，结果被她掉包，彩霞吃了那碗饭，上吐下泻，半条小命都没了……”

“那次凤仙想把唐俏俏推进荷花池，反被她推下去喝了好几口水……”

“那次月娥把金镯子放在唐俏俏枕头底下，想污蔑她手脚不干净，结果月娥带人过去搜查的时候，枕头下什么都没有。唐俏俏哭得梨花带雨，盟主都心疼了。”

作为当事人之一的月娥哭丧着脸说：“那金镯子是俺娘给俺留下的嫁妆，就这么被唐俏俏霸占了，俺找谁说理去。你们要去收拾她，你们自己去，别拉俺下水。”

蜡梅的表情一僵。其实她也不敢单独去收拾唐俏俏，本想找个帮手的，没想到大家都怕唐俏俏……

周围安静下来，丫鬟们该扫地的扫地，该浇花的浇花，再也没人敢多说。

身后突然传来爽朗的大笑声，震落树上残叶，惊扰麻雀纷飞。

“欧阳庄主，好久不见，晚上一起去喝酒吧。”

丫鬟们纷纷回头，看到来者正是岳清河之父，前任武林盟主——岳廷川。

他穿一袭茶青色长袍，头束墨玉发冠，无论衣衫还是鞋靴都是崭新的，没有半点污迹，身形高大，站姿挺直，手里提着个雕花鎏金鸟笼，真可称得上是一位精致的中年男子。

他面前的玄衣男子正是欧阳山庄的庄主——欧阳竹。

欧阳竹拱手说道：“不了，在下此番前来，有正事与廷川兄商讨。”

“喝点儿酒误不了正事，”岳廷川拍拍欧阳竹的肩膀，声如洪钟，“我儿这几天又给我买了几坛老酒。呵呵，你也知道，我对酒没那么挑剔。什么千年陈酿，喝起来不就是那么回事嘛。但我儿的心意，我也不好拒绝。恰好欧阳庄主来了，不妨与我一起赏月品酒。”

千年陈酿？还能喝吗？已经成毒药了吧！

欧阳竹在心里翻了个白眼，每次来找岳廷川，他都不忘炫耀儿子。

“呵呵，真不凑巧，晚上我要陪我闺女去练剑，当年我十岁便悟得苍穹十七式的最后一式，她十六岁才悟出来，现在的孩子真是一代不如一代。”

苍穹十七式？我悟了几十年都没悟出来。你和你闺女这么牛，你咋不上天呢？岳廷川心中同样翻了个白眼，但他表面丝毫未露，拍拍脑袋笑道：“哟，你不说我都忘了，我要去给我儿买些顶尖的武功秘籍。就吃顿饭的工夫，他就练了三本秘籍。买一箱秘籍，几天就练完了，太浪费了。欧阳庄主有没有兴趣跟我一起去批发秘籍？”

欧阳竹嘴角抽了抽，看小黄书也看不了这么快吧？

“呵呵，这几天我闺女也练了几十本秘籍，不如我们交换？”

两人交谈甚欢，气氛一片和谐。

正说着，岳廷川突然发现儿子院门口围了一堆丫鬟。

他很是诧异，用欧阳竹能听到的音量自言自语：“虽说庄内的丫鬟们都暗恋清河，却都懂得分寸，很少如此高调地围在这里偷窥他，真是奇怪。”

欧阳竹这次没说什么，他知道岳清河确实是人中龙凤，丫鬟们暗恋他也是情理之中。

蜡梅听到岳廷川的话，却动起了小心思，跑过来对岳廷川禀告：“老爷，奴婢们可不敢对盟主有想法。是那个唐俏俏，居然跟盟主搂搂抱抱，进了房间许久都没出来！”

“唐俏俏？”岳廷川对这个名字有印象，是个嘴甜又有灵气的小丫鬟。

他不愿让欧阳竹小看他，拂袖说道：“清河怎么可能会为一个丫鬟动心，你们想多了！”

“唐俏俏可不是一般丫鬟！”蜡梅声音拔高，极力想要证明，“她心机可深了，她……”

“别说了！”岳廷川面色不悦，打断她，“我是他爹，难道还不了解他吗？清河心里只有练功，对儿女情长根本不感兴趣，更不可能看上一个丫鬟。你们再敢散播谣言，绝不轻饶！”

蜡梅吓得一哆嗦，不敢再说话。

岳廷川扭头望向欧阳竹，朗笑道：“刚才聊到哪儿了？”

欧阳竹望向岳清河的庭院，碎石铺成的银白小路直通那扇紧闭的木门。

他移开视线，眼中的深冷蓦然散去，呵呵笑道：“说到交换秘籍。”

..第三节..

房间里，岳清河赤裸上身躺在床上，面色苍白，脸颊上却有一抹微红。

唐俏俏跨坐在他腰间，俯身凑近岳清河耳畔，呵气如兰：“盟主，你在脸红吗？”

岳清河的脸更烫了，别开脸不去看她：“涂药就涂药，为什么要用这种尴尬的姿势？”

唐俏俏一本正经地说：“如果盟主坐着，药粉就会撒落在床上，躺着才是最佳姿势。”

这丫头总有很多借口，岳清河无法反驳，只得闭上眼。

他想要露出若无其事的表情，唐俏俏只是他的丫鬟，为他涂药不是很正常的事情吗？

可为什么他的心跳越来越快？

她俯身时细软长发落在他身上，发间香气弥漫，撩动他的心弦。

岳清河知道，唐俏俏并非他眼中娇柔无辜的小白兔，她一直在骗他。

可她今日对战风流三少，是何等的英姿飒爽……

她持剑飞舞时，好似全身都在发光……

唐俏俏并没有乘人之危对岳清河做些什么，她用湿布擦去他身上的血迹，在伤口撒上金疮药，翻身下床，将绸被轻轻盖在岳清河身上。见他额头冒出一层冷汗，她用锦帕拭去细密的汗珠，担忧地说："盟主，我看还是找个大夫来看看吧？"

岳清河淡然道："这点儿小伤，没必要让别人知道。"

唐俏俏不解地说："伤势虽然不重，但如果有大夫对症下药，伤口会更快痊愈。"

她转身正要出去叫人，手腕却被岳清河拉住。

唐俏俏回身，低头望着岳清河的手，他冰冷的手指如无瑕白玉。

"今日的事情，你对谁都不要提……"

唐俏俏怔了怔。

她视线缓缓飘向岳清河。

他眼眸低垂，脸颊一抹浅淡的红，分不清是因为伤痛还是愤怒。

"为什么？"唐俏俏问。

难道要所有人都知道他这个武林盟主学艺不精，被那奸诈狡猾的风流三少打败，还被自己丫鬟救回来吗？太丢脸了！岳清河松开她，冷然道："不该你问的别问，出去吧。"

大家发现盟主对唐俏俏的态度变了。

唐俏俏也察觉到古怪。

她整日便是无所事事在山庄里闲逛，有时候良心发现，问盟主有什么需要吩咐的。盟主都说没事，让她好好歇着，却命令其他的丫鬟帮他收拾屋子，端茶送水。

不知情的，还以为唐俏俏是养尊处优的盟主夫人呢。

清晨，朝霞透过层层叠叠的浮云，洒落一片柔光，铺满了青石地。

唐俏俏趴在窗边，将窗纸戳了个洞，看到月娥殷勤地为岳清河擦桌。

岳清河坐在书桌旁，低头看书，侧脸英挺冷峻，一袭烟青色长衫衬得他气质超然。

他的伤已经痊愈了，气色也好了许多，可为什么对她这个救命恩人，他就没有半点以身相许的心思呢？

唐俏俏越想越是不满，推门走进书房。

月娥见到唐俏俏进来，如同老鼠见了猫，小声说：“俏俏姐来啦，那俺就先出去了。”

岳清河有些诧异：“你不是比唐俏俏年长三岁吗，怎么称她俏俏姐？”

月娥低头说：“俏俏姐是盟主身边的红人，奴婢怎敢不敬。”她将抹布扔进水桶，提着桶逃亡般地奔出盟主的书房。

唐俏俏走近岳清河，哀怨地望着他，眼波如水，楚楚怜人。

岳清河怔了怔，合上手中的书，轻声问：“怎么了？”

唐俏俏咬了咬嘴唇：“盟主，你是不是不喜欢我了？”

“不是……”哎，不对，我何时说过喜欢你？

“那你为什么对我这么冷淡，什么都不让我做，把宠爱都给了别的丫鬟？”

你武功这么高，我哪敢使唤你！岳清河温柔地笑道：“我不舍得让你干活……”

唐俏俏轻轻扯了扯岳清河的衣袖，声音甜美，好像在撒娇：“盟主，你不用对我这么好的，虽然我细皮嫩肉看起来很娇贵，但是为了盟主，我什么都愿意做。”

岳清河抬眸看她，眉目俊朗，窗外透进的晨光映在他脸上，映衬得他闪闪发光。他轻柔一笑：“那你就去城东李记买些油酥饼回来吧，许久没吃过了。”

唐俏俏领了命，欢天喜地出去买油酥饼了。

待她离去后，岳清河立刻来到唐俏俏的房间，开始翻找起来。

他曾经说过再也不会怀疑她，他也是真心想要信任她的，可她身上的秘密太多了，他无法视若无睹。

岳清河想，只要在她房中没搜到不利的证据，他就愿意信她。

然而，事与愿违。

他在房梁上找到一个旧花盆，挖开土，取出一个上了锁的木盒。

岳清河用匕首撬开铜锁，看到里面放着一本书，书皮上鲜红的大字赫然入目——《盟主太爱我怎么办》，书只写了一半，作者正是长腿妖艳采花贼本人！

岳清河的手在颤抖，原来唐俏俏就是他想要千刀万剐的短腿妖贼！

气愤之余，他还是忍不住看完了这半本书……

虽然内容不可描述，但剧情真是高潮迭起，笔力惊人。

很期待接下来的故事发展……

唐俏俏买了油酥饼回来，推开书房的门，献宝似的晃了晃手中的暗红色的雕花食盒，水眸弯弯如月：“盟主，我回来了。给你买了油酥饼和芝麻糖，还买了一瓶花雕酒。”

岳清河沉默地看书。

他仍然坐在书桌旁，好像自她走后就没有再离开过。

风吹开了木窗，撩动他被玉冠束起的墨发，清寒的光映在他深邃的瞳眸里，看不清表情。

这么认真，看什么呢？

唐俏俏将食盒放在桌上，凑过去瞅了一眼，脸色忽而惨白。

岳清河缓缓扭头望向她，眸如静夜中波澜不起的深海。

“你抖什么？”

“没……没抖啊……”唐俏俏露出僵硬的笑容，眼神闪躲不知该往哪里看。

岳清河对她笑了笑，修长玉指翻动桌上的书：“有没有觉得很眼熟？”

暗黄色的书页哗哗哗地在唐俏俏眼前掠过，最后书页被合上，露出唐俏俏亲手画的书皮。

悬崖边站着一位容颜绝世的白衣男子，似乎受了伤，长剑垂下，点点鲜血落于风中，他伸手抚摸面前红衣女子娇美的面颊，两人眼中皆有晶莹泪光，画功极为传神。

男子不用说，正是岳清河本人，而那女子双腿奇长无比，占据了大半身体，比例惊悚不似人类，恰好印证了旁边那鲜红的作者名：长腿妖艳采花贼。

唐俏俏当然认得，这是她写了一半的新作——《盟主太爱我怎么办》！

虽然盟主笑得柔情蜜意，但唐俏俏感受到了隐忍的杀气。

她明明将此书锁在密匣中，还埋在花盆里藏在了房梁上，盟主怎么会拿到？肯定是他早就怀疑她了，故意将她支出去买油酥饼，趁机去她房中翻找过。

唐俏俏脑中飞速转动，她心知没法再抛清关系，眼珠一转，低声说道：“这是我从魔宫偷出来的……长腿女侠的遗作……”

“遗作？”岳清河挑了挑眉，“她死前是怎么知道风流三少来挑衅的事情？”

唐俏俏头皮发麻，绞着手，声音越发轻飘：“也许是她未卜先知……”

“你以为我会信？”岳清河的声音陡然拔高，挥手将桌上的书拂在地上，狠狠踩了几脚，“这书里写得像模像样，唯一的差别就是把你的功劳全给了我，说我用几颗瓜子便打碎了风流三少的长刀，舍命救了长腿妖姬，若非见证这一切，谁能写得出！”

唐俏俏吓得一哆嗦。

虽然心疼地上残破的手稿，但保命要紧！

唐俏俏浑身绷紧，生怕岳清河突然打她：“可能……可能是风流三少写的呢？”

岳清河：“……”

唐俏俏偷瞄岳清河：“我早就怀疑他们了，挑战就挑战，非要用色眯眯的眼神看你。肯定是对你有些好感，被打败后不服输，悄悄溜进我房里，篡改长腿女侠书中的内容……”

岳清河快要被唐俏俏气死了，她别的不会，颠倒黑白倒是一把好手！

“他们什么时候用色眯眯的眼神看我了？唐俏俏你能不能别现编！”岳清河怒极，箍住唐俏俏纤细的手腕，墨黑眼眸里燃烧着熊熊怒火。

唐俏俏皱了皱眉，喉间发出一声轻软的痛呼。

岳清河以为弄疼了她，连忙松了手，随后又觉得懊恼。

他不能再上当了，对她的心软就是对自己的残忍！

岳清河逼视唐俏俏，目光冷如寒冰：“老实说，你是不是短腿妖贼！”

唐俏俏仰着脸看他，怯怯出声：“盟主，你不是说不会再怀疑我吗？”

杏眸渐渐涌出泪来，如骤雨中盈满水珠的娇弱小花，竟让岳清河心脏揪紧。

“我不想怀疑你的，可是事实摆在眼前，你给我个信任你的理由？”

唐俏俏“扑通”一声跪在地上，抱着岳清河的大腿哭号：“奴婢冤枉啊！盟主，你是不是变心了，故意找个借口把我赶出沧明山庄。你不能这样，我救过你的命，你现在恩将仇报，传出去了会让武林同道嘲笑！”

... 第四节 ...

岳清河低头看着面前毫无节操的少女，只觉浑身都僵硬了。

“唐俏俏，你给我站起来！”

“你要杀我！我不站！”唐俏俏抱得死紧。

岳清河用力挣脱她：“你的鼻涕抹我衣服上了！”

唐俏俏呜呜说道：“咱们的情谊难道还抵不过一件衣裳吗？”

岳清河俯身抓住她的手臂，将她拎起来，望着她布满泪痕的小脸，从牙缝里挤出一句话：“你做什么我都能原谅，唯独不能原谅你是那短腿妖贼！我做梦都想杀了她！”

“你不是已经杀了她吗？所有人都说你睡了圣姑不想负责，逼她自尽了。”

岳清河气到手都在抖，将她丢在地上，怒道：“我没做过！”

唐俏俏晃晃悠悠地站起来，揉了揉摔疼了的屁股。像是害怕他，她小心翼翼地退后几步躲在屏风旁，抽抽搭搭地说：“我相信盟主……可你为什么不肯相信我呢？”

面前的少女柔弱怯懦，哪里像书中那个妖娆美艳、放肆嚣张的长腿妖姬？

若不是岳清河之前见识过唐俏俏的高超武功，他真的会怀疑自己的判断。

他一步步走近她，高大的身体在她身上投下阴沉的影：“唐俏俏，你武功高深莫测，绝非寻常人，为何会隐瞒自己的身手，来到沧明山庄做一个普通的小丫鬟？”

唐俏俏擦了把眼泪，声音因哭泣而略有些含糊：“我不是被盟主的美色所迷惑了嘛。”

这丫头，说起肉麻话还真是脸不红心不跳啊！岳清河又道：“那御苍南怎么解释？你说他逼你做教主夫人，我看你武功跟他不相上下，交起手来谁输谁赢还不一定呢！”

唐俏俏不假思索地说："我不是说了吗，我的武功是最近才学的，以前打不过他。"

"你骗鬼吧！你这话就好像在告诉我，你刚生下来就身长百尺！"

岳清河双眼发红，从袖间取出锋利匕首，抵在唐俏俏喉咙上，厉声道："你到底是谁？魔教圣姑又是谁？为何你们两人都跟短腿妖贼有关？到底谁是真谁是假？"

唐俏俏低着头，看着岳清河紧握刀柄的手。

她竟没有惊慌，甚至连身体都没有抖动，就那样静静站在他面前。

岳清河还以为唐俏俏吓傻了，他眼中掠过一丝复杂神色。

他并不是故意对她凶，只是他太生气了，一切矛头都指向唐俏俏，他不得不怀疑。

此时周围静下来，连呼吸声都变得清晰。

岳清河突然感到胸口有种窒息般的痛。

是愧疚吗，还是心疼？

他不愿怀疑她的，如果这次又错怪了她，她该多么伤心……

岳清河正想着，唐俏俏缓缓抬起头来，他的视线猛地撞进她淡漠的眼眸中。尽管眼角仍有泪痕，她却平静得好像什么都没发生过似的，食指轻轻拭去眼角的一滴泪。

"被你发现了呢。"

唐俏俏扑哧一声笑了，嗓音甜美如珠玉落银盘。

这一瞬间，岳清河竟被唐俏俏转变自如的神色震撼了。

她笑盈盈地望着他，眉眼秀美，却隐隐有着平日少见的气势。

"是谁说魔教一定要有圣姑？"

"魔教没有圣姑吗，那我杀的那个女人是谁？"

岳清河迷茫了。

难道一切都是一场梦？

不可能！

虽然他中途昏了过去，但记忆中的事物如此清晰，历历在目。他才没有做梦！

岳清河心中怒火更盛，握紧手中匕首，紧到指骨咔咔作响：“事到如今你还想骗人？你真是……”

他话音未落，唐俏俏打断他：“圣姑是我假扮的。”

“你？”岳清河震惊至极，“不可能，她明明死在我面前……”

唐俏俏勾起唇，表情似笑非笑：“你确认过她真的没有气息了吗？”

岳清河忽然面色灰白。

那所谓的圣姑蒙着面，说了些莫名其妙的话，突然自尽在他面前，而他也昏了过去。究竟发生了什么事，岳清河并不明白，此时听唐俏俏说起，他脑中那些混乱的细节才变得清晰。无数记忆碎片飘浮在脑海中，串联起线索，拼凑出真相……

尽管不愿相信，岳清河却不得不相信。

那个女人很可能就是唐俏俏……

她利用了他的信任！

岳清河一手抓住唐俏俏的肩膀，手劲之大让她皱紧了眉。他将唐俏俏推到墙上，口中说出的每个字都满含恨意：“你果然就是那短腿妖贼！”

唐俏俏靠在冰冷的石墙上，后背被撞得生疼，却还不忘严肃纠正岳清河的措辞：“盟主，我是传说中惊才绝艳的‘长腿妖艳采花贼’，请尊重我的笔名。”

岳清河伸手撕她的脸，并没有发现人皮面具的存在。

这个该死的女人！从来都是易容出现在别人面前，伪装得天衣无缝，却用真实面目出现在他面前，是有多看不起他？

岳清河越想越气，怒道：“你不是在书里说你脖子以下全是腿吗？骗子！”

唐俏俏撇撇嘴：“我是女主角，为自己开几根‘金手指’怎么不行了。”

岳清河冷笑：“真是踏破铁鞋无觅处，得来全不费工夫！既然你自投罗网，我自然不会跟你客气。我这就去通知八大门派，捉到你这妖女了！”

唐俏俏大惊：“盟主，你真要这么绝情吗？”

就算此刻她眼波流动，晶莹若泪，岳清河也不会再动摇了！

他嘴角勾起一抹清冷弧度，分外残忍：“早知今日，何必当初。”

唐俏俏突然想到那些被她残害过的诸多美男……

她知道，他们恨不得将她生吞活剥。可她毕竟与他们朝夕相处过，那些美好的回忆、灿烂的友谊，始终存在于她的心中，她怎能就这样被岳清河绑去，任由他们唾骂侮辱。

太没面子了！

她越想越害怕，伸手环住岳清河的腰：“不要啊，盟主，他们那么恨我，会杀了我的。”

岳清河脸色一变。

怀中的身体温热娇软，带着少女发间晨草花露的清香，他竟慌了一慌。

“唐俏俏你干什么？放手！你这招对我已经没用了！”

“我还年轻，不想死，我没吃过世间所有的山珍海味，也没玩过世间所有的美男子……”

“什么？”岳清河脸色不太好，“你还想玩遍世间所有的美男子？”

糟了，说错话了！唐俏俏抬眸望向岳清河，泪眼汪汪，试图补救：“不不不，只要盟主愿意，我这辈子可以只玩盟主一个人。世间所有美男加起来也没有盟主好……”

她的补救简直等于火上浇油！

岳清河面色绯红，低吼道：“住口！你现在说什么都来不及了！”

他不想再听这个女人说话，他只想立刻将她绑起来！

岳清河手边没有绳索，又怕她借机逃走，索性抽下腰间锦带，抓住唐俏俏的双手，正要将她绑住，唐俏俏突然抢过他手中的匕首，只不过瞬间，锋利的刀刃便横在了他脖子上。尽管匕首上没有杀气，那冰寒的触感却清晰地告诉他，局势已经天翻地覆。

岳清河整个人都僵在了那里，额头上冒出细汗。

他怎么忘记了，她身怀绝世武功，根本不好对付！

唐俏俏偏着头看他，耳畔一枚蝴蝶耳坠轻轻摇晃，缤纷珠玉衬得她容颜清丽明媚。

岳清河心中跃升起不祥的预感：“你想干什么？”

她温婉浅笑：“岳盟主，你的武功好像没有我想象中那么好。”她踮起脚，凑近他耳畔，用风一般的轻柔声音与他商量，“不如，我来替你坐武林盟主这个位置？”

岳清河惊住！

他心跳如擂鼓，竟被她的话震慑到无法喘息。

他的秘密被唐俏俏发现了，身为武林盟主的他，武功水平差强人意！

从小到大，爹都在外人面前帮他吹牛，所有人都知道他是百年难得一见的武学奇才。

岳清河压力巨大，他想方设法让自己的招式显得华丽酷炫，比如他打坐时身后冒出白烟，挥出一掌山石碎裂火花噼啪，其实都是些难以启齿的小把戏，但外人真以为他武功绝世。

成为武林盟主以后，岳清河总是提心吊胆，他向来人缘好，并没有很多人来向他挑战。可是长腿妖艳采花贼横空出世，将他描绘成神功盖世的绝色翩翩少侠，世间无数高手不服气，明着暗着来挑衅他，上个茅厕都有人朝他扔毒镖，真是苦不堪言！

岳清河恨的不是唐俏俏在书里玩弄他。

他恨的，是她将他推入水深火热之中。

. . 第一节 . .

清寒的日色透过窗棂洒落进房间，岳清河的侧脸被洒上了一层薄霜。

他心中有无数漩涡翻涌，却最终归于平静。

良久，他艰难发声：“你是从什么时候知道的？”

唐俏俏道：“那天下流三少来挑衅，我以为你能轻松应付，却意外地发现你以一敌三竟然会吃力。岳盟主，其实你的武功很不错，但还配不上你所拥有的地位。”

岳清河看着她：“这一切都是拜你所赐！我只想做个低调的武林盟主，可你却在书里胡编乱造，让我得罪了那么多人。唐俏俏，你害我有多惨你知道吗？”

唐俏俏眼眸清亮：“我愿意弥补啊，以身相许行吗？”

岳清河一时语塞。

这个女淫贼，到底有没有把他的愤怒当回事？

半晌，他咬牙切齿地说：“天下有这么便宜的事吗？”

唐俏俏皱着眉毛自言自语：“难道只能霸王硬上弓了吗，好像太粗暴了。”

顿了顿，她抬眸看她，眸心荡漾，山泉般清纯："盟主，你喜欢粗暴的女孩子吗？"

岳清河耳根发红，气到不知该说什么，好半天才怒道："你……下流！"

唐俏俏若有所思："哦，你还喜欢下流的女孩子啊。好了，我记住了。"

岳清河："……"他上辈子是做什么伤天害理的事了，要派这个女人来天天怼他？

对唐俏俏的怜惜与不忍全都化为乌有，岳清河低眸冷望她，高大的暗影投在她身上。他言语冷绝，毫不留情："妖女，你要么现在就杀了我！我已经知道你的身份了，只要我还留着这条命，我就一定会追究到底。天涯海角我也不会放过你！"

唐俏俏无所谓地笑了笑："你真的不怕别人知道你的秘密吗？"

岳清河眯了眯眼："你在威胁我？"

唐俏俏连忙否认："我哪敢呀。我知道你不在乎武林盟主这个虚名。"顿了顿，她话锋一转，"你最在乎的，是你爹的期望。你做的一切都是想要成为他的骄傲。"

岳清河的表情僵住："你……怎么知道……"

"你以为我待在沧明山庄这么久只是吃喝玩乐吗？"唐俏俏收起笑，模样比平日里正经许多，"岳廷川什么样我很清楚。每天听到他炫耀自己儿子有多厉害，我耳朵都磨出茧子了。如果你从武林盟主突然变成一个骗子，你觉得他还会认你这个儿子吗？"

岳清河嘴唇紧抿，紧到泛出了青白色。

他怎么也没想到，唐俏俏竟然早就摸清了他的弱点。

这个女人，城府之深，演技之强，令人毛骨悚然！

他并不是个轻信他人之人，为何就着了她的道呢？

短短时间里，岳清河心中思绪良多。

他反复衡量，最终明白，他的选择只有一条——

“你到底想怎样？”

听到此话，唐俏俏知道自己的威胁生效了，这并非在意料之外。

她收回手中的兵器，将那镶嵌玉石的精巧匕首在空中抛了抛，轻巧地接住，放在岳清河手里：“从今天开始，你就是我的人了。我让你做什么，你就做什么，知道了吗？”

岳清河低头望着手里的刀，神色复杂：“我怎么能帮魔教的人……”

“放心吧，我不会让你做有违原则的事情。”

唐俏俏整了整微皱的裙摆，许久等不到岳清河的回答，她抬起头看了看面前显然内心在激烈挣扎的男子，暗叹口气，默默走到门口，回眸柔声说：“不用着急，我给你三天时间慢慢考虑。这三天里，你若想杀我灭口，随时奉陪，只要你有那个本事。”

这话说的，简直是赤裸裸践踏岳清河的尊严！

他对着走出屋子的粉衫背影怒吼：“你做梦吧！我绝对不会屈服的！”

三天后，丫鬟们开始议论盟主再度独宠唐俏俏的事情。

每天，岳清河都和唐俏俏单独待在书房里，房门紧闭，时不时传来少女银铃般的笑声。

丫鬟们送餐进去时发现唐俏俏根本没干活。她与盟主坐在同一张椅子上看书，两人的身体紧紧贴着对方，盟主甚至委屈自己为她研墨，而唐俏俏则伏案奋笔疾书。

大家不知她在纸上写些什么，只察觉盟主脸色微红像是在害羞。

除了正餐，盟主还时常唤厨子为唐俏俏做她爱吃的糕点，大家眼睁睁看着盟主给她剥葡萄吃，他亲手将光滑剔透的葡萄送入她的樱唇，还拭去她嘴角晶莹的葡萄汁水。

真是不成体统！

她不过是个卑贱的丫鬟，怎么可以将盟主迷到这般地步！

爱慕着岳清河的丫鬟们在心里将唐俏俏骂得狗血淋头。

唐俏俏却过得很滋润，假装没有看到众人嫉恨的目光，反正她们也拿她没办法。

夜幕渐深，岳清河的屋子依旧门窗紧闭，几盏粗矮的红烛置于银台中，红色烛光微微摇曳，将两人紧靠在一起的亲密身影投在砖石墙壁上，看起来真是琴瑟和谐。

唐俏俏贴在岳清河身上，已经快要将他挤下长椅，很显然岳清河并不情愿。

他们两人挤在椅子一头，椅子另一头却是空的，椅腿开始摇晃不稳。

唐俏俏在岳清河耳边说："盟主，靠我近一点儿，你都要掉下去了。"

岳清河目视前方，不肯多看她一眼："不必了，我喜欢坐在边缘。"

他话音刚落，唐俏俏突然站起身，椅子另一头立刻翘起来。岳清河身子一晃险些摔倒在地上，他扶住书桌一角，狼狈地站稳，手指狠狠抓紧桌角，几乎要将木头捏碎。

唐俏俏伸手搂住岳清河的腰，笑眯眯地说："你看，坐在边缘很危险。"

岳清河像是碰到什么脏东西似的，连忙甩开唐俏俏的咸猪手："男女授受不亲！"

唐俏俏神色无辜，眼眸弯弯似半月："你脸红什么，我又不是要对你霸王硬上弓。"

岳清河别过脸，脸一直红到了耳朵根，心中又羞又怒。

这女人又在调戏他了！

想他岳清河活了这么多年，都没调戏过一个女人，如今反而被女人调戏了！

唐俏俏没有继续勉强岳清河，她若无其事地坐回椅子上，低头望着面前的手稿，柳眉皱起。良久，她望向僵立在一旁的岳清河，手指往书页上一点，诚恳地求教：“盟主，你看我这里是写‘盟主轻轻吻住长腿妖姬的唇’呢，还是写‘盟主狠狠堵住长腿妖姬的唇’？”

岳清河脸色更红，脖子直至领口延伸下去的肤色都变得通红，仿佛整个人都蒸熟了。

“都……都差不多……你……你爱怎么写就怎么写！”

问我做什么？关我什么事啊？为什么我说话会咬舌头？为什么结巴啊？

“哪里差不多？差得可多了！”唐俏俏不赞同他的说法，认真解释起来，“‘轻轻吻住’体现了盟主的深情温柔，他疼爱娇妻却明白两人身份对立，爱的尽头是无望。这是一段感人至深催人泪下的悲情虐恋。‘狠狠堵住’体现了盟主的霸道强横，他不顾后果要将长腿妖姬禁锢在府中，这是一段令万千少女面红耳赤的情欲描写。是我书里最大的卖点之一。”

谁要听这种东西？问过我意见吗？

岳清河恨不得将桌上的黄书揉烂撕碎！

他再也忍不住了，压低声音怒吼：“唐俏俏，你别折磨我了行吗？”

唐俏俏露出诧异的神色：“折磨？我们不是交流得很愉快吗？”

“谁要和你交流这种东西？你爱怎么写随便你，我不管了还不行吗！”

“那不成。”唐俏俏有意调戏他，“你是当事人，我自然要问过你的意见了。”

“内容跟我有关系吗？还不都是你瞎编乱造的！”岳清河气极，负手立于烛火明亮的屋内，覆于衣袖下的拳头握紧微颤。

唐俏俏笑眯眯地看着岳清河，不知道为什么，她特别喜欢看盟主脸红的模样。哪里像御苍南那个刻薄的毒舌，总是一副波澜不惊的冷漠脸，好像天下人都欠他一条命似的。

..第二节..

唐俏俏合上书稿，露出崭新的封面。这是她重新抄写的新手稿，上次的被岳清河踩烂已经没法用了。她指向封面上的男子："盟主，那你对我新画的封面有什么看法呢？"

岳清河盯着书皮上那个上半身赤裸的男子，这比上次他毁掉的那张图更过分好吗！男子双眼紧闭躺在"长腿怪物"怀中，脸颊那一抹红，仿佛暗示了接下来的限制级画面……

半晌，他沉重地吐出一句话："能不能给我穿上衣服？"

唐俏俏当然不肯。

"可我设定的剧情是，盟主在救长腿妖姬的过程中不幸被马车撞飞。生死一线间，长腿妖姬果断脱下他的上衣，为他运气疗伤。我的万千书迷都希望能看到盟主半裸的画像，我不能让他们失望。不过盟主放心，我把你的腹肌画得十分生动立体，此书一旦上市必定大火。"

他和唐俏俏看到的是同一张画吗？为什么她说的和他看到的完全不一样呢？

岳清河双指并拢，颤抖着在书皮上狠点了几下："运气疗伤需要在床上吗？需要脸红吗？旁边挂着贴了喜字的大红灯笼是什么意思？你要不解释，别人还以为这是洞房花烛夜。再说你没必要把他的脸画得跟我一模一样吧？你意思一下就行了，这么写实干什么啊？"

唐俏俏从岳清河手下小心翼翼地抽回书稿，怕他被逼急了精神崩溃又毁了她的书。

她边收拾桌子，边小声嘀咕：“你长这么好看，不就是让人欣赏的嘛。”

岳清河一时哑然。

尽管明白她句句谎言，但他仍能看出，这句话她没说谎。

他望向窗户，从两扇木窗之中细薄的缝隙看了眼深沉的暮色。

“天色已晚,你该走了。”他冷漠地说,“整日跟我待在一起,会被人说闲话。”

“有什么好说的，我本来就是你的贴身丫鬟。”

唐俏俏低头将巴掌大的砚台放在红木砚匣中。虽然这几日她好吃懒做，临走时还是会装模作样地为岳清河清理桌子，顺便将竹篮中剩下的几颗紫葡萄一扫而空。

岳清河道：“就算是贴身丫鬟，我们走得也太近了。”

唐俏俏的动作突然停下来。

她抬头望向岳清河，神色似有疑惑：“我配不上你吗？”

她娇俏的面孔映着烛火，仿佛覆盖一层柔美的淡红色光幕。

璀璨光点在她眼眸中跳跃，宛如星月的光辉。

岳清河怔了怔。

他是不是刺痛她了？

沉默片刻，他低声道：“至少在别人眼里，你只是个出身卑微的丫鬟。”

“等你娶了正妻，可以再娶几个丫鬟做侍妾，我又不在乎做小的。”

这丫头怎么会有这种思想？岳清河看到唐俏俏竟还转过脸去若无其事地吃着葡萄，他气不打一处来：“我娶那么多妻妾做什么？唐俏俏你三观不正就算了，别给我洗脑！”

“哦？想不到盟主这么纯情专一。”

唐俏俏将葡萄皮吐在竹篮中，斜眼瞄了岳清河一眼，似笑非笑。

岳清河脸颊发烫。

莫非唐俏俏只是在套他的话?

真是一只狡猾的狐狸。

他转开脸，话有所指：“我不会娶侍妾的，我怕我夫人会被某些蛇蝎毒妇害死！”

唐俏俏明白岳清河口中的“蛇蝎毒妇”正是她，她并不生气，眉眼弯弯如月。

盟主爹毛的模样真有趣，像个口是心非的小媳妇。

窗户被风吹开。

木头发出咯吱的声音，风中树木沙沙作响。

岳清河的头发都被风吹乱了，他正要过去关窗，唐俏俏突然挡在他面前。

她的动作太快了，岳清河不知道发生了什么，等他回过神来，看见唐俏俏指间闪动金色光辉，像戴着一串灼灼亮眼的黄金指链。他定睛一看，发现她青葱玉指夹着几排金针。

窗户大开，冷风灌进屋内。

屋外是一片漆黑冷寂的夜色。

冷汗缓缓流下，悬在岳清河的下巴。

“是刺客吗？我这就去叫人……”

这种情况时常发生，岳清河已经见怪不怪。

但今天的刺客功力极高，岳清河甚至没听到任何声音，暗器便已飞来。

他不敢想，如果此时唐俏俏不在他屋里，会怎样……

岳清河正要冲出去查看，唐俏俏却拦住他。

他诧异地望向她，却见她神色复杂，张开十指，金针掉落在地上簌簌作响。

地面太暗，金针融入漆黑石板立刻消失不见，只是掉落时划过幽绿流光显出它淬有剧毒。

“你在这里等着，我出去会会他。”她声音轻柔，却带着不容拒绝的坚持。

“不行！”岳清河不假思索，脱口而出，“我怎能让一个女子涉险……”

话说了一半，他的舌头突然打结。

说什么呢，唐俏俏哪里是普通的女子？

她阴险狡猾，满嘴谎言，无论是武功还是阴谋诡计，世间都难有敌手！

岳清河抿住唇没有继续说下去。

他不应该关心她！

至少，不应该在她面前表示出关心她……

可惜已经晚了，唐俏俏看出了他心中所想，她嘴角绽开梨花般娇艳的笑容，眸心如春水荡漾起波纹涟漪。她拉住岳清河的手，甜甜地说：“原来盟主这么担心我，好幸福。”

岳清河尴尬地抽出手：“你快去吧……外面风大，帮我把窗户关上……”

唐俏俏拿了岳清河的青霜剑，直接来到庭院。

果不其然，御苍南正靠在藤蔓枯萎的石墙上等着她。

深秋的寒风吹动他的衣摆，凋败的树木让庭院里显得尤为清冷。

御苍南把玩着手中的金针，那张淡漠的面孔，被一身平淡无奇的黑衣衬得越发俊俏。他黑发随意地披散下来，一侧别在耳后，净白雅致的耳朵在月光下蒙着一层柔光。

他抬起眼皮看了唐俏俏一眼。他那表情，与其说是似笑非笑，更像是皮笑肉不笑。

“教主，我破坏你的好事了吗？”

很显然御苍南察觉到了唐俏俏的怒意，但他并不避讳，反而火上浇油。

唐俏俏看到御苍南就满肚子气。

为什么他总是出现得不合时宜，他不是她的护法吗？不是应该乖巧听话，保护她帮助她吗？为何他总是把她推进火坑？她是挖他祖坟还是断他香火了？

唐俏俏用剑指着御苍南。

青霜剑因她的杀气而凝结了一层银霜，周围的温度瞬间下降。

“御苍南你想干什么？你差点杀人了你知道吗！”

御苍南浅浅一笑：“属下只知道，以教主的身手，必定躲得过。”

唐俏俏怒道：“我是能躲过。要是你失手刺死岳清河怎么办？”

御苍南好像早就想过这个问题，毫无犹豫便答道：“我立刻高喊抓刺客，说出你的身份，让所有人都以为你杀了岳清河。你留在沧明山庄受刑，我回到魔宫接管你的位置。皆大欢喜。”

这是人说的话吗？

是可忍孰不可忍！

唐俏俏一个箭步跃过去。

“禽兽，我跟你拼了！”

岳清河听到庭院中传来打斗声。

他站在窗边，看到那个红衣女子正在与一个黑色身影缠斗。对方武功高深莫测，竟与唐俏俏不相上下。他们的动作太快了，岳清河看不清那人的脸，只看到刀光剑影闪烁不断。

岳清河看他们过了几招，渐渐明白，来人并不是普通的刺客。

肯定是御苍南！

岳清河难以形容自己此刻的震撼！

魔教的人武功都这么高吗？

这简直是神级的比武现场，用史书记载也不为过！

唐俏俏不过是个十五六岁的少女，却已有如此高强的功力，她的每一招都如行云流水，干净利索，青霜剑在她手中如蛟龙出海，击碎漫天月光，渐渐逼得御苍南难以回击。

..第三节..

岳清河的心脏怦怦作响。

夜越是寂静，他的心跳声就越是强烈。

他甚至有些喘不过气来，视线被那个飘逸的红色身影牵引，难以移开。耳边呼啸而过的风声，剑刃划过石墙树木的声响，碎石被踩踏滚动的细碎声音，都无法遮掩他的心跳声。

虽然他受制于唐俏俏这个妖女，可他难以控制内心的激动。

他从小被爹逼着苦练武功，每日从凌晨到日暮，他没有闲暇休息，身上全是伤痕，累得连走路都在发抖，手甚至握不住剑柄。他曾一度憎恨学武，可他害怕父亲失望的眼神。

每当父亲在外人面前夸赞他时，他都一言不发地站在一旁，长衫遮住了他身上的青紫，双拳握紧遮住手心练武过度磨出的厚茧。云淡风轻的笑容，像是在证明着爹的话。

当夜深无人时，爹便板起脸数落起他：

“你看别人家那谁谁谁，你再看看你！一本剑谱，你练了这么久却还没能精通。我怎么会生出你这么笨的儿子？我都不敢说出去！丢我们岳家的脸！”

爹有两副面孔，岳清河从小就知道。

他知道自己不够优秀，他已经很努力了，却还是不能成为爹期望的神童。

而唐俏俏，不正是爹口中“别人家的孩子”吗？

她如此年轻，却有着令人忌惮的高强武艺。她手上没有厚茧，显然她没有日夜不休地练武。她身怀绝世武功，却从不恃强凌弱，不曾主动挑衅别人，也没有高调炫耀过自己的实力。

唐俏俏是他从小便崇拜的那种学霸。

都是吃五谷杂粮长大的，为什么人家就这么厉害呢？

暗夜下，御苍南逐渐感到吃力，虽然不过片刻，他却觉得过了几个时辰。

这段时间他没有来找她麻烦，因为他一直在魔宫闭关修炼，还以为功力大增，有能力将唐俏俏绑回魔宫了，没想到这丫头天天写书幻想美男，武功却还是比他精进更多。

为何世间总有这么多的不公平？

御苍南的金针全用完了，一根都没扎在唐俏俏的身上，他此时只能用一柄短刃来应付她手中的青霜剑。他平缓的呼吸渐渐变得急促，又不想让唐俏俏看出来。

御苍南突然停下，刀刃挡住她横劈过来的长剑。

他被震得虎口发麻，胸口气血翻涌，却还强撑着故作平静。

“教主，你下手一定要这么绝情吗？这是自相残杀。”

“自相残杀？”唐俏俏冷冷一笑，“你用毒针偷袭我的时候怎么没想过呢。”

“属下只是想带教主回去。”

“我想回去的时候自然会回去，不用你管。”

“怎么能不管。属下的责任是保护你，怎能让你在沧明山庄冒险。”

御苍南换了策略，试图以左护法的身份来劝说她，但唐俏俏根本不吃他这一套。

“保护我？”她笑得眼睛都弯了起来，眸中却没有笑意，“你以为我会信你的话？”

御苍南眯了眯眼：“你想想你的身份，如果被岳清河知道，他会放过你吗？”

唐俏俏依旧在笑，杏眼桃腮，声音甜美如同盛夏鲜美多汁的水果：“护法大人，您多虑了。清河对我好得很，才不舍得伤害我呢。”

“清河？”

称呼什么时候这么亲密了！

他不在的这段时间，他们到底发生了什么？

御苍南的唇冷硬地抿着，虽然他容貌俊美，却没有半点温暖的人情味。

清明月光映照在他苍白的脸上，仿佛给他戴上一副白雪雕刻的面具。

紧闭的木门被人拉开。

屋内的亮光倾泻流出，在暗黑色的青石地上投下一片浅光。

岳清河慢慢地走了出来，衣袂在风中翻飞，腰间的玉牌泛着温润幽光。

素白的长衫，墨黑的发，交织在一起，冷傲优雅如神祇。

唐俏俏在看到他的瞬间立刻变了脸，可怜兮兮地说：“盟主，你看见了吧，我没骗你！”

岳清河知道唐俏俏说的是御苍南喜欢她，想将她绑回魔宫做夫人这件事。

原本岳清河不信，可如今看到两人打斗，他有些动摇了。

他们两人确实有些恩怨，唐俏俏出手毫不留情，而御苍南虽然没有故意放水，却也没有使出魔教惯用的阴险毒招置她于死地，显然对唐俏俏是有几分情意的。

“到我身边来。”岳清河对唐俏俏招了招手，银白的月华在他指尖流转。他虽然是对唐俏俏说话，却是故意让御苍南听的，“我不会让任何人带你走。”

御苍南虽然不知道唐俏俏和岳清河之间发生过什么，可他不是白痴，他看得出，岳清河眼中竟闪过浅淡愧疚。用脚趾想，都知道唐俏俏肯定在岳清河面前编了些谎话！

他怎么可能让唐俏俏的诡计再次得逞?

今天他一定要将她带回魔宫!

唐俏俏跑到岳清河身后，假装害怕地拉住他的手。

御苍南突然说:“岳盟主，其实我并不是魔教教主。”

这突如其来的坦白令唐俏俏和岳清河都惊呆了。

御苍南并不给唐俏俏反应的时机，继续说:“唐俏俏才是教主，我只是她的左护法。我们刚才只是切磋武艺罢了，让您见笑了。”

岳清河僵立在那里。

御苍南的声音早已从他的耳朵传进心中，他却还是难以置信。

他将此话在心中反复咀嚼，许久后才确定他话中含义。

唐俏俏居然是魔教教主……

怎么会这样?

岳清河脖子僵硬，缓缓转头望向唐俏俏。

他并未见过真正的魔教教主，只是听人说起教主行踪诡秘，时常戴着一张笑眯眯的鬼脸面具，世人并未见过其真面目，只称其为“笑面阎罗”。这是十几年前的传闻了，算下来魔教教主的年龄少说也有三四十岁，怎么会是面前这个青涩的少女呢。

可是他杀入魔宫，被唐俏俏欺骗，顺利逃出，一切都是她设计的。

只有在魔宫中身居要职之人，才能做得到。

岳清河心中已经明白答案不会是他想听到的，但他仍旧想要听唐俏俏解释。

不是他懦弱不肯相信现实。

只因为她是唐俏俏……

他想信她一次。

然而唐俏俏什么都没说，恶狠狠地瞪着御苍南，持剑又冲了过去。

两人再度打起来。

与刚才不同，唐俏俏此时处处杀招，显然被激怒了。

答案在岳清河心底沉淀下来。

渐渐，变为绝望。

御苍南的目的是激怒岳清河，却没想到激怒了唐俏俏。

狂躁的女人太可怕了！御苍南渐渐应付不过来，他望向岳清河，见岳清河脸色惨白地站在那里一言不发，他有些沉不住气了，喘着气低吼一声：“你被她骗了，怎么一点儿反应都没有？”

岳清河没说话。

他被唐俏俏骗过太多次，早就已经麻木了。

他能说什么呢？发火吗？他又打不过她！连父亲给他的那把青霜剑，在他手中尚未发挥出十成实力，却被唐俏俏使得如鱼得水，剑光璀璨如长虹，清晰倒映出他的失败。

良久，他喉间只发出无力的字节：“哦……”

御苍南几乎要抓狂。

岳清河这是什么反应?

他不懂啊!

唐俏俏趁其不备，一剑挑飞御苍南手中的短刃。

她故意气他：“盟主什么都知道，他才不舍得凶我。”

“知道又如何？难道你指望他放下他所拥有的名利地位，跟你回魔宫？”

御苍南冷冷望着唐俏俏，激烈的打斗使他精疲力竭，苍白的肌肤上沾着汗珠，沿着脖颈流入胸口，浸湿了绣着祥云暗纹的衣襟。黑衣被利刃划破，狼狈却不掩冷傲气质。

“御苍南，这跟你无关。我虽是教主，但教内事务有哥哥处理，我爱做什么就做什么。”

“在别人眼中，圣姑已死，你暂时不会有危险，但将来呢？若‘长腿妖艳采花贼’又有新书发布，你的谎言就会被拆穿。你觉得岳清河可靠吗？你小心别死在他手里！”

...第四节...

庭院外，假山畔，道路幽静曲折。

岳廷川大步流星，朝着岳清河的宅院走去，大手紧张地按住腰间剑柄。

蜡梅一溜小跑跟在他身后，她跟不上岳廷川的速度，累得直喘气。

“老爷，您别着急，盟主神功盖世，定能逢凶化吉！”

岳廷川脚步不停：“老夫当然知道清河的本事，但那刺客能不知不觉潜入沧明山庄，绝非等闲之辈。你可看见那刺客的模样？”

蜡梅连忙摇头，圆脸上的肥肉随着她脑袋摆动而猛晃：“奴婢没看清，只是透过门缝看到有人在打斗。本来盟主就要胜了，那阴险的男人却劫持了唐俏俏！大家都知道，唐俏俏是盟主的心尖宠，奴婢怕……”

她话没说完，因为岳廷川突然停下脚步，回头阴冷地看了她一眼。

蜡梅吓得一抖，低头不敢多言。

岳廷川冷哼一声：“哪里传来的谣言？真是越来越不像话了！”

蜡梅小声应道：“奴婢也这么觉得。盟主英明果决，怎会被一个丫鬟蛊惑。”她说这话的时候，完全没考虑过自己也是丫鬟，有着对岳清河更不切实际的幻想。

岳廷川面色稍微缓和，扭头大步走在夜色中。

然而很快，他就被现实狠狠地打了一巴掌。

透过虚掩的红漆大门，岳廷川看到庭院里并没有外人的身影。

树下站着岳清河和唐俏俏。枝丫上的树叶全都掉光了，月光透过灰白色的树枝，投下一地斑驳清辉。夜风吹动岳清河素色长衫，吹动少女如瀑的青丝。

一切宛若画中仙境。

御苍南已经走了，留下了这样尴尬的烂摊子。

唐俏俏望着岳清河，轻声道：“你不问我吗？”

岳清河将青霜剑从她手中抽出来，重新佩于腰间，淡淡道：“问你什么？”

唐俏俏垂眸，有些心虚地说：“问问御苍南说的话是不是真的……”

“问了又能怎样。”岳清河颓然一笑，“答案已经在我心中。”

“你想杀了我吗？”

唐俏俏盯着他腰间的佩剑，珠玉璀璨，红缨在风中飞舞。

岳清河语气充满嘲弄：“如果我可以，我早就将你千刀万剐了。”

其实，这句话并非真心话。

虽然她是人人得而诛之的魔教教主，她却是他所认识的女孩之中，最特别的一个。

如果她死了，没有人能替代她。

真奇怪，为什么要找人替代她呢？

岳清河的心口猛地抽紧。

唐俏俏突然握住他的手。

她的声音轻软，在风中微颤：“我不是故意想要骗你，我只是为了自保。”

岳清河怔住，低头看着她握住他的那只手，肌肤柔白，手指精致纤美。

所有的话都卡在喉咙里，岳清河只觉得自己的脸一下子烧了起来。

她刚与御苍南打得不可开交，此时发髻也松了，几缕发丝散落下来，脸色红润，眼眸晶莹。这一瞬间，岳清河突然觉得，不管她做过什么，他都能原谅她……

突然，大门被推开！

岳廷川气势汹汹走进来，一脸阴沉。

他听不清儿子与唐俏俏在说些什么，可眼中看见的场景还不能说明事实吗？这丫鬟不但敢握住儿子的手，而且儿子竟也没松开她，他们两人就这样含情脉脉地执手相看！

唐俏俏看到岳清河身后一脸得意的胖丫鬟，立刻明白是怎么回事。

她迅速松开岳清河的手，低头退到一边。

岳廷川走向岳清河，神色冷凝："有人听到你的宅院里传来打斗声。"

岳清河神色不变，轻描淡写地说："哪有打斗声？倒是有一只野猫上蹿下跳。"

岳廷川狐疑地扭头环顾四周。

院里没有野猫的踪影，也没有刺客的身影。

况且他看儿子衣衫整齐，玉冠束起的长发丝毫不乱，也不像是经历过一场恶斗。

岳廷川瞥了唐俏俏一眼，对儿子说："这么晚还不睡。跟丫鬟说什么悄悄话呢。"

岳清河不着痕迹地挡在她身前："孩儿吩咐唐俏俏明日出去买些东西。"

岳廷川虽然怀疑，但他向来骄傲，不愿表露出对这个小丫鬟的在意。

谁不知道他儿子出类拔萃，怎么可能跟一个丫鬟扯上关系呢？传出去令人耻笑！

他甚至不愿提起这件事，冷声道："早点歇息吧。过几日欧阳庄主带着他的宝贝女儿来沧明山庄小住，你养足精神，陪欧阳大小姐玩几日。别让人家看到我儿子整日和丫鬟厮混。"

岳清河自然明白父亲的意思。

欧阳世家乃武林四大世家之一，欧阳大小姐美貌如花，远近闻名。

岳清河早就听父亲对外人提起，当今天下，唯欧阳大小姐能与他相配……

他以前并未当回事，然而此时忽然明白，父亲并不是随便说说。

岳廷川观察儿子的神色，若儿子胆敢忤逆，他立刻命人将这丫鬟赶出沧明山庄。

但岳清河只是顺从地站在那里，轻声说：“孩儿知道了。”

岳廷川心知儿子并未被迷惑，默默松了一口气。他望向唐俏俏，语气里虽没有怒意，却冰寒刺骨：“好好服侍盟主，看清楚自己的身份，别妄想爬上主子的床！”

出乎意料的是，唐俏俏也很顺从：“奴婢遵命。”

她仰着脸看岳廷川，眼眸清亮，笑意甜美，并不像是被抛弃的卑微少女。

岳廷川愣在那里，心里酝酿许久的话，就这样被噎住。

他转身，拂袖离去。

直到庭院里只剩下岳清河和唐俏俏，她脸上的笑容终于消失。

岳清河以为她会说些什么，但她什么都没说。

她望着远处，星光投在她明净的眸子里，渐渐被暮色吞噬。

..第一节..

几日后，欧阳竹携独女来到沧明山庄做客。

欧阳大小姐纤手揭开马车的布帘，露出一张绝色美颜。

人群中发出了阵阵惊呼。

果然不负众望！

面前的女子倾国倾城，柳叶眉，樱桃口，两颊轻扫粉黛，明艳动人。

丫鬟搀扶着女子走下马车，她满头珠翠，在清晨曦光下闪烁着绚丽光芒，鹅黄色绸缎长裙上绣着簇簇锦花，连绣花鞋上都镶嵌着耀眼金饰，整个人像是纯金雕刻的美人般。

在场者，男人脸红心跳，女人自惭形秽。

岳清河冷漠地站在人群最后，没有对欧阳大小姐的到来表示出任何欣喜。

但他一袭白衫，面如冠玉，器宇不凡，不需出声便能轻易夺去众人视线。

欧阳大小姐自然不例外。她痴痴地望着岳清河，想到他会是她的未来夫君，她心如小鹿乱撞。突然，有个粉衫小丫鬟从人群中挤过来，自来熟地握住她的手，眼中激荡着崇拜的水花。

“您就是欧阳翠花吧，久仰大名！”

周围死一般的寂静，唯有唐俏俏甜润的声音响彻天际。

欧阳大小姐惊呆了！

她很久没有听到过这个名字了，虽然这确实是她的真名……

自她识字开始，便十分讨厌这个名字！但爹娘非常喜欢这个名字，说是精心所取，灌注了他们最深沉的爱。可父亲名叫欧阳竹，母亲名叫公孙兰，为啥给她起名叫欧阳翠花？

她不想承认，左顾右盼假装不知道唐俏俏在说些什么。唐俏俏也随着她抻长了脖子左顾右盼，疑惑地问：“看什么呢，翠花？我叫的就是你啊，这儿没人像你一样耀眼了。”

这是夸她还是骂她呢？

欧阳大小姐雪白的脸上浮起恼怒的绯色，用力抽出自己的手，在裙子上来回抹了抹。

布料上镶嵌的玉石宝珠刺痛了她娇嫩的手背，她咬住嘴唇，努力想要装作若无其事。

下轿的动作她演练了数百遍，笑容的弧度、优雅的举止，一切一切，她都做到了完美。

然而，前一刻她如明珠般璀璨，下一刻她的完美就被摧毁了！

但父亲在旁，欧阳翠花也不敢表示出愤怒。

她狠狠瞪了一眼面前突然冒出来的丫鬟，还以为她懂得察言观色，不料她什么都没察觉，声音比刚才更大了：“果然闻名不如见面，翠花姑娘和传说中一样国色天香！”

能不能不要在我的仰慕者面前提起这个俗不可耐的名字？

欧阳大小姐快要气死了！

可俗话说，伸手不打笑脸人。这丫鬟虽然冒冒失失，可她并没有说错做错的地方。况且这是岳清河的地盘，欧阳大小姐想给盟主留个好印象，自然不能像个泼妇一般随便发火。她笑也不是，怒也不是，表情僵在脸上。

岳廷川慢慢走过来，他肩膀上停着一只聪明伶俐的黑鸟——这是他最疼爱的八哥。

他刚才一直在暗中观察唐俏俏，发现她对欧阳大小姐十分殷勤，便放下心来。还好这丫头有自知之明。他越看欧阳大小姐越是满意，这姑娘不管外表还是家世都与他儿子万分相配。

“翠花啊，这是唐俏俏，这几天由她来服侍你。”岳廷川根本没多想，顺其自然便念出了未来儿媳最讨厌的名字。

欧阳大小姐恼羞成怒，冷哼一声：“我自己带了丫鬟！”她挽住身边矮胖如冬瓜的布衣女子，声调拔高，“这是梦菊。你们沧明山庄的人都傻头傻脑的，本小姐用不惯。”

梦菊憨傻一笑：“嘿嘿嘿……”

岳廷川有些下不来台，这姑娘怎么说话呢！为了掩饰尴尬，他将视线移向远处：“那就让唐俏俏带你去别院吧。”

欧阳翠花冷傲地仰起头，耳边一串金珠在风中摇晃：“谢谢这位老伯。”

老伯？谁是老伯？

他可是前任武林盟主！当年在江湖上威风凛凛，赫赫有名，引得无数少女痴心垂泪！

岳廷川一口气堵在胸口。

他望向走过来的欧阳竹，浓眉紧皱：“你这女儿……”

欧阳竹挑眉：“怎么？”

岳廷川深吸一口气，终于还是决定忍下来：“挺好……大大咧咧的……”

欧阳竹神色难掩得意：“呵呵，毕竟是我欧阳竹的女儿。你儿子真是高攀了哟！”

说你胖还喘上了？

岳廷川捂住了胸口，脸色不太好。

欧阳翠花扶着身边的丫鬟，她像是害怕出错，迈着小碎步，一步一步走得优雅而缓慢，好半天才走了一小段距离。于是岳廷川听到了主仆两人毫不掩饰的议论声。

“都什么年代了还有人养鸟。”

梦菊嬉笑：“老年人都这样。”

谁是老年人？

岳廷川气得吹胡子瞪眼。

欧阳翠花继续埋怨：“不是说武林盟主很有钱吗，他怎么穿得那么土。”

梦菊粗声粗气地说：“和钱没关系，老年人的审美都不怎么样。”

欧阳翠花想了想，骄傲地仰起头：“还好我未来夫君长得比他爹好看。”

岳廷川面色铁青，转向正笑眯眯凝视女儿背影的欧阳竹。

“欧阳庄主，你还有别的女儿吗？”

午后阳光斜照在庭院中，光影由树间散落在地，随风波动。

身着华服的绝色女子坐在屋檐下，面前摆着一架古琴，她垂着眼，纤指在琴弦上拨动。虽然琴技并非顶尖，但她容貌气质俱佳，只是坐在那里便如画中仙一般，令人神魂颠倒。

许多人围在院外偷看她，他们绝不是觊觎她，只是爱美之心人皆有之嘛。

“欧阳庄主真是有钱啊。女儿穿金戴银，跟皇宫里的妃嫔一样。”

“欧阳大小姐才貌双全，听说武功也跟咱们盟主不相上下。”

霹雳堂堂主和赤焰堂堂主也前来围观。

平时他们很严肃，从来不八卦。

但盟主相亲是大事！此时不八卦，更待何时？

岳清河也听到了琴声，他循声走来，随口问道：“唐俏俏呢？”

霹雳堂堂主想了想：“欧阳大小姐一大早让唐俏俏进城买件狐皮坎肩。”

赤焰堂堂主点头补充：“她说沧明山庄空气湿冷，她冻得受不了。”

岳清河皱了皱眉，压低的声音带着种隐忍的不爽：“欧阳翠花居然连我的人都敢使唤。”

霹雳堂堂主愣了愣，瞪大眼睛：“盟主，你……不会真的喜欢唐俏俏吧？”

“说什么呢！”赤焰堂堂主在他脑门上拍了一把。赤焰堂堂主块头大，浑身肌肉，一掌差点将纤弱书生相的霹雳堂堂主打飞，“那都是传言，唐俏俏只是盟主的丫鬟而已！”

霹雳堂堂主揉了揉发红的脑门，笑道：“也对，是我多心了，欧阳大小姐才是未来的盟主夫人。”

岳清河却冷冷道：“谁说她是未来的盟主夫人？”

两人面面相觑，没敢搭话。

盟主这意思……

怎么好像在偏心唐俏俏呢？

..第二节..

一曲终了，欧阳大小姐站起身，翘着兰花指，用锦帕擦了擦脸颊和额头。

梦菊连忙将古琴放回屋里，挽着她问：“小姐，您饿不饿，渴不渴？”

欧阳翠花摇了摇头，眯眼看了看天色，抱怨道：“那丫鬟怎么还没回来，是不是在偷懒？”说罢又缩了缩肩膀，虚弱地说，“好冷，她再不回来我就要冻僵了。”

梦菊憨憨地说：“奴婢早上就说了，今天冷，小姐您要多穿点儿……”

不等她说完，欧阳翠花便鄙夷地打断她：“你是不是傻？穿得多显胖！”

梦菊愣了愣，恍然大悟：“对哦！奴婢咋没想到呢！还是小姐聪明，嘿嘿嘿！”

欧阳翠花扯了扯绣着金线牡丹的长裙，察觉到院门外围着许多人，心里得意又紧张，小声对梦菊说：“外面那么多人看着我呢。你看看我的脸油不油？”

梦菊看了一眼大小姐，摇头傻笑：“反光，看不清楚。”

欧阳翠花大惊失色，连忙背过身去，从袖中拿出漆盒为自己面上敷粉。

身后传出院门推开声，欧阳翠花慌忙将粉盒藏好，转过身来，看到迎面走来的唐俏俏。她穿着件杏红色布裙，如云鬓发只插着一支莹白的玉簪，身上没有任何金灿灿的首饰，一看便是丫鬟装扮，但她眼角眉梢皆是娇媚灵气，站在珠围翠绕的欧阳大小姐身边毫不逊色。

唐俏俏将雪白的狐皮坎肩抱在怀里：“翠花，你要的衣裳我给你买回来啦。”

欧阳翠花面色一沉：“说了多少次，要叫我欧阳大小姐！”

唐俏俏将手中的坎肩抖开，喜滋滋地说：“快试试吧！我找遍全城才买到这件衣服。你看看，这是极寒之地的白狐皮，不管是款式还是价钱，都只有翠花你才配得上。”

这丫鬟是聋了吗？怎么听不见她话里的重点！

欧阳大小姐有些不开心，但看到唐俏俏手中的新衣裳，她眼睛又亮了。

虽说是件御寒的冬衣，看起来却轻薄绵软，穿上应该不会显胖，颜色也很配她。

她不理会唐俏俏，从她手中拿走衣服。梦菊连忙为大小姐套在外衫上，主仆二人都很满意，欧阳大小姐更是爱不释手，抚摸着身上温暖的皮毛，身上的寒意瞬间被驱赶散尽。

“真好看，”唐俏俏由衷地夸赞，“翠花你穿上更圆润了。”

更圆润了……

欧阳翠花突然将坎肩扯下来丢在地上，用力踩了几脚，眼中怒意难消。

“你什么眼光啊！这种俗气的颜色，劣质的手感，哪里好看了？”

唐俏俏似乎没反应过来，呆呆地说：“奴婢哪有这么好的眼光。是老爷听说翠花想买件狐皮外衣，特意带奴婢去了城中最大的衣铺。这件衣服最贵了，怎么会劣质呢？”

“一个老头子懂什么审美！快拿出去烧了！本小姐才不想穿这种丑东西！”

“明明很可爱啊，像只憨态可掬的白熊。”

“说谁是熊呢？你们全家都是熊！”欧阳翠花在狐皮上使劲蹦跳，雪白的皮毛上全是鞋印。

岳廷川就站在院外，脸色铁青。

他身为高高在上的前任武林盟主，能亲自为未来媳妇挑选衣服，是多大的付出啊！他特意等在这里就是想听到欧阳翠花的夸奖，哪知道这姑娘说话直白，一点儿面子都不给他留！亏他花了那么多银子！早知道就买衣铺里那件最丑最便宜的翠绿色皮毛大衣了！

岳廷川偷偷瞄了儿子一眼，虽然儿子面无表情，他仍觉得老脸一红。

他走进院子捡起地上的狐皮坎肩，拍了拍上面的土，试图给自己一个台阶下。

“是我这老头子眼光不好。呵呵呵，不喜欢就算了，不用勉强。”

欧阳翠花不但没给他下台的机会，还高贵冷艳地教育起他：“岳老伯，不是我不知感激，实在是您的眼光太差了，挑的这是什么衣服啊。我家狗都嫌难看。”

岳廷川：“……”

欧阳翠花越说越起劲：“我说句实话您可别生气。”

只听这半句话，岳廷川就已经开始生气了。

他根本不想听会令人生气的大实话！

可是欧阳翠花并未察觉，她露出嫌弃的表情，开始数落起岳廷川引以为豪的外表：“您看您这么有钱，也好好收拾一下啊。这衣服穿得太素了，腰间的玉佩看着就不值什么钱。脖子上光秃秃的，显脑袋大。凭您这身份，怎么说也要戴几根碗口粗的大金链子吧？”

岳廷川闭上眼，双拳握得死紧。

冷静。

他可是一庄之主，何必要跟小孩子置气呢。

耳边传来欧阳翠花突然变得温柔深情的声音：“虽然盟主他也穿得素，但他长得好看啊，好看的男人穿不穿衣服都好看。您这么大年纪了，就别跟年轻人学了，东施效颦似的。”

岳廷川气血翻涌，喉间一动，差点咳出血来。

这姑娘到底会不会说话？

唐俏俏见岳廷川浑身颤抖，连忙接过他手中的狐皮坎肩。

“老爷，您脸色怎么发青？衣服太重了吗？”

岳廷川深深吸了口气，从牙缝里挤出一句话：“我的刀呢？”

唐俏俏诧异地问：“您要练武吗？”

岳廷川露出狰狞的笑容：“我想杀人！”

唐俏俏察觉到不妙，扶着他缓缓走出院子。向来健步如飞的岳廷川被气得双腿发抖，速度变慢，仿佛老态龙钟的老翁，真是印证了欧阳翠花的话。

侍卫们觉得尴尬，假装什么都没看到也没听到，散开各自做事去了。

岳廷川虚弱地靠在大树上，胸口堵得慌。

唐俏俏轻声劝慰：“老爷，翠花不是故意顶撞您。她性情直爽，跟谁说话都这样。她昨日还说欧阳庄主越来越胖了活像个木桶，说您养的八哥看起来很难吃。”

“她敢吃我的八哥，我跟她没完！”

岳廷川怒冲冲地望着面前的小丫鬟。

他向来爱面子，连欧阳竹都要敬他三分，他第一次遇到这么不给他面子的人。可又打不得骂不得，因为欧阳翠花根本没有恶意，她只是不懂人情世故，说话口没遮拦。

“那丫头居然叫我老头子，我真有那么老吗？”岳廷川想要假装不在意，但他闪烁的眼眸还是泄露了他心底的悲痛。

“怎么会呢，”唐俏俏露出吃惊的表情，“翠花说得太夸张了！老爷您虽然已过中年，但日日练武，身体强壮，发色墨黑，背影看起来就像毛头小伙。正面则是成熟稳重的帅大叔，是今年最流行的小说男主角范本。您看过那本红到发紫的《掌门，宠我》吗？书中的掌门虽然年逾不惑，却同样魅力十足，能抱着心爱女子狂奔数百里，在花前月下留下动人身影……”唐俏俏越说越起劲，眼中闪动着激动的光。

岳廷川怔在那里，心里说不出是什么滋味。

虽然她的话安慰了他，但他并不想成为那种书里的男主角啊！

可对比欧阳翠花的话，岳廷川又觉得，唐俏俏是多么嘴甜有眼色啊。

他低头望着唐俏俏手里的白狐皮，喃喃道：“我的眼光有那么糟糕吗？”

唐俏俏笑盈盈地摇头：“奴婢觉得老爷的眼光很好，挑的衣服素净清雅。

这件狐皮坎肩高贵奢华，色泽雪白柔美，价值不菲。老爷用心对待欧阳大小姐，她却不识货，可惜了。”

浓浓暖意照进岳廷川的心里，一瞬间春暖花开。

他望向唐俏俏，撞见她眼中真诚的笑意。

抛开别的不说，这丫鬟纯洁善良、诚实质朴、聪慧机敏、温柔贤淑……

若她嫁给清河，将来肯定不会出现婆媳问题。可这世上没有完美之事，她只是个卑微的丫鬟，没有欧阳翠花那样不俗的家世背景，配不上他岳廷川的儿子……

岳廷川想了许多，心中竟然感到惋惜。

..第三节..

短短时间内，欧阳翠花得罪了沧明山庄里所有人。

她在沧明山庄的每一天，大家都头顶着重重阴霾，心中不免暗自将她和唐俏俏作比较。

虽然唐俏俏只是个丫鬟，但她聪明伶俐，见人说人话，见鬼说鬼话，不管是人还是鬼都被她哄得心甜如蜜。大家宁愿唐俏俏与盟主搞地下情，也不愿欧阳翠花做盟主夫人。

欧阳竹以为女儿在沧明山庄混得如鱼得水，便放心地回去了。

过了些时日，他暗想女儿和岳清河应该已经情愫暗生，心里美滋滋地来到沧明山庄，却见女儿孤零零地坐在院子里弹琴。冷风萧瑟，她小脸冻得通红。院门口极为冷清，连一个偷看她的侍卫都没有。

欧阳竹从包袱里取出特意给女儿带来的披风，披在她身上，扶着她走进屋里，看到女儿冻成青紫的手指，十分心疼，语气里不由得带了些怒意：“这么冷的天怎么还弹琴？”

欧阳翠花咬了咬嘴唇，委屈道：“我整日在这里无所事事，岳盟主那么忙，也不来看我。我就在院子里弹弹琴，希望他能听见琴声，突然想起我，过来看上一眼。”

欧阳竹越听越怒，猛地一拍桌子：“我欧阳竹的女儿，何须为一块木头委曲求全？”

“爹……”欧阳翠花被吓到了，轻扯欧阳竹的衣袖，眼眸羞涩轻闪，“虽然岳盟主不解风情，沧明山庄也不如咱们松鹤山庄豪华舒适……但爹知道的，女儿向来喜欢美男子，岳盟主长得那么好看，有些小缺点算什么呢。”

欧阳竹的手掌拍得发红,现在感觉到疼,他将手背在身后,在衣服上蹭了蹭。

“我的傻女儿，”欧阳竹叹了一口气，眼中满满都是怜惜，“岳清河只有一副好看的皮囊，你却才貌双全，喜欢你的公子哥从城东排到城西，嫁给他真是委屈你了。”

欧阳翠花掩面笑道：“谁说不是呢。”

梦菊将火炭放在铜鎏金熏炉中，递给大小姐。

欧阳翠花将小铜炉捧在手中，冻僵的手指渐渐回暖，脸上的红晕也慢慢褪去。

欧阳竹坐在桌旁,忧心道:“爹看岳清河和那个叫唐俏俏的丫鬟走得很近。”

“唐俏俏？”欧阳翠花毫不掩饰地翻个白眼，嗤笑道，“不过一个丫鬟而已，能掀起什么风浪？以前他们发生过什么，我可以不在乎，既然现在我来了，我就会负担起盟主夫人的责任，我绝不容许其他女人觊觎我的夫君。等拜堂以后，我就把唐俏俏赶出去！”

听到女儿霸气的宣言，欧阳竹顿感欣慰。

他伸手想摸摸女儿的头，看到巨大发髻上一支支尖锐的金簪，又默默缩回了手。

“爹 [illegible] 一个冷落你的男人，你心里肯定
不好受。[illegible] 行不通的，你得主动去找他。”

虽然 [illegible] 没错。

她将 [illegible] 我那件金丝百蝶绣花裙拿来。”

深秋 [illegible] 黄的叶子落在青石地上。

岳清 [illegible] 新的武功秘籍。

良久 [illegible] 中，迎向长空挥动宝剑。他身姿
优美，白 [illegible] 中划过耀眼的光，割裂了午后清
冷的阳光 [illegible]

这本 [illegible] 许久，一招一式都严格按照秘籍
中所写，[illegible] 的只是些式样好看的花拳绣腿，
根本没有 [illegible]

到底 [illegible]

岳清 [illegible] 着剑身仍在震颤的青霜剑。

轻软 [illegible] 畔。

“这 [illegible] 的剑法太过迅疾刚猛，不妥。”

岳清 [illegible] 云见日。

他扭 [illegible] 将落叶和碎石扫成一堆。

这丫 [illegible] 随意说出一两句话，让他恍然
大悟。

在唐俏俏的指导下，岳清河学武的速度成倍增长，他从未如此轻松过，心中竟有些小激动。但他不愿在唐俏俏面前流露出感激之情，便板着脸，也不理她，只将相同的招式重新练了一遍。这次有如神助，虽然招式一样，却发

挥出了截然不同的威力。

岳清河按捺住内心惊喜，将长剑插入剑鞘，擦了把脸上的汗。

“你怎么懂这么多？”他忍不住问她。

唐俏俏眨了眨眼睛，像是对他的疑问感到不解：“一目了然的事情，一看就明白呀。”

岳清河心湖内一阵翻涌。

唐俏俏是不是存心刺激他？

他闷闷地说：“行了，知道你是天才了。”

唐俏俏递给岳清河一块手帕，粉色的帕子上绣着一朵桃花，带着她身上淡淡的清香。

岳清河怔怔地没有接，唐俏俏莞尔一笑，踮起脚，用手帕擦了擦岳清河流汗的额头。

“盟主，你练剑的样子真好看。”

她笑得很美，眼神极为真诚，绝对没有半点恭维讨好的意思。

岳清河听见自己心跳的声音，他背过身，按住了剧烈跳动的心口。

眼前是假山与树木，然而她的笑颜始终在他眼前，挥散不去……

一阵环佩叮当声传来。

岳清河转身，看到欧阳大小姐在梦菊搀扶下走进了院子。

这么冷的天，她却穿得单薄，漂亮的脸蛋被寒风吹得紫红，牙齿冷得打战。纱裙上用金丝绣着密密麻麻的蝴蝶，头上的玉簪也坠着栩栩如生的金蝴蝶，脖子上挂着蝴蝶项链，手腕上戴着蝴蝶金镯，整个人都像是被金光闪闪的蝴蝶包围了一般。

岳清河只觉得一只大号蝴蝶精朝他走来，他忍不住后退了几步。

“欧阳姑娘……”

“爹知道你的追求者众多，岳清河是唯一一个冷落你的男人，你心里肯定不好受。但他既然是块木头，守株待兔肯定是行不通的，你得主动去找他。”

虽然不情愿，但欧阳大小姐知道父亲的话没错。

她将小铜炉放下，对梦菊招了招手：“将我那件金丝百蝶绣花裙拿来。”

深秋的寒风卷起树上仅剩的几片落叶，枯黄的叶子落在青石地上。

岳清河坐在石椅上，低头反复研究桌上崭新的武功秘籍。

良久，他合上书，拿起剑走到庭院的空地中，迎向长空挥动宝剑。他身姿优美，白衣飘飞风中，薄如蝉翼的剑刃在空中划过耀眼的光，割裂了午后清冷的阳光。

这本秘籍是岳廷川重金求得，岳清河练了许久，一招一式都严格按照秘籍中所写，不敢有丝毫怠慢，可为何觉得，使出来的只是些式样好看的花拳绣腿，根本没有想象中厉害……

到底是哪里出了问题?

岳清河停下手中的动作，皱起眉，低头望着剑身仍在震颤的青霜剑。

轻软淡然的声音幽幽响起，被风带入他耳畔。

“这招‘斗转星移’讲究的是以柔克刚，你的剑法太过迅疾刚猛，不妥。”

岳清河一惊，脑中忽而清明如水，宛若拨云见日。

他扭头望向唐俏俏，她正拿着一把扫帚，将落叶和碎石扫成一堆。

这丫头平时不动声色，却时常在他困惑时，随意说出一两句话，让他恍然大悟。

在唐俏俏的指导下，岳清河学武的速度成倍增长，他从未如此轻松过，心中竟有些小激动。但他不愿在唐俏俏面前流露出感激之情，便板着脸，也不理她，只将相同的招式重新练了一遍。这次有如神助，虽然招式一样，却发挥出了截然不同的威力。

岳清河按捺住内心惊喜，将长剑插入剑鞘，擦了把脸上的汗。

“你怎么懂这么多？”他忍不住问她。

唐俏俏眨了眨眼睛，像是对他的疑问感到不解：“一目了然的事情，一看就明白呀。”

岳清河心湖内一阵翻涌。

唐俏俏是不是存心刺激他？

他闷闷地说：“行了，知道你是天才了。”

唐俏俏递给岳清河一块手帕，粉色的帕子上绣着一朵桃花，带着她身上淡淡的清香。

岳清河怔怔地没有接，唐俏俏莞尔一笑，踮起脚，用手帕擦了擦岳清河流汗的额头。

“盟主，你练剑的样子真好看。”

她笑得很美，眼神极为真诚，绝对没有半点恭维讨好的意思。

岳清河听见自己心跳的声音，他背过身，按住了剧烈跳动的心口。

眼前是假山与树木，然而她的笑颜始终在他眼前，挥散不去……

一阵环佩叮当声传来。

岳清河转身，看到欧阳大小姐在梦菊搀扶下走进了院子。

这么冷的天，她却穿得单薄，漂亮的脸蛋被寒风吹得紫红，牙齿冷得打战。纱裙上用金丝绣着密密麻麻的蝴蝶，头上的玉簪也坠着栩栩如生的金蝴蝶，脖子上挂着蝴蝶项链，手腕上戴着蝴蝶金镯，整个人都像是被金光闪闪的蝴蝶包围了一般。

岳清河只觉得一只大号蝴蝶精朝他走来，他忍不住后退了几步。

“欧阳姑娘……”

“岳盟主，我来沧明山庄这些天了，与盟主见面的机会却屈指可数。”欧阳翠花抱怨。

“抱歉，岳某最近琐事缠身，怠慢了姑娘，还望姑娘恕罪。”

“你知道就好。既然我来了，你不表示表示？”

“姑娘的意思是……”

欧阳大小姐摸了摸耳边的黄金蝴蝶吊坠，冷傲地说：“本姑娘不稀罕金银珠宝，只想今晚和岳盟主一起用膳，加深一下了解。这点小要求，盟主不会拒绝吧？”

她以为岳清河肯定瞬间同意，却许久没有听到他的回应。

欧阳大小姐心里有些打鼓。

她不想被岳清河拒绝，也不能被拒绝！她的裙下之臣那么多，何时受过这种委屈？传出去太丢脸了！况且唐俏俏也在这里，欧阳大小姐看见她给盟主擦汗，觉得他们之间的关系果然不简单。情敌见面分外眼红，欧阳翠花赌上自己的尊严也不能输给一个丫鬟！

“岳盟主，你不说话是什么意思？这就是沧明山庄的待客之道吗？”欧阳大小姐有些急了，话里有些火气，说完又觉得懊恼。

她本想温言软语展现自己的魅力，怎么又忍不住凶起来了……

..第四节..

岳清河看了一眼唐俏俏。

他只是看了一眼她，什么都没说。

但这一眼让欧阳大小姐心塞不已。

她插入岳清河和唐俏俏之间，挡住他的视线，阴阳怪气地说：“怎么着，和未来的盟主夫人吃饭，还要征求你家丫鬟的同意？”

岳清河微怔。

他甚至没有意识到，他那么在意唐俏俏。

“岳某不是这个意思……”

“别说了！本小姐决定的事情不会变。今天这饭你吃也得吃，不吃也得吃！”

“……”

“哼，男人！三天不打，上房揭瓦！”

岳清河：“……”

这姑娘果然是不会说话啊，浪费了一张倾国倾城的脸。

算了，一起吃顿饭，也不是什么大不了的事情。

岳清河不想节外生枝，便点头说：“那岳某就恭敬不如从命了。”

欧阳翠花见状，脸上终于露出笑容，伸手戳了戳岳清河的胸口：“讨厌，早点儿答应不就结了嘛。”说罢又扭头望向唐俏俏，命令道，“我要你亲自下厨，没问题吧？”

唐俏俏还没说话，岳清河便立刻阻止：“唐俏俏哪会做饭！欧阳姑娘想吃什么，我让厨子给你做。”真不是他偏袒她，唐俏俏做的饭能吃？

欧阳翠花不懂岳清河的良苦用心，坚持说道：“不行，我就要吃唐俏俏做的饭。你要是不愿意，就说明你们有不可告人的奸情。我这就去给岳伯伯告状！”

谁和她有奸情？你会说话吗？会说话吗？

岳清河握紧拳头，手背上青筋暴起。

良久，他喉间发出呵呵冷笑：“既然你这么想吃她做的饭，我也就不劝你了，你开心就好。”

欧阳翠花得意极了，背过身悄悄伸开手，手上密密麻麻写的全是字，她照着念下来：“我要吃蟹黄鲜菇、百花雪耳、龙凤虾仁、如意对翅、芙蓉素笋、白玉软香酥、双福鱼翅糕……”

这是她来之前抄的菜谱，净挑些难记难做的菜，想要刁难唐俏俏。

唐俏俏果然露出为难的表情，弯弯柳眉蹙起：“这……”

“做不到还有什么资格做武林盟主的丫鬟，不如现在就卷铺盖滚蛋吧！”欧阳翠花双手叉腰，说话时满头的蝴蝶坠子都在摇晃。

梦菊学着大小姐的模样，也双手叉腰，如同一只矮胖的双耳茶壶，在旁附和：“就是！一点儿小事都不会，要你有何用！”

主仆二人一唱一和，颇有几分岳家女主人的架势。

“哦，”唐俏俏垂下眼眸，“要吃蟹黄鲜菇、百花雪耳、龙凤虾仁、如意对翅、芙蓉素笋、白玉软香酥、双福鱼翅糕呀。奴婢记下了，不知道翠花有什么忌口的吗？”

欧阳翠花蒙了。

这些菜她写在手上都记不住，这丫头听了一遍就记住了？

唐俏俏的回答打乱了欧阳翠花的计划，她一时之间竟有些慌乱。

“就……除了葱姜蒜吧……哼，我这种十指不沾阳春水的千金大小姐，哪里懂做菜！你别问我，你自己看着做吧！要是敢故意放葱姜蒜毒死我，我爹跟你没完！”

“知道了，”唐俏俏盈盈笑道，“您先和盟主回屋歇歇，奴婢这就去厨房给您准备。”

就这样答应了？

也太顺利了吧！她会不会在饭菜里加料？

欧阳翠花打了个冷战，心中竟有一丝丝后悔。

深秋的寒风冰冷刺骨，欧阳翠花冻得腿都站不稳了。

等唐俏俏离去，她终于暂时抛开自己千金小姐的气势，瘫倒在梦菊怀里。

“这鬼天气，真是冻死我了。梦菊，快扶本小姐进屋。”

梦菊连忙扶着欧阳翠花，走进了岳清河的房间。

梦菊在屋中生了火，室内渐暖。

主仆二人丝毫不见外，梦菊甚至跑回别院，将大小姐镶金嵌玉的瑶琴扛了过来。

欧阳翠花冻得手脚僵冷，却不肯多穿，坚持要为岳清河弹琴。

岳清河不好拒绝，他坐在那里听曲，心思却飘到了厨房。

唐俏俏根本不会做饭吧。记得有一次他感染风寒，她自告奋勇说要熬粥，结果熬成了锅巴饭，焦黑如石饼，咬起来嘎嘣脆。岳清河强撑着吃了几口，胃痛了好几天。

这次，她真能做好吗？

会不会不小心切到手，又或者杀鸡时被鸡啄了呢？

不……

他不应该关心她！

她是恶贯满盈的魔教教主，她写书抹黑武林正道，是整个武林的公敌。

她污蔑他、威胁他，所有能做的坏事都被她做尽了。

可是，她的优点同样很多……

她能文能武，文笔感天动地，武功深不可测。

她笑时粉面含羞，哭时梨花带雨，说起谎来面不改色，卑鄙无耻到极点。

尽管欧阳大小姐每次出现都珠光宝气，但在岳清河眼里，只有唐俏俏出现时才会发光，吸引他的视线……

她是独一无二的。

“岳盟主，你发什么呆？”

欧阳翠花不知何时靠了过来，岳清河这才发现琴声已经停了。

她绝美的面孔近在咫尺，身上有着香薰的馥郁气息，钻进岳清河的鼻息。

他慌了慌，猛然站起身，退后几步，与面前的绝色佳人隔开距离。

“欧阳姑娘的琴技太出色，岳某听得入神，失礼了。”他的语气礼貌而疏离，眼睛自始至终没有看她。

欧阳翠花以为岳清河在害羞，她自己也莫名害羞起来，手里绞着帕子，轻声说：“盟主喜欢就好。咱们志同道合，成亲以后肯定会成为方圆百里有名的模范夫妻。”

岳清河皱了皱眉，欲言又止，只是又默默后退了几步。

“盟主，你别离我那么远。我都看不清你了。”欧阳翠花逼过来，头上的蝴蝶坠子摇摇晃晃，发出丁零丁零的声音。

厨房里，几位大厨紧张兮兮地围在唐俏俏身后。

大家知道唐俏俏不会做饭，早就准备好了水桶，如果她不小心把厨房烧了，大家可以第一时间泼水灭火。但没人敢帮她做饭，毕竟欧阳大小姐交代过了，谁帮唐俏俏就是与她为敌！没人敢得罪未来的盟主夫人。

唐俏俏手里握着大砍刀，将案板上的鱼肉一阵乱砍，肉屑纷飞。

那欧阳大小姐确实貌若天仙、能歌善舞，没有男人能抵挡得了吧……

此时她和岳清河在一起干什么呢？

呵呵，孤男寡女能干什么！

唐俏俏越想越烦躁，差点将案板砍成烂木头。

厨子们察觉到唐俏俏身上浓重的杀气，心惊胆战，慢慢后退不敢出声。

有个大胆的用手中的铲子轻轻戳了戳她，指着案板颤声说：“可以了，鱼块都要被你剁成鱼糜了……”

唐俏俏将刀扔在一旁，捧起鱼糜放进容器中。

炉火已经烧旺，映红了唐俏俏的脸。

她笑得阴森，完全不是平日里天真烂漫的少女。

“呵呵呵，鱼翅是吧！雪耳是吧！虾仁是吧！”

唐俏俏将各种质量上佳的食材，全都丢进面前黑漆漆的大铁锅里，无惧身后厨子痛惜的目光，她手法娴熟地倒油浇汤，各种调料撒一勺，看着一锅颜色奇异的液体咕嘟咕嘟冒泡。

“光吃肉怎么行呢，还要吃些素食才健康。放点儿红枣、菊花、韭菜、苦瓜、香菜、荷叶……哎哟，醋是不是倒多了？没事，我们再加两勺酱……放点儿糖调味……辣椒花椒大把放……茴香、八角、人参、鹿茸也放一些……咱们沧明山庄不差钱，各种食材应有尽有……”

她用力搅动着一锅糨糊似的东西，神色诡异地碎碎念。

..第一节..

天色渐渐暗下来，夕阳余晖透过树枝洒落在地，满地暗红色的斑驳。

屋内的光线也变得昏暗，只有一线晚霞从虚掩的门缝外投进来。

岳清河已经被欧阳翠花逼在了墙角，他的手不由自主按在了剑柄上。

听说欧阳大小姐的武功很高，若她强行扑来，他还真不一定打得过她。

是他失策了，不该和她共处一室。

万一发生了什么，他百口莫辩。

欧阳翠花并不知道盟主的心声，她手撑住墙壁，将岳清河环在她怀中。

虽然她个子比他矮很多，却并不影响她此刻散发出的“王霸之气”。

“虽然我在沧明山庄住了些时日，却与盟主相处甚少，难得有机会独处。”欧阳翠花娇羞一笑，露出一排洁白牙齿，“再次介绍一下，我是欧阳竹的女儿，许多人将我奉为武林第一美女，呵呵！”

“哦。”岳清河别开脸。

“不过盟主也不用灰心，人家还没有意中人呢。感情这种事，公平竞争嘛。”

“嗯。”

岳清河嘴角扯出一抹尴尬的弧度，根本不知道该说些什么。

欧阳翠花并不气馁，她向来备受追捧，不管是钱财还是男人，没有她得不到的。

“盟主，能介绍一下你吗，我想知道我未来夫君的喜好。”

“其实……欧阳姑娘，我也没什么好的。”岳清河推开欧阳翠花的手，又往旁边挪了几步。

“我知道呀，但我不在乎。”

欧阳翠花望向岳清河诧异的俊颜，转动手指上金灿灿的蝴蝶戒指，脸红红地说：“虽然你一无是处，但你长得好看，有这一点就够了。”

“……”

“你说你一个大男人，长这么好看干什么呢？”

“……”岳清河的指甲嵌入手心。

“你可千万别自卑，我除了倾世容颜还有绝世才华，我们刚好互补。”

“……”深呼吸，放轻松，男人是不能打女人的！

“但成亲后你得听话，不要再和不三不四的女人纠缠不清了。”

怎么说话呢？

谁是不三不四的女人？

岳清河狠狠按住腰间佩剑，怕自己冲动之下会拔剑跟面前的女人拼命。

欧阳大小姐见岳清河脸色铁青，关心地问：“盟主，你怎么了？是不是便秘？”

岳清河狠狠吸了一口气。深秋的寒意渗入他的四肢百骸，让他变得清醒。

“没事。”他努力扯出一抹真诚的微笑，“谢谢翠花姑娘关心。”

欧阳大小姐表情一僵。

她是完美的！

唯一的缺点就是她的名字……

这是不能被人提起的禁区！

可岳清河偏偏哪壶不开提哪壶：“确实如翠花姑娘所说，你容颜倾城，连名字都脱俗超凡。翠花——翠绿色的小花，意境果然不同寻常。岳某实在佩服欧阳伯父的绝世才华。”

翠绿色的小花是什么鬼？

欧阳翠花脸上的笑容渐渐消失。

她突然想起年少时，母亲站在姹紫嫣红的花架旁，手持银壶为芬芳馥郁的花朵浇水。她在旁拨弄花叶，听到母亲说：“翠花啊，娘当初本想给你起名叫欧阳梅菊。”

“欧阳梅菊？”你们是想凑够竹兰梅菊吗？

“你正如梅花般高洁，雏菊般清雅，如一颗耀眼明珠，风华惊世。”

“娘，你现在出口成章，当时怎么就不好好发挥呢？”

“因为你爹说，那些俗气的名字配不上你。”

“我觉得挺好，我宁愿叫梅菊也不想叫翠花……”

“女儿，你有所不知，当年你出生时天降瑞雪，彩蝶盘旋久久不散。城中民众议论纷纷，以为你是神女下凡。你爹找人算过命了，说你充满‘王霸之气’，将来必不可小觑。但命中注定有大劫，必须起个万里挑一的好名字，才能压住你的命格，兴旺我们欧阳世家。而欧阳翠花这个名字俗中带雅，雅俗共赏，低调又不失奢华，绝对是最佳选择。我和你爹都十分满意。”

“呵呵呵，那个算命先生住在哪儿，我保证不打断他的腿。”

……

回忆如乌云般惨淡，将欧阳大小姐的俏脸笼罩了一层阴影。

她不想再和岳清河聊下去了！

原本的好心情早已化为乌有！

转过身，欧阳大小姐朝门外吼了一声：“梦菊！”

梦菊推开门，嘴里叼着个白胖的馒头，含混不清地说：“小姐，怎么啦？”

欧阳翠花没好气地说：“本小姐快要饿死了！唐俏俏怎么还不来，是不是逃走了？你去厨房命令她立刻把饭菜给我送过来，否则她死定了！”

天色彻底黑下来的时候，唐俏俏终于在梦菊的催促下回来了。

她身上围着个油腻的围裙，脸上沾着面粉，头发上粘着菜叶，还真像个厨娘。

唐俏俏将还在冒热气的铁桶放在地上，对欧阳翠花甜笑道：“小姐，请慢用。”

“这是什么，怎么放在桶里？”欧阳翠花不敢上前，探头看了一眼，眉头忍不住锁紧，“看起来黑漆漆的，是猪吃的泔水吗？”

唐俏俏笑得柔情蜜意，玉晶般的眼眸光润流转，声音轻柔婉转：“这是奴婢独创的——蟹黄鲜菇百花雪耳龙凤虾仁如意对翅芙蓉素笋白玉软香酥双福鱼翅糕大烩菜！”

“我要的不是大烩菜啊！”欧阳翠花感受到了绝望。

“有什么区别，不都一样嘛。”唐俏俏用手中的大铁勺搅动桶里黑漆漆的糨糊，舀起一勺递到欧阳大小姐的唇边，晶莹剔透的眼眸充满期待，“可好吃了，你快尝尝！”

欧阳翠花闻到一阵难以描述的味道。

是鱼的苦胆破了吗？一股子酸苦，夹杂着刺鼻的辛辣，又带着令人作呕的肉腥味……

她胃里一阵翻江倒海，实在没忍住，吐在了桶里。

岳清河反应很快，飞身后退，黄绿色的液体才没溅到他素净的白袍上。

他的举动、他的神色，皆如一把利剑，狠狠刺痛欧阳翠花的心！

她向来爱面子，却在心仪对象面前吐得一塌糊涂，心中又羞又气。

可这桶里的东西难看又难闻，欧阳大小姐养尊处优，从未见过这么恶心的食物，实在忍不住，抱住铁桶吐了个天昏地暗。

她好半天才缓下来，抬起一张煞白的小脸，大眼睛里泪花闪动："唐俏俏，你这是故意想害死我吧？"

唐俏俏瞪大眼睛，目光中带着三分震惊，七分悲痛。

"翠花，你说这话就不对了！我全心全意待你，你怎能误解我呢？这桶里的人参鱼翅、肉蛋蔬果，都是极品食材，盟主花了大价钱买的。我们盟主待你不薄，你却把肚子里的隔夜饭吐在了这精美的晚宴里，你什么意思？你就算再不满，也不能这样对我们盟主吧！"

欧阳翠花说不过唐俏俏，气得心肝脾肺肾都疼得厉害："你……你等着！我找人打你！"

她掩面跑了出去，跌跌撞撞还撞倒了花瓶，碎了一地瓷片。

唐俏俏面无表情地望着欧阳大小姐的背影，直到再也听不见她身上珠玉碰撞的声音，她"嘁"了一声："这人怎么这样啊，没礼貌。可惜了这顿丰盛美味的晚餐。"

岳清河满头黑线："丰盛美味？你说什么胡话。这桶泔水除了喂猪没有别的用处。"

"你不尝尝怎么知道。"唐俏俏对岳清河的言论感到痛彻心扉，"这可都是顶级食材啊！"

她伸手试图去拿大铁勺，岳清河拔出长剑指着她，一张俊脸冷得像冰。

"离我远点儿！这烩菜你立刻给我扔了，从此不许踏进厨房半步！"

"为什么，我明明很有做饭天赋。"比起唐思慕的厨艺，她算是国宝大厨级别好吗！

耳边只传来岳清河的冷笑："别开玩笑了。做饭天赋这东西，你没有！"

唐俏俏眼睁睁看着丫鬟将铁桶拖了出去……

..第二节..

丫鬟清理了地面，点起熏香。房间里的怪味渐渐散去，充满了淡淡丁香花的气息。

岳清河知道唐俏俏晚上没吃饭，怕她饿着，让厨子送来了点心。

可是唐俏俏对桌上香气四溢的红豆糕不感兴趣，她托腮坐在木桌对面，一眨不眨地望着岳清河，明亮的眸里宛如星光闪烁："盟主，你和欧阳大小姐聊了些什么？"

岳清河低头捏了只红豆糕放入口中，若无其事地说："没什么。"

"我不信！孤男寡女共处一室,不发生些什么太可惜了。"唐俏俏脸色微红，越说越忘我，"再说欧阳翠花那么漂亮，是男人都无法把持……除非不是男人！"

岳清河一口点心噎住。

他脸色通红咳了半天，唐俏俏连忙给他拍背。

"盟主，你别心虚，我随便说说而已。"

"谁心虚了？你会不会说话？老子很正常！"岳清河气到口不择言说了脏话。

唐俏俏连忙低下脑袋，小声迎合："好好好，你说正常就正常……盟主说什么都对。"

她这话却让岳清河脸色更差了。怜香惜玉的好心情早已被摧毁。岳清河将咬了一口的红豆糕粗暴地塞进她嘴里："吃你的红豆糕吧，话这么多！"

唐俏俏咬着软乎乎的红豆糕，眼底飞扬的星光斑斓璀璨。

“盟主咬过的点心更好吃呢。”

岳清河心如河水奔流。

这丫头，简直不分场合地调戏他。

可为什么，听到她的话，他却丝毫不觉得反感呢？

唐俏俏一连吃了好几块红豆糕，心满意足地拍拍肚皮，甜甜地说：“盟主，你真好。”

岳清河别开脸，垂下眼眸，表情隐于暗影之下。

“既然你吃完了……”他声音很轻，隔了很久才说出下句话，“现在收拾细软，连夜离开沧明山庄吧。”

唐俏俏愣愣地看着他：“为什么？”

“你气哭了欧阳翠花，欧阳竹不会放过你的。”

他望向她，那冷漠的眼底似乎蕴藏着一些什么，唐俏俏看不清也看不透。

她抓住盟主的衣袖：“你不是会保护我吗？”

岳清河反问：“我以什么立场保护一个丫鬟？”

唐俏俏一怔，手慢慢地松开了。

她低头看着篮子里剩下的点心，许久没有说话。

岳清河取出几锭金元宝放在桌上：“这些盘缠，足够你沿途吃喝玩乐。”

唐俏俏根本没有看那锭金光闪闪的元宝，她慢慢抬起头，盯着岳清河。

闪烁的烛光跳跃在她的眸里，星光的痕迹早已消逝，宛如一潭古井。

“你是怕我欺负你心爱的女人吗？”

“什么？”心爱的女人？谁？欧阳翠花吗？

“你已经打算要入赘欧阳家了吗？”

岳清河的脸色变了又变，露出一种便秘的表情。

但他并没有否认，在唐俏俏看来，这已经是一种默认。

唐俏俏拿起了金元宝握在手中。岳清河也不知道心中这股失落是缘何而起，他垂着眼，将剩下的金元宝装进锦袋，递给唐俏俏："你能想通就好。"

话未说完，话音突然变调。他清晰看到那枚元宝被唐俏俏捏得变形……

岳清河屏住呼吸，又将锦袋里的金元宝轻轻倒在桌上，保持刚才的状态。

"唐俏俏，我是为你好。"

"别说为我好，"她冷冷打断他，"我又不怕欧阳竹！"

"那你要干什么？跟欧阳竹硬碰硬，把沧明山庄搞得鸡飞狗跳吗？"岳清河的语气带着些许怒意，连他自己都没有注意到。

唐俏俏咬住嘴唇，委屈地看了岳清河一眼。

这神情竟令人心痛……

岳清河正想再说些什么，门突然被推开。

欧阳大小姐冲进来，而欧阳竹跟在她身后，手中的长刀已经出鞘！

欧阳翠花指着唐俏俏，泪汪汪地告状："爹，就是这个女人欺负我！"

岳清河发现欧阳翠花又换了身打扮，深紫色长裙上绣着白色梅花，发髻上插着八支华丽的梅花金簪，耳朵上挂着梅花耳坠，脖子上戴着梅花项链，额头还用朱砂画了朵红梅。

回去告个状，至于浑身上下换一套装扮吗？

话说这欧阳世家财大气粗，大小姐的审美却不怎么好，总把自己打扮成妖精的模样。刚才是蝴蝶精，现在是梅花精，满身密密麻麻的梅花，令人看了毛骨悚然。

欧阳竹怒不可遏，一刀砍过来，却砍在了岳清河的青霜剑上。

火花四溅！

岳清河竟然护住了唐俏俏，冰冷长剑流转着月光般的银霜。

欧阳竹被震得虎口发麻，他先是一怔，随后更加愤怒了：“不过一个丫鬟罢了，竟让岳盟主如此在意？”

“欧阳庄主说得对，她只是个丫鬟，手无缚鸡之力，没必要脏了您的刀。”岳清河说得轻描淡写，手中的长剑却没有收回。

欧阳翠花见状越发委屈，在一旁号啕大哭起来：“爹，我没说谎吧！岳清河就是护着这个女人！我那么好他都不珍惜，却被一个卑贱的丫鬟迷惑！爹，你快帮我杀了唐俏俏！”

欧阳竹见不得宝贝女儿哭，脑袋顿时“轰”的一声，抽刀就想再去砍唐俏俏，第二刀竟也被岳清河挡住了。

真是反了天！欧阳竹气得牙痒痒：“岳清河，你让开！”

岳清河不但没有退让的意思，声音还冷了几分：“唐俏俏是我的人，谁也不准碰她一根汗毛！”

欧阳竹双眼圆睁，瞪视着岳清河。

他没想到这小子真敢在他面前护着唐俏俏，这父子俩都是怎么了？一个个像是走火入魔似的，为了这种女人奋不顾身，最终还不是没有好下场……

“你也要走你爹的老路吗？”欧阳竹突然说。

“我爹？”岳清河一愣。

欧阳竹眯着眼望着岳清河，喉间发出一声冷笑，眼神亦是冰寒如刀：“当年你爹也像你这样，拼死拼活要娶那个丫鬟，最后却被自己最爱的女人和最好的兄弟背叛。”

岳清河惊怔地望着欧阳竹，不明白他到底在说些什么。

他的母亲是雾影宫的宫主，与父亲算得上门当户对，哪有什么小丫鬟？

岳清河正欲细问，忽闻脚步声传来，岳廷川推门走了进来。

欧阳竹脸色阴晴不定，终究没有再继续刚才的话题。

他盯着岳清河，道：“老夫提醒你，越是这种看似人畜无害的穷丫头，越是心机深沉，不择手段妄想飞上枝头变凤凰。你还年轻，分辨不出爱恨是非。若你为了她而拒绝我们翠花，将来后悔的是你！”

岳清河眼神微有些黯然。

如果，唐俏俏真是个单纯的穷丫鬟就好了……

岳廷川见到此情此景，惊道：“发生了什么事？”

欧阳大小姐抽泣着将事情前因后果添油加醋说了一遍。

欧阳竹听得心疼，心中怒火越发旺盛。

岳廷川却心情平和甚至还有几分暗爽。

呵呵，你欧阳翠花也有今天？

..第三节..

欧阳竹道：“岳庄主，你今天必须给我一个交代！”

岳廷川不着痕迹地将两人手中的刀剑拨开，赔笑道：“是我庄内的丫鬟不懂事，一定赔罪。欧阳庄主不必跟一个丫鬟置气。这么晚了，饿不饿？我煮碗面给你吃？”

欧阳竹才不吃他这套：“连你也要袒护这个丫鬟？”

岳廷川立刻否认：“什么袒护不袒护的，丫鬟的生死与我何干。”

欧阳竹冷笑一声，阴阳怪气地说：“可你儿子放着荣华富贵和绝世佳人不要，偏爱这种没见过世面的乡下姑娘。现在连你也帮那丫鬟说话，是已经决定让她嫁给你儿子了？”

这话岳廷川不爱听。

“笑话！一个丫鬟怎能配得上我儿子？清河他三岁就能空手劈核桃，五岁单手举石佛，七岁绝技胸口碎大石，八岁使得一手无敌红缨枪，十岁已经打遍天下无敌手……”

“我女儿也不差！她一岁便熟读唐诗三百首，三岁能作画五岁能弹琴，十岁那年便练成绝世神功，凶起来十个彪形大汉也拉不住！万千男子将她视为梦中仙子……”

两位中年“杠精”吹起牛来，互不相让，现场火药味十足。

最终，欧阳竹甩手怒道：“这门亲事你若不满，就此作罢！”

他转身拉住女儿准备离开，却没想到女儿纹丝不动定在原地，着急地说：“爹！女儿不是对岳盟主不满，只是被那个坏丫鬟欺负了，咽不下这口气。”

欧阳竹愣在那里。

他竟忽略了女儿的感受。

“翠花，你告诉爹，你是真心喜欢岳清河吗？”

欧阳大小姐用绣着梅花的手帕拭去眼角楚楚可怜的泪珠，轻轻点了点头：“爹，女儿知道岳盟主是好人，女儿不想为难他。养一条狗还有感情呢，更别说是伺候他衣食起居的丫鬟。”

“这倒也是，”欧阳竹皱起眉，“依你看……”

“既然岳盟主心慈手软，我也不强求他做出不愿意做的事情。女人的事情就该女人自己解决。”欧阳大小姐眼角的泪痕早已被擦干，她迎着父亲诧异的眼神，说话时眼中有一丝阴冷转瞬即逝，“不如我和唐俏俏比武，赢者便是盟主夫人，输者则是刀下亡魂。公平公正。”

“公平公正？”

岳清河好似听到了天下最好笑的笑话。

他并不知道欧阳翠花的实力，只听说她武功极高，不可小觑。唐俏俏要是被她打死怎么办？就算唐俏俏实力比欧阳翠花更高，众目睽睽之下，她也不能使出真功夫暴露身份……

“欧阳庄主，实力悬殊太大的比武不叫比武，那叫屠杀！”岳清河毫不犹豫地拒绝了欧阳翠花的提议。

欧阳竹也觉得不妥，瞥了一眼唐俏俏，她睁着惊恐的大眼睛好像很害怕。

就算女儿不费吹灰之力杀了她，传出去也不好听……

欧阳翠花的眼中又涌出泪来，抓住父亲的衣袖，话未出口已成泪人。

欧阳竹又心疼了，沉吟片刻，想出了一个折中的办法。

他对岳廷川说：“不如就让岳清河和我女儿比试吧，若我女儿赢了，岳清河不但要把唐俏俏赶出去，还要入赘我们欧阳家，从此对我女儿低声下气，生了孩子也要跟我家姓！”

居然提出这种条件，简直是趁火打劫！岳廷川握紧拳头，尽力控制自己快要扭曲的表情。

“你不会没把握吧？”欧阳竹与岳廷川相识多年，早就摸清岳廷川的弱点，他将手中大刀竖在面前，故意激怒岳廷川，“难道你那宝贝儿子还打不过一个女人？”

岳廷川果然如奓毛的猫一般跳了起来：“比就比，谁怕谁！”

欧阳翠花怕夜长梦多，一刻也不愿多等，立刻逼着岳清河来到武场上。

此等大事立刻传遍了沧明山庄，侍卫、丫鬟全都跑过来，围在场外小声议论。

盟主居然为了一个丫鬟，跟未来的盟主夫人比武！

这种事情也太诡异了吧！

岳清河表面冷酷，心里却没有把握，他缓缓走到武场中央，紧握手中剑，脑袋里空白一片。

面前的对手是武林四大世家之一的欧阳世家，岂是平常人可比？

当他被欧阳翠花打败时，就是他的谎言破碎之时了。

所有人都会知道他武功并没有那么好，知道一切都是骗局。

为什么他要答应这种事情……

人群里似乎有一束光，点亮了阴暗的暮色……

岳清河下意识地看过去，唐俏俏站在那里，安静地望着他。

周围的一切仿佛都变成了黑白，唯有她是彩色。

岳清河嘴角勾起一抹苦笑，低下头，看到剑刃上倒映出他苍白的脸。

自从唐俏俏出现以后，他的生活就全都乱了套。

欧阳竹的话到底是什么意思？

父亲有什么难以启齿的过往吗？

唐俏俏的出现到底是意外，还是她精心布置的骗局？

梦菊气喘吁吁地跑过来，递给欧阳大小姐一把黄金铸造的剑，剑身上落着几十只精致立体的金属蝴蝶，有翅膀有触角，栩栩如生，一看就不是什么正经剑。

“小姐，奴婢把您的千羽蝴蝶剑取来了！”

欧阳翠花嫌弃地摆摆手：“你拿错了，我这身衣服配的是冷月梅花剑！”

“啊呀，是奴婢没看清！”梦菊摸摸脑袋，转身飞快地跑了。

她很快取来了大小姐的梅花剑，整支剑为细长的圆柱形，尖端是一朵傲然绽放的梅花。这把兵器说是剑，不如说是一根漂亮的棍子，虽然造型很有创意，但显然杀伤力不强。

欧阳翠花抚摸镶嵌宝石的剑柄，嘴角勾起嗜血的冷笑：“岳盟主，现在后悔还来得及，将那丫鬟交给我来处置。”

岳清河冷漠地说：“唐俏俏是我的人，就算要处置她，也只能由我来处置！”

他的声音掷地有声。

周围一片哗然。

欧阳翠花的笑容变得僵硬，眼底掠过一丝怨毒。

她高举宝石璀璨的梅花剑，一个箭步冲了过去。岳清河不敢轻敌，持剑了上去，竟轻易劈开了那把流光溢彩的梅花剑，破碎的铁块飞溅在空中，宛如失去生命的白鸟。

欧阳翠花跌倒在地，胸前抵着岳清河闪着寒光的长剑。

一时间，所有人都惊呆了！

岳清河也是一头冷汗。若不是他反应快，手里的剑就扎进欧阳翠花胸口了。

众所周知，欧阳竹时常夸赞女儿天赋异禀，是空前绝后的练武奇才。岳清河不想输得太难看，便使出了全力。哪知道欧阳翠花这三脚猫的功夫连他都不如……

敢情欧阳庄主比他爹还会吹牛！

欧阳竹一脸惨白地冲了过来，用刀挑开岳清河手里的剑。

欧阳大小姐扑进父亲怀里尖叫："好可怕啊！爹爹救我……"

欧阳竹轻轻拍着女儿的后背，心痛地说："翠花不怕，爹爹不会让任何人伤害你！"

欧阳大小姐浑身颤抖，好一会儿才缓过来，用含泪的眸子望向月夜下神色尴尬的岳清河，嘤嘤哭泣："你意思一下就行了，怎么可以欺负女孩子！太过分了！"

欧阳竹也怒目而视："你就这样对待一个柔弱的绝世佳人？武林盟主的风度去哪儿了？"

好好一场势均力敌的比武，却变成了岳清河在恃强凌弱……

他能说什么呢？

和女人没有道理可言！

岳清河收回剑，一言不发，转身走向唐俏俏。

她正望着他笑，眼眸如月牙弯弯。

“盟主，我就知道你会赢。”

岳清河轻声问：“你不怕我被当众打败吗？”

唐俏俏摇了摇头，甜美的声音似清泉流淌：“我早就知道欧阳大小姐有几斤几两。不过一只纸老虎罢了。你要是连她都打不过，还做什么武林盟主呢。”

岳清河怔了怔，无言地叹息。

原来她什么都知道……

看起来她只是个没心没肺的小丫头，其实却是个扮猪吃老虎的高手。

他垂下眼眸，嘴角勾起浅淡的弧度，轻声说：“真是的，我干吗救你呢，让你们两人自相残杀多好……”他像是在抱怨，然而眼中那璀璨生辉的，却是掩饰不住的笑意。

唐俏俏抬眸望着他，面不改色说出肉麻兮兮的话来：“谁让盟主太爱我。”

岳清河的脸竟红了，也只有唐俏俏才能这样面不改色地调戏他，将他死寂的心湖撩起粼粼碎波。青山绿水，不及她眼波流转，星河浩瀚，不及她笑靥缠绵……

..第四节..

他们的对话声很轻，没有被任何人听见。

但唐俏俏突然放大了声音，也学着欧阳大小姐的样子，扑进岳清河怀里嘤嘤哭泣：“盟主的救命之恩，奴婢永生难忘……这辈子做牛做马，奴婢都心甘情愿。”

岳清河浑身都僵硬了！

他在众目睽睽之下被唐俏俏抱得死紧。

这突如其来的挑衅刺激了欧阳大小姐，她在地上翻滚撒泼，大喊大叫："爹，你看他们！居然在我面前卿卿我我！简直不是人啊！我差点死了，他们居然这样对我！"

岳廷川站在人群中观战，心中情绪极其复杂。

儿子打败了欧阳翠花，灭了欧阳世家的威风，可喜可贺！普天同庆！

可是欧阳庄主心眼儿小，咽不下这口气，那狰狞的表情简直想要跟他同归于尽。

"岳廷川，你们是想害死我女儿不成？"

"欧阳庄主误会了，比武本就是有输有赢的。愿赌服输，没什么可说的吧。"

"笑话！我女儿受到惊吓，内力尽失，变成了废人，她的后半辈子可怎么办？"

岳廷川不悦地皱起眉："欧阳竹，你这是要讹我？"

欧阳竹冷哼一声："我们松鹤山庄有的是钱，至于做这种下九流的事吗？这场比武是岳清河侥幸赢了，老夫信守承诺，不会对那丫鬟下毒手，但老夫也绝对不会放任她逍遥自在！"

"那你要如何？"

欧阳竹看了一眼女儿，欧阳大小姐此时被梦菊扶着，双腿发软颤颤巍巍。她指着岳清河，泪流满面："爹，女儿不想嫁给岳清河了！女儿现在算是看透了，男人长得好看根本没有用，全是人渣！岳清河跟他爹一样，傻头傻脑，看不出玉璧的珍贵偏要选择杂草！"

闻言，岳廷川的脸色也不太好。

"说得对！"欧阳竹点头称是，"岳庄主，老夫也是为你们岳家着想，堂堂武林盟主看上一个卑贱的丫鬟，成何体统？还是尽早将唐俏俏赶出去吧。别让你儿子重蹈覆辙！”

最后四个字，欧阳竹加重了语气。

岳廷川僵了僵，冷风吹动他厚重的黑色锦衣，有种不怒自威的气势。

岳清河不知发生了什么，父亲的态度突然变得冷硬坚决。

“清河，从库房里取些银两给唐俏俏，明天一大早，送她离开沧明山庄。”

“可是……这场赌局，是孩儿赢了啊。”

“住嘴！”岳廷川眯眼看他，“难道，你真的喜欢唐俏俏？”

岳清河面色发白，抿着唇没有说话。

月光清清冷冷，落在他身上，手中的青霜剑也在风中轻颤。

岳廷川隐约猜出了什么，言语间多了几分怒意：“平时爹是怎么教你的？让你不要把心思放在儿女私情上，爹会在合适的时机为你留意些般配的名流千金，你却非要与一个丫鬟厮混在一起。这种女人配得上你吗？你可是我岳廷川的儿子，怎会如此没出息？”

唐俏俏听不下去了，忍不住想要与岳廷川理论。

岳清河扯了扯她的衣袖。

他知道，唐俏俏不是那种配不上他的，贫苦卑贱的小丫鬟。

她天赋奇高，武功高深莫测，是爹最爱的那种“别人家的孩子”。说不定配不上的那个人是他。

但他什么都不能说，唐俏俏的身份比丫鬟更令人难以接受。若是父亲知道了真相，他不但不会接受，可能还会联合八大门派捉拿唐俏俏，置她于死地……

岳清河沉默了很久很久，直到岳廷川沉不住气准备发火，他终于说话了：“爹，孩儿从未喜欢过唐俏俏。”

唐俏俏惊讶地望着岳清河，而他却避开了她的视线。

岳廷川问："当真？"

岳清河点了点头，声轻如羽："以后也不会喜欢……"

岳廷川的神色终于缓和下来。

唐俏俏突然抓住岳清河的衣领。

他猝不及防，被拽得弯下了腰，嘴唇差点碰到她的鼻尖。他们离得那么近，她俏丽的容颜就在咫尺，他能嗅到她发间的香气，但她眼角眉梢没有平日的笑意，淡漠如冰冻的湖。

"岳盟主，你忘记我们的交易了吗？"

此话一出，众人吃了一惊，不知盟主与唐俏俏有什么不可告人的秘密！

岳清河心脏狂跳，他知道她话里的意思。

他有把柄握在她手里！

他望着她的眼睛，冷冰冰地说："唐俏俏，别忘了你的身份！"

众人以为岳清河想提醒唐俏俏只是个丫鬟，不配与他这样说话。却不知道，他们一个是资质平平的武林盟主，一个是武林公敌魔教教主，互相都掌握着对方的把柄。

几个对盟主芳心暗许的丫鬟，嫉妒她能得到盟主青睐，在旁大声说：

"唐俏俏真是不知天高地厚，竟想高攀盟主，也不知道是哪来的自信。"

"人贵有自知之明！配不上的，就算用再多手段，也终究是配不上！

"哼，从看见唐俏俏的第一天，我就知道这个女人阴险狡猾、城府极深！"

"还好盟主意志坚定，没有被她迷惑！"

一时间处处是杂音，混合着萧瑟的寒风，在唐俏俏耳朵里炸开。

她面色苍白如雪，缓缓松开手，眼圈发红。

"岳清河，你这个负心汉！"

"你我只是主仆关系，"岳清河强调，"我没有负过任何人！"

“是吗？”唐俏俏轻声自语，红裙衬得她肌肤更加苍白。

岳清河竟不忍看她此时的表情，别过脸去，唐俏俏却箍住他的下巴，迫使他低头与她对视，她不哭也不闹，只是冷冷地望着他。这样的她哪里像个丫鬟？这般气势倒像女王！

“你从来没喜欢过我？”

“我以为你知道的……”

岳清河的声音比风还轻，却那么清晰，传入在场所有人的耳朵里。

他的身体投下修长的暗影，而她被笼罩在冰冷无情的暗影中。

唐俏俏突然笑了：“不喜欢也没关系，我只想留在你身边，因为我是盟主的丫鬟呀。”

她笑起来真的很美，仿佛满庭枯树也开了花，清甜的声音如玉珠落银盘。

岳清河怔了一怔，却狠心将她推开：“没必要。沧明山庄这么多丫鬟，哪个不比你机灵？”

唐俏俏的笑容僵在脸上，眼眸幽深。

岳清河继续说：“更重要的是，她们没有任何不切实际的妄想。”

唐俏俏握紧双拳，突然退后几步，水红色的纱裙在风中飞扬，像一团冰冷的火焰。

她冷漠地盯着他，一字一顿：“岳清河，我给过你机会了！”

岳清河陡然心惊。

明明他什么都没做过，却好像自己真是负心汉……

岳廷川蹙眉，是他的错觉吗，总觉得此时的唐俏俏和平日格外不同。

岳廷川怕节外生枝，走过来插在他们中间，板着脸说：“唐俏俏，你是什么身份你自己心里明白，怎能这样和盟主说话。老夫念在你照顾盟主有功，不会亏待你，明早拿了银子就走吧。”

唐俏俏也没纠缠，“哦”了一声，转身走入寂静黑暗的夜里。

她发髻上的白玉簪像暮光里最后一颗星星，在光影中闪烁，最终被夜色吞噬。

岳清河只觉有一根无形的丝线，扯动他的五脏六腑，让他痛得揪心。

这个瞬间，他甚至忘记了唐俏俏的身份，只觉她背影脆弱纤瘦，楚楚怜人。

岳清河不敢承认，却又不得不承认，他是真的为她动了心。可是这份感情，注定如水月镜花，只能遥望却不能奢望拥有。或许他应该就此停下脚步，不再去想她，假装从未相遇……

岳清河抬头望着天空，伸手让星光洒满他手心。

一生很长，却又很短。

有些东西，强求只会两败俱伤。

不如，放在心中小心翼翼地呵护。

.. 第一节 ..

魔宫又不是没钱，谁稀罕他们的破钱！

唐俏俏很有骨气，一文钱都没拿，大清早便不辞而别。

她背着包袱，灰溜溜地回到了魔宫，正头疼该怎么应付御苍南的嘲讽，却发现御苍南并不在。柳玉儿说自从左护法回来便一直在闭关修炼，平日里根本见不到。

唐俏俏松了一口气，换了身衣服便去见爹娘。

白小惜还是一副病恹恹的样子，斜卧在床上，身边站着两个陌生丫头，正在给她喂药。

见到唐俏俏，两人对视一眼，将空药碗背在身后，低头道：“参见教主。”

唐俏俏从未见过她们，便问：“娘，月雅和秋意呢？”

白小惜咳了几声，虚弱地说：“她们老家有些事，请假回去了。”

“这么巧，两个人都有事。她们照顾娘那么久了，突然换了人，娘一定很不习惯。”

唐俏俏环顾四周，房间里冷冷清清，偶尔有其他的丫鬟从门口路过，全都不是熟面孔。看见唐俏俏时，她们甚至有些慌张，连脚步都加快了。唐俏俏总觉得哪里不对劲。

“我爹呢，好久没见他了。”唐俏俏坐在床边，夸张地抱怨，“我冒着生命危险卧底在沧明山庄，每一天都凶险重重，他却对我不闻不问，他是不是把我这个女儿忘记了？”

白小惜沉默片刻，声轻如落叶：“你爹去买药了。”

这句话怎么似曾相识？

好像上次娘也是这么说的……

“也买太久了吧！再这样我会忘记爹长什么样的。”

“你呀，没大没小的。等你爹回来，我一定要给他告状。”白小惜苍白的唇终于露出了轻柔弧度，她双手撑住床，丫鬟连忙扶她坐起。

唐俏俏连忙扶住母亲，惊觉她肌肤冰冷，比以前也瘦了几分，就算是感染风寒，也不会这么久都没康复吧？她担忧地问：“娘，你到底生了什么病，是不是很严重？”

白小惜还没说话，突然传来脚步声。

唐俏俏抬眸望向门口，看到唐思慕朝她走来。他着一袭素雅的莲色长衫，如墨青丝披散而下，容颜温润如玉，气质淡然如仙。

丫鬟们忍不住红了脸，捧着药碗轻手轻脚地走出房间。

唐俏俏跑到哥哥身边，扯了扯他的衣服，月牙般的眸子快要滴出水来。

“哥，你老实告诉我，娘是不是生了重病？”

唐思慕摸了摸唐俏俏的头，想要说什么，终究还是没有说出来，口中溢出一声轻叹。

唐俏俏的脑袋“轰”的一声，眼泪一下子涌了出来。

出了这么大的事她却完全不知道，真是太不孝了！

“娘得了什么病，为什么不告诉我？”

唐思慕突然扑哧一笑，捏了捏她的耳朵：“傻妹子，哥哥什么也没说，你怎么就哭了？”

唐俏俏愣在那里。

唐思慕用指尖拭去她眼角的泪，轻声道：“娘没事，只是之前生病耗损了气力，病好以后爹不放心，整日炖些补品给她，没想到适得其反，大夫说娘最近要多休息，饮食也要清淡些。”

唐俏俏心头的大石终于落下，推开唐思慕：“干吗骗我，吓死我了。”

“有哥哥在，娘怎么会出事呢。”唐思慕笑了笑，“走吧，别打扰娘休息了。”

他拉着唐俏俏到厨房，丫鬟正在熬煮中药，满室弥漫着药材苦涩的味道。

桌上放着一条鱼，唐思慕拎起菜刀，手法娴熟地在鱼身上划开刀口。

唐俏俏在厨房里转了几圈，从篮子里捏了一朵雕刻成花的萝卜吃起来，味道正常，一定不是哥哥雕的。

“你怎么回来了，”唐思慕瞥了唐俏俏一眼，“哥哥听说你在沧明山庄混得如鱼得水，还以为岳清河非你不娶呢。”

“哥，你乱说什么呀。”唐俏俏的脸红了，她低着头生怕被哥哥看出她的不自在，“岳清河那么恨我，我能活着回来就不错了。”

唐思慕不信：“你真的对他没别的想法？”

“什么想法？”唐俏俏装傻。

唐思慕盯着她看了一会儿，摇头说：“没什么。”

他将白玉般的鱼放进沸水锅中，撒上粉嫩晶莹的桃花瓣，淡淡道：“俏俏，不管怎么样，你一定要记得，最在乎你的人只有你的亲人。你可以去遍天涯海角，可以得罪整个武林，但只要回过头来，就会看到哥哥一直守候在你身后。就算拼尽全力，哥哥也会保护你。”

怎么突然说这样的话啊……

唐俏俏竟忍不住眼底的酸涩，低头揉了揉眼睛。

“哥，这鱼……我能不吃吗？”

唐思慕温柔而坚定地说：“不行。”

“长腿妖艳采花贼”突然销声匿迹，无数忠心读者忧虑不安，以为长腿妖姬遭遇意外。众人堵在各大门派山前，手持横幅呐喊示威。武林正道门派虽然头疼，但那女贼已经死了，他们总不能以武力压制平民百姓，只能忍耐下去，希望时间流逝，事情能渐渐平息。

万万没想到！

没过多久，长腿妖艳采花贼的新书《男人都是大猪蹄子》横空出世！

内容写着欧阳翠花因妖娆妩媚会撒娇，被八大门派所有男人疯狂追求，连岳清河都移情别恋，竟为了跟欧阳翠花远走高飞，不顾长腿妖姬腹中胎儿，对她大打出手。

此书虐心至极，颠覆三观，城中夜夜哭声萦绕，都是书迷们撕心裂肺的悲痛。

愤怒的读者包围了沧明山庄，大家朝岳清河身上扔臭鸡蛋和烂白菜，说他背叛圣洁完美的长腿女侠，是人渣禽兽负心汉！

岳清河百口莫辩。

欧阳翠花同样不好过，她每天躲在深闺中，却还是能听到闲言碎语，连松鹤山庄里的下人，也因为看不惯大小姐横刀夺爱的卑劣行径，纷纷离开。

八大门派再次齐聚沧明山庄，摩拳擦掌，恨得不行。

青城派大师兄来回踱步，烦躁不堪：“魔教圣姑不是死了吗？到底是谁在兴风作浪？”

“一定是冒牌货！”崆峒派弟子连着几夜没有睡好，双眼通红，布满血丝。

昆仑派小师弟眼中掠过些许不忍，又怕别人察觉，连忙低下头，将一麻袋的书倒进坑中，小声说：“看文笔不像是冒充者，世间难有人才华与她媲美。”

“可我明明看到岳盟主将那女贼一刀捅死，怎会死而复生呢？”青城派大师兄狐疑地看了岳清河一眼，话里有话，“难道是我们看错了？还是另有隐情……”

昆仑派小师弟突然想到什么，惊道：“许是念在相爱一场，岳盟主放了长腿妖姬一马……”

周围突然静下来。

唯有烈烈火焰噼里啪啦的声音。

岳清河盯着火坑中熊熊燃烧的书，冰冷眼眸里倒映着赤红火光。

盟主的眼神太吓人了！昆仑派小师弟连忙改口：“不！我相信岳盟主的为人，毕竟他已经移情别恋，对那女贼再无留恋，不可能包庇她的，这里一定有误会……”

“谁移情别恋？”岳清河怒了，“你还真信她写的？”

昆仑派小师弟吓得一哆嗦，不敢说话，又将一麻袋书扔进火坑里。

“岳盟主做事光明磊落，绝不会与那女贼勾结。”武当派掌门发话了，“也许圣姑重伤未死，为了报复，在病榻上写下此书。她一定还在魔宫，大家不妨再去一趟。”

“宋掌门说得有理，廖某等不及了，现在就出发吧！”青城派大师兄眼神冷厉，几乎将手中折扇捏碎，“这一次，不管短腿妖贼是谁，咱们见人就杀，非要把魔宫铲平不可！”

大家纷纷附和青城派大师兄，四周充斥着戾气与杀气。

青城派大师兄正要率领众人出发，一柄宝剑突然挡在他面前。

竟是岳清河手中的青霜剑！

青城派大师兄面色一变，也拔出剑来：“岳盟主，你这是什么意思？”

跟在他身后的人恨透了长腿妖艳采花贼，见岳清河居然敢阻拦，也顾不得交情，纷纷拔剑指着他，以为他真与那女贼有染。

岳清河看出他们心中所想，冷笑道：“短腿妖贼在书中极力抹黑我，胜过你们数倍，此仇不共戴天，难道我会包庇她吗？”

此话倒也属实，众人对视一眼，放下剑来。

武当派掌门拱手道：“大家气急攻心，不免失了理智，还望岳盟主恕罪。”

“岳某理解，”岳清河并未生气，收了剑，“短腿妖贼的身份已经被我们知晓，按理应该比以往更加谨慎小心，她却反其道而行之，大家难道不怀疑吗？那女人阴险狡猾，或许魔宫已经布置好天罗地网，只等我们前去送死。”

青城派大师兄脸色苍白。

他想起上次被短腿妖贼当众污蔑。她将他的喜好摸得一清二楚，显然是下过功夫的。师父师弟虽然表面上说相信他，看他的眼神却变得古怪，青梅竹马的小师妹也不再理他。他恨极了那女贼，却也对她的手段心有余悸。像他们这种正派名门，如何与阴险的魔教相比？

“那该怎么办，总不能就这样放过她吧？”

“当然不会放过她。”岳清河拍了拍大师兄的肩膀，“这事需从长计议，岳某愿先去魔宫打探风声。知己知彼，百战不殆。诸位先留在沧明山庄，等我消息。”

众人见岳清河说得有理，便答应下来。

..第二节..

初冬的风冰寒凛冽，将屋檐下的碧玉风铃吹得叮咚作响。

唐俏俏用丝绵浸染着凤仙花汁，轻铺在圆润光洁的指甲上，正悠闲地给指甲吹气。

忽然，有人冲了进来，跪地说道：“启禀教主，有人单枪匹马闯进了幻影八卦阵！”

“什么人，胆子倒是够大。”唐俏俏抬眼，漫不经心地看了一眼跪在地上的黑衣人。

黑衣人道：“好像是武林盟主岳清河……”

唐俏俏表情僵住。

柳玉儿愤愤不平：“岳清河做了那种事，还敢来找我们教主！”她可是教主的忠实读者，看了书后入戏太深，痛哭三天三夜至今没走出来，完全忘了教主写书都是瞎编乱造。

“属下也不懂，”黑衣人摸摸脑袋，“既然他来过一次了，知道咱们八卦阵的厉害，怎么还敢来呢。桃树将他挡在八卦阵外，一般人都会知难而退，他却毫无犹豫地踏了进来。”

柳玉儿冷哼一声：“只能说他傻，好了伤疤忘了痛。”

唐俏俏也不知道岳清河为什么会来，但她在书里将他黑得体无完肤，哪个男人能忍？岳清河肯定是来杀她的！

唐俏俏冷淡道：“不用管他，让他在八卦阵中饿个几天。”

唐俏俏说完就去午睡了，却没想到天气骤变，活活将她冻醒。

她哆哆嗦嗦地爬起床，打开窗，见到窗外雨雪交加，狂风几乎撞碎风铃。

柳玉儿裹得严严实实，给唐俏俏加了几床厚被子，然后坐在火炉边烤火。

“教主，”柳玉儿回头看她，“岳清河不会冻死在八卦阵中吧？”

“他身体好得很，哪有那么容易冻死。”唐俏俏钻进被窝。

岳清河习武多年，身强力壮，一场风雪罢了，顶多让他吃点儿苦。

唐俏俏没当回事，可没想到这场雪一连下了好几天，桃花被肆虐的雨雪打入淤泥中，满树果子也没了，所有桃树变成了银装素裹的枯树。

唐俏俏不知道岳清河是生是死。她越来越不安。

雪停后，她走出宫门，环顾四周没有看见别人，快步走进那片静悄悄的林子。

岳清河的生死跟她没有关系！

可为何，她的脚在发软，手在发抖呢？

林子深处，一袭白衣的男子靠坐在树旁，身上覆盖着一层薄雪。

唐俏俏用剑鞘戳了戳他，他毫无反应，宛如一尊冰雕。

她蹲在他身边，粉色裙摆落入泥泞中，她却恍若不见，伸手探他的脉搏。

岳清河突然反手握住她的手，慢慢睁开眼，睫毛上细小的冰晶被他抖落在风里。

“原来你还没死。”唐俏俏挣脱他冰冷的手，“你来干什么？”

岳清河想要再拉住她，可他太虚弱了，再也没力气去碰她：“我来……找你……”

“来杀我吗？”唐俏俏笑如春花，言语中却不掩轻蔑，“就凭你？”

“八大门派合议……要取你性命……你……快逃吧……”

唐俏俏愣在那里。

岳清河竟是来通风报信的？

她偏头看他：“真没想到，堂堂武林盟主也会成为叛徒。”

岳清河听出了唐俏俏口中的讽刺，他自嘲地笑了笑，眼神却充满落寞。

连他自己都没想到，他会成为叛徒。

他也说不清到底是为什么，他脑海中只有四个字——心甘情愿。

他很久没有见到她了，思念在他心中生根发芽，即使极力压制，却还是长成了参天大树。他不求她的原谅，只是这样静静望着她就好了。甚至，他内心闪过一丝极不切实际的想法，如果时间能停留在这个瞬间，该多好……

良久，岳清河垂下头。

眼睛微有些湿，他不想让她看到。

“我知道你本事大。可我还是很怕，怕你会死……我真的很怕……”

岳清河按住胸口，苍白手指抓皱了衣料，连说出“死”这个字，都让他的心脏钝痛。

是他赶走了她，纵使心中备受煎熬，也是他自找的，与她无关。

耳边传来漫不经心的笑声：“你这话真有意思，我死了，你该高兴才对。”

“你死了对我有什么好处？”岳清河眼睛通红地盯着唐俏俏，睫毛上闪耀的晶莹也不知是渐融的薄雪还是别的什么，“你骗我那么多次，欠我的债还没还，你敢死？唐俏俏，我要你活着！不管是正大光明的对战，还是使些阴险毒招，或者干脆落荒而逃，总之，你必须活着！听见没有！”

唐俏俏怔怔地看着他。

她原以为自己不会心痛，可为什么有股酸涩从心中奔涌而出？宛如静默的夜，忽而开出火树银花，噼里啪啦在她的心河炸开。

唐俏俏眼眶一热，差点落下泪来。她强忍住几欲涌出的眼泪。她不想被岳清河看轻，更不想让他知道，她心中也是有他的。

起码，不想让他如此轻易就知道。

岳清河已经撑不住了，却还是固执地望着她。

他等她的回答。

好像过了很久很久，又好像只是短暂的一瞬间，唐俏俏逞强而又倔强地哼了一声：“我那么厉害，怎么会死。”

她没变，依旧是那个神气活现、嚣张得意的魔教教主。

悬在岳清河心口的大石终于落下，那最后支撑他的一丝气力也被抽走了，他没有力气再撑下去，身子一歪，慢慢滑倒在融化的雪水里。那紧抿的嘴角，竟带着微微上挑的弧度。

唐俏俏望着岳清河如玉的脸颊。

良久，她拭去眼角晶莹闪烁的光，极轻地叹了一声："傻瓜……"

唐俏俏将岳清河带回了魔宫，她本不想告诉哥哥，但岳清河一直没醒，额头烫得吓人。哥哥虽然厨艺糟糕，医术却是一流。

唐俏俏思前想后，终于鼓足勇气将此事告诉了唐思慕，还以为他会怪她自作主张，没想到他什么都没问，立刻前来为岳清河诊断。

唐俏俏紧张兮兮地看着唐思慕："岳盟主会死吗？"

唐思慕摇了摇头："无妨，吃过药后休息几日便好。"

唐俏俏松了口气，随后又鄙视自己太没原则，岳清河那样对她，干吗还要担心他。

傍晚时分，唐思慕端着药走进房间。

唐俏俏连忙起身将床边位置让给唐思慕，又觉得自己太殷勤，她不好意思地绞着手："哥，岳盟主是个好人……"

唐思慕笑道："我又没说什么。"

他将瓷碗递给妹妹，细心地叮嘱她别烫到手。

唐俏俏闻到碗中除了苦涩的药味，竟还散发出淡淡酒香，她疑惑地看了哥哥一眼。唐思慕轻声说："此药用了哥哥亲手酿的桃花玉露做药引，有发汗解表之功效。"说到这里，他又有些担忧，"但岳盟主现在身体虚弱，服下此药可能会醉，都说酒后吐真言，哥哥怕你受到打击……俏俏，你吩咐柳玉儿给岳盟主喂药。你正好回避一下。"

哥哥这话什么意思，以为岳清河会借醉说她坏话吗？

唐俏俏端着药碗坐在床边，用小勺搅动着褐红色的药液。

“不用回避，我还真想听听他的心里话。”

她将汤药一勺一勺地喂给岳清河，又用白帕将他淌在下巴上的药汁擦净。

喝完一碗药，岳清河的病情确实好转，他的脸色透出些红晕，嘴唇动了动，好像说了两个字。

“快……逃……”

唐俏俏哑然失笑。

说好的坏话呢？

她突然玩心大起，用力捏了捏岳清河的脸蛋。

他眼睛睁开一条缝，眸光迷蒙，显然还没有彻底清醒。

但他认得她，因为他叫出了她的名字：“俏……俏……”

唐俏俏问：“你是特意来找我的吗？”

岳清河微微地点了点头。

唐俏俏诧异道：“为何找我，你不是选择了欧阳翠花吗？”

岳清河喃喃道：“欧阳大小姐已经回到松鹤山庄，我与她并没有私交。”

唐俏俏“哦”了一声，扬眉一笑：“我好看还是欧阳翠花好看？”

话音刚落，她就后悔了。虽然欧阳翠花性情不讨喜，但的确是众所周知的大美人，唐俏俏才不想听到岳清河说真话！

她正要捂住他的嘴，却听到他柔声说：“你好看。”

唐俏俏一怔，心尖上突然开出一朵花来。

“我走的时候太生气，把你最喜欢的白玉屏风砸得稀巴烂，你不会怪我吧？”

“扎到手了没？你要是不解气，我再买些屏风给你砸。你喜欢琉璃的还是白玉的？”

"等我吃完药我就告诉你。对了，刚才我突然听到一件惊天秘闻！天啊，怎么会发生如此惨绝人寰的事！简直令闻者伤心，听者落泪！"

"吃药？吃什么药？你病了吗？"

岳清河到底是醉是醒？这么多"送命题"都答对了，平时怎么不见他如此机智！

唐俏俏回眸看了哥哥一眼。

唐思慕倚在门边望着她，似笑非笑。

唐俏俏脸一红，低头为岳清河掖了掖被子，小声说："别以为你这样说我就会原谅你，我是个记仇的人，那日你们父子俩一唱一和，硬要赶我走，我可没忘。"

岳清河闭着眼，脸颊浮现微醺的绯色。

他的声音含混不清，薄唇开合间，酒香如月光倾泻而出：

"我爹向来爱面子，最怕别人的闲言碎语。他对我期望极高，断不能容忍我与庄内丫鬟私交过密。俏俏，只有我知道你的身份，你比他们想的都厉害，在你面前，我甚至有几分自卑……我赶你走，是怕我爹追究起来，会查出你的身份。虽然你武艺高强，但你树敌太多，双手难敌众拳。万一你受了伤，我绝不会原谅自己……"

他的声音越来越轻，直到再也听不见。

..第三节..

过了很久很久以后，唐俏俏才回过神，抬眸看到岳清河已经睡着了。

说不出是心中是何种滋味，她下意识地按住胸口，感受到心脏跳得猛烈。

唐思慕突然开口："你喜欢岳清河吗？"

唐俏俏惊讶地望着唐思慕，看到他嘴角噙着一抹温雅如莲的笑。

“怎么问这种问题？你我都明白，我不能喜欢他……”

“但哥哥觉得，岳清河待你是真心的。”

“真心假意又有什么关系？自古正邪不两立。”唐俏俏眼神黯然。

“何为正？何为邪？”唐思慕若无其事地抚弄着拇指上的白玉扳指，“当年我们唐家也是武林四大世家之一，爹原有机会成为武林盟主，号令天下群雄。但他选择了娘——那个被江湖正道所不齿的魔教教主之女。他们放弃了很多，却得到了更多。”

唐俏俏知道此事。

魔教原本不叫魔教，叫萌教。

教主白阿萌医术高明但脾气古怪，他立下规矩只救“萌者”，呆萌、蠢萌、软萌、丑萌……标准是教主觉得萌。许多不萌的人被拒之门外，不管是命悬一线痛哭哀求，还是送来金银珠宝威逼利诱，白教主统统无动于衷，久而久之引起众愤。世人不好意思说自己不够萌，于是在外面编造谎言说萌教是魔教，教主凶残成性，见死不救……

后来他的女儿白小惜意外流落江湖被追杀，是唐天道救了她。

白小惜总是解释萌教并非魔教，但那些所谓的武林正道一意孤行，势要赶尽杀绝。

唐天道娶白小惜为妻，接管萌教后，索性改其名为魔教，狂妄放话：你们说萌教是魔教，那我便直接改名为魔教。不服来战！

唐俏俏知道，娘性情温婉纯良，才不是所谓的魔女呢！

她苦练武功，打算去找八大门派给娘出口恶气，娘不喜武力，劝她不要莽撞。唐俏俏这才开始写书，以彼之道还施彼身，造谣丑化正派名门。但岳清河是她的梦中情人，她舍不得对他下黑手，于是盟主光辉的形象与诸位偷鸡摸狗的正派弟子形成了鲜明对比。

若当初知道会有此一天，她还不如一视同仁，将盟主也一同陷害。

唐思慕慢慢走过来：“俏俏，有些事情，试过方才不会后悔。”

唐俏俏低头自语：“我是怕，会撞得头破血流……”

“怕什么，哥哥在后面护着你呢。”唐思慕摸了摸她柔顺的长发，一如儿时那般温柔，“只要你做了你觉得对的选择，就坚持下去吧，哥哥永远是你忠实的后盾。”

唐俏俏鼻头一酸：“哥，你为什么对我这么好？”

唐思慕诧异地挑眉：“你是我唯一的妹妹，我不对你好，还能对谁好呢？”

他越是这么说，唐俏俏就越感动，大恩大德无以回报！她握住唐思慕的手，殷勤道：“哥，你缺不缺媳妇儿？我出去帮你物色几个良家妇女，哦，不，少女……”

唐思慕甩开她的手：“此事不用你操心。”

岳清河醒来时，不明白为什么唐俏俏看他的眼神很温柔还带点羞涩。

他浑身酸软，强撑着想坐起来，唐俏俏连忙过来扶他。

她纤纤玉手碰到他的身体，岳清河一抖，脑中忽而浮现许多朦胧不清的片段。

他低头看到自己身上穿的不是来时那件白衣，而是一件陌生的碧色布衣，他顿时脸色煞白，双手交叉捂胸：“唐俏俏……你……对我做了什么？”

岳清河不说还好，一说竟提醒了唐俏俏。

她怎么就没趁岳清河睡着的时候，对他做些什么呢！

唐俏俏露出懊恼且痛惜的神情：“还没来得及做，你就醒了。”

岳清河：“……”

唐俏俏见他神色惊恐，“扑哧”一声笑了。

“你被八卦阵困住，是我救了你。你衣服脏了，我总不能让你满身污泥睡在床上吧。你现在穿的是我哥的衣服，帮你换衣服的是魔宫的侍卫——性别男。”

岳清河从她语气神态中看出她没有说谎，悬在心里的大石终于落下。

“那本《男人都是大猪蹄子》是你写的吗？”

“除了我，谁还有如此文采。”唐俏俏回答得很干脆。

事到如今她还不知错吗？竟用如此嚣张轻蔑的语气回答！岳清河气不打一处来：“唐俏俏，既然圣姑在众目睽睽之下死于我剑下，你大可将责任推在她身上，从此在江湖上销声匿迹。你为何要写新书暴露身份，掀起腥风血雨。你知不知道现在多少人欲将你除之而后快？”

唐俏俏根本不怕：“凭什么我要白白被欺负。我唐俏俏的字典里没有忍气吞声！”

岳清河怒道：“你太鲁莽了！八大门派人才济济，万一你有个三长两短……”

唐俏俏突然打断他：“盟主，你在担心我吗？”

岳清河愣住。

唐俏俏凑近他，眸如银河，星光闪耀，淡香浮动在空气里。

岳清河的脸一下子红了，心跳猛烈。

他有多久没有见过她了？

为何此时面前少女的笑容，对他来说好似奢侈的存在……

岳清河痴痴望着她，好一会儿，他如梦初醒，面色绯红地别开脸。

“我为何要担心你，你死了也……也是一件好事。”

“怎么突然结巴了呢？”唐俏俏笑着睨他，“盟主还是喝醉的时候更坦率。”

“喝醉？”岳清河微怔，猛地盯住她，“我什么时候喝醉过？”

“就是昨晚呀。”唐俏俏表情很正经，她真话假话混着说，演技堪称完美，

“你喝了我哥酿的桃花玉露，醉得一塌糊涂，抱着我的腿又哭又闹，说你此生非我不娶……”她指尖绕弄鬓边青丝，抬眸偷看他，眸中闪烁羞涩与期待，“你会兑现承诺的，对吧？”

岳清河的脸色更白了。

他酒品很好，从来没发过酒疯，唐俏俏一定在骗他！

可她离开的这段时日，他确实备受煎熬，会不会是借醉说出真心话……

岳清河越想越茫然，他第一次觉得，他根本不了解他自己！

然而他想起严厉的父亲，想起那些恨唐俏俏入骨的武林高手，他只能将心底的情愫狠狠压制下来，他不是怕唐俏俏连累到他，而是怕他会带给她更多的伤害。

“醉话怎么能当真呢，就算我说了，也不代表什么。唐俏俏，你我道不同不相为谋。你是魔教教主，随便去抓几个家境贫寒的柔弱美少年回来，他们定会好好伺候你。”

唐俏俏竟没生气，若有所思道：“对啊，本座怎么没想到呢。”她扬手召唤柳玉儿，邪魅一笑，“快派人出宫抓些美男回来。本座特别喜欢细皮嫩肉叫声诱惑的。”

“叫声诱惑？”单纯的柳玉儿没听懂。

唐俏俏改口：“就是哭起来声音娇弱，特别惹人怜惜的。”

柳玉儿恍然大悟，领命跑了出去。

岳清河气得够呛。

这丫头，就不能等他走了再花天酒地吗？

“盟主，你莫慌，等我的美男们抓回来，我分你几个。”

“我不要美男！”

“那……我让他们男扮女装？”

“你够了！”

岳清河一把将唐俏俏揽入怀中，低头望着少女闪烁的双眸。那句“我只要你”在喉间吞吐许久。他不敢说，可他又怕不说，会错过她。原以为自己可以不在意，却突然发现她比他想得重要太多。他无法想象他离开以后，唐俏俏左拥右抱、风流快活的画面……

. . 第四节 . .

岳清河好不容易鼓起勇气，想要说出真心话。

突然，有暗器破风而来！

他下意识地侧身，金光闪过，他身后的墙壁插入了一排金针。

唐俏俏反应很快，随手抓起桌上的锦帕，在空中一扬，又打落飞射而来的数支金针。

她望着金针飞来的方向，果不其然，御苍南站在门口，黑衣黑发，神色冰冷。

“御苍南，你别乱来！”

唐俏俏踩着满地金针朝他走去，浑身做戒备状态。

御苍南倒是毫不在意，懒洋洋地倚着门框，那双勾魂摄魄的桃花眼露出轻蔑的神色。

“听说岳盟主武功绝世，属下想见识一下。教主这么紧张做什么，莫非怕我把他打死？”

这家伙说话永远是这么欠扁，他能活到现在实在不容易！

唐俏俏一把拽住御苍南的领口，七拐八拐，将他拉扯到另一处长廊。她往左右看了看，四下无人，便压低声音说：“护法大人，我好歹是教主，你能不能给我点儿面子？”

御苍南低头看着唐俏俏。

她樱红色的小嘴开开合合，脸上的表情很有趣。

“你若想做教主，我把位置让给你。不必整日在背后算计我……”

做教主？

御苍南心中冷笑。

他若想做教主，也不是没可能，可他的目的并不在教主之位。

他突然想起很久很久以前……

他被唐天道带回魔宫的时候，并不记得自己的身份。他只记得自己遍体鳞伤倒卧在魔宫门口，有个小姑娘叽叽喳喳在他耳边说话。

唐天道带他回魔宫，教他练武，教他识字。御苍南并不信那个时常笑眯眯的男人，这可是魔宫，哪会有什么善人？他一直脑补唐天道想将他训练成死士，为魔宫献命……

后来，御苍南打听到自己的身世，原来爹娘就住在附近的村镇里，他逃出魔宫想要投奔爹娘，却发现爹娘早已过世。哥嫂污蔑他是魔教奸细，并找人将他毒打一顿。这时御苍南才明白，当初是哥嫂鸠占鹊巢，觉得他碍眼，将年幼的他打个半死丢在外面。

那一次，是唐俏俏救了他。

他记得那少女身染鲜血，却依旧对他微笑，叫他不要害怕。

他记得她对他说：“让你不好好练武，居然被一群乌合之众打得鼻青脸肿。”

他记得她还说：“不过你放心，我一定会把你毫发无伤地带回去。”

她坚定甜美的笑容，在他记忆里藏了那么多年……

御苍南表面不屑，心中却一直想要报答她的救命之恩。

可她武功那么强，又何需别人的报答呢？

为了与唐俏俏比肩，御苍南辛勤练武，唐俏俏只要付出五分努力，他却要付出十二分的辛苦。他投掷金针时数次刺伤自己，双手鲜血淋漓。练到凌晨他清洗干净伤口，待见到她时，他已换上冰冷表情。他有多艰难才成为魔宫左护法，如今却要眼睁睁看着自己失去她……

“御苍南，你不说话就是答应了？”

唐俏俏的话将御苍南拉回现实。

这丫头刚才叽叽歪歪说了些什么？

“那就愉快地决定了！等我爹回来，我跟他商量……”

唐俏俏话音未落，御苍南突然将她压在墙上。

她猝不及防，吃痛地低呼一声。

御苍南双手撑在墙上，将她环在小小空间里，俊颜慢慢逼近。

唐俏俏惊怔地望着御苍南，双手使劲推他：“你你你……你要干什么？”

御苍南纹丝不动：“你就那么喜欢岳清河？”

“……”她表现得很明显吗？

御苍南接着问：“你喜欢他什么？”

唐俏俏小声说：“喜欢他长得好看。”

御苍南冷哼一声：“肤浅！”

他凭什么这样说她？说得好像他不爱美人似的！唐俏俏不乐意了：“岳盟主的优点可不只有这一条。他人品好，修养佳，待人温柔谦逊，从来不会说难听的话气我！”

“不就是会说些甜言蜜语吗，这就俘获你的心了？”御苍南冷笑。

甜言蜜语谁不会！他曾为了更了解唐俏俏，硬着头皮看完了她写的所有书。他还将许多句子圈点了下来，那上面的情话要多肉麻有多肉麻！尤其是那句在书中出现最多的话……

啊！平时不去想，那句话却总出现在耳边，跟蚊子似的萦绕不休。

如今他特意去想，却怎么也想不起来！

那句话到底是“我爱定你了”还是“我要定你了”？

御苍南双手按住唐俏俏的肩，将她紧紧压在冰冷的石墙上。

他凑近她的耳朵，低沉的气息吹动她红珊瑚的耳坠：“唐俏俏，你死定了！”

话音出口，御苍南突然觉得不对劲。

可惜已经晚了！

下一刻，他便被唐俏俏猛力推开，闪着寒光的匕首出现在她手里。

“你居然想杀我！我早就知道你狼子野心！”

“……”到底发生了什么？

“真没想到，你这么快就沉不住气了！”

“……”不是这样的！不是啊！

“既然你这么恨我，来吧！我们今天便拼个你死我活！”

“……”这是谁写的剧本？为何一切都往奇怪的方向发展？

唐俏俏持刀刺向御苍南，御苍南被迫反击，两人就这样在走廊里打了起来。

唐俏俏是满心愤慨，用尽全力。

御苍南则是一脸蒙，心中有苦难言。

柳玉儿循声而来，见到此情此景不由得大惊。

“教主，左护法，你们这是做什么啊，刚才不是还好好的嘛！”

她想拉开两人，可他们武功太高。

柳玉儿怕误伤自己，站在一旁手足无措：“左护法刚出关，听奴婢说教主回来了，特意焚香沐浴，高高兴兴来见教主，怎么就打起来了呢？”

两人异口同声：

“他要杀我！”

“她要杀我！”

柳玉儿蒙了：“什么？谁要杀谁？”

两人没工夫跟她细说，从走廊打到屋顶，刀光剑影，难分难舍。

「第十章」想就这样抱着你

..第一节..

柳玉儿急得不得了，只得跑去找唐思慕过来。

彼时，唐俏俏正和御苍南在雪地中翻滚，宛如两只血海深仇的雪人。她死死掐着他的脖子，御苍南的衣襟被唐俏俏扯开了，露出一抹如雪的肌肤，披头散发好不狼狈。

唐思慕看见御苍南求救的眼神，厉声道：“住手！”

这一声呵斥令唐俏俏呆住了，哥哥很少对她如此严厉。

御苍南趁机推开唐俏俏，爬起来摸摸脖子。这丫头出手够狠的，他的脖子都被掐肿了。余光看到几个丫鬟羞涩地望着他，御苍南脸一红，连忙低头整理自己凌乱的衣裳。

唐思慕盯着坐在身上的妹妹，不悦道：“你又欺负左护法。”

为什么用“又”？连哥哥也不信她！

唐俏俏爬起来拍拍身上的雪，愤愤道：“谁欺负他了！是他想杀我！”

唐思慕意味深长地看了御苍南一眼，见他神色别扭，似有难言之隐，心中了然。妹妹看不出御苍南的心意，作为旁观者的他却看得一清二楚。

“别胡闹了，左护法怎么可能伤害你。”他解下身上斗篷，披在唐俏俏身上，语气温柔下来，“哥哥看这里一定有些误会。左护法虽然毒舌，却从未做过伤害你的事情。”

唐思慕帮妹妹重新绾起松散的发髻，将白玉簪子不偏不倚地插进去，又牵起了妹妹的手，放入御苍南手中。但唐俏俏打开御苍南的手，很嫌弃地在裙子上抹了抹。

唐思慕扬手，从他身后走出几个陌生的丫鬟来，虽然穿着一模一样的杏黄布裙，却个个花容月貌，做个小小丫鬟实在是浪费了。

“扶左护法回房，看看他有没有伤到哪里。”

丫鬟们面色羞红，轻声应下来，准备搀扶御苍南。

御苍南却不领情：“不必了，教主与我只是切磋武艺，并未下狠手。”

唐思慕道：“有个人照应也好，你的丫鬟冰儿和倩儿最近不是请假回老家了吗？”他指着那几个眼神闪动的丫鬟，“这几个是新来的，你看上哪个尽管说。”

唐俏俏仔细端详那几个丫鬟，发现她们气质不俗，皆是绝色美人。

哥哥可能是想给御苍南说媒吧，毕竟他老大不小了，等将来老婆孩子热炕头，他就再没精力针对她了。可御苍南就是不答应，非说女人太麻烦，他自己能照顾自己。

唐思慕又劝了几句，唐俏俏见御苍南不解风情，也不想让哥哥白费口舌。这么漂亮的姑娘，配御苍南实在是浪费了。她扯了扯哥哥的衣袖：“哥，你别管他了，他对女人没兴趣，估计是个断袖。你也离他远点儿！”

谁是断袖？你给老子说清楚！

御苍南气极，心里用毒针射杀了唐俏俏一千遍！

偏偏唐思慕还露出一副恍然大悟的模样：“难怪……”

御苍南正要揪住唐俏俏还他清白，柳玉儿却哈哈大笑：“左护法怎么可能是断袖呢！”

终于有个明眼人了！御苍南朝她投去赞许的眼神。

柳玉儿对唐思慕说：“左护法心有所属，您就别乱点鸳鸯谱了。”

御苍南的心脏猛地一跳。

柳玉儿真是神助攻。

她究竟是何时看出他的心意的？

唐思慕诧异极了：“心有所属？我怎么没听说过？”

柳玉儿掩唇笑道：“左护法喜欢的女子，比这些丫鬟都好看！”

御苍南板着脸制止柳玉儿：“你别夸她，小心她尾巴翘到天上去了！”

他这话，简直是坐实了恋情！

“敢作敢当，奴婢佩服！”柳玉儿朝御苍南竖起大拇指，扭头望了望远处白雪堆积的议事厅，“刚才有个女子来找左护法，说是他的初恋，此时就在议事厅等着。奴婢来找左护法，却见他跟教主打在一起，一时着急，就把这事给忘了。”

“什么？”御苍南的冰块脸有了极大起伏，甚至可以说是狰狞！

柳玉儿吃吃笑了起来：“奴婢以前也以为左护法是断袖，今日才明白，左护法是眼高于顶。心中藏着那般淡雅如兰的美人，怎么可能再对寻常女子动心……”

她话还没说完，御苍南便“咻”的一声飞走了。

丫鬟们露出失落的神色，唯有柳玉儿笑得猥琐：“左护法真是猴急。不过俗话说得好，小别胜新婚嘛。奴婢这就去收拾左护法的寝室，将床单被罩全换成喜庆的大红色……”

唐俏俏不敢相信，御苍南这种讨厌鬼，竟然有人喜欢他？还是个美人？瞎了眼吧！

她快步走向议事厅，发现柳玉儿确实没说谎。

厅中站着一位清丽秀雅的女子，她身着艳红缎面长衫，衣服上绣着繁密的花纹，头戴苗疆银饰，细长的辫子垂落在肩上。并非欧阳大小姐那般艳丽的美，她整个人都安静淡然，有种特别的韵味。只是她白嫩的肌肤没有血色，看起来苍白柔弱。

女子想要牵住他的手，御苍南竟残忍地推开了她。

她本就瘦弱娇柔，晃晃悠悠没站稳，跌坐在地上，眼中晶莹欲滴。

唐俏俏跳起来就给了御苍南一个锁喉："你怎么忍心推她，禽兽！"

御苍南挣脱不开，险些要翻白眼了："我不认识她……"

"不认识？"唐俏俏锁得更紧了，"你以为你英俊倜傥人见人爱呢？人家花容月貌的大姑娘，难道还污蔑你不成？"

"就是……污蔑……"御苍南快死在唐俏俏手里了，却仍旧死不认账，"你放开我……让我跟这个……骗子……对质……居然敢来魔宫讹人……"

这家伙真是不见棺材不落泪，唐俏俏那个气啊！

女子爬起来轻扯唐俏俏的衣摆，怯怯道："求姑娘手下留情，不是阿南的错……"

唐俏俏最见不得美人哭泣，连忙甩开御苍南，帮她拭泪。

姑娘哽咽着告诉唐俏俏，她芳名杨如意，与御苍南定过娃娃亲，十岁那年她娘改嫁至苗疆，她就跟了过去，却一直对御苍南念念不忘。如今她已到了适婚年龄，不远万里来找他履行婚约。

"我爹杨东升与御风伯伯乃是至交好友，我还记得幼时跟阿南一起玩泥巴，他说要保护我一生一世。后来御风伯伯不幸染病身亡，阿南也失踪了。我一直在找他。别人说他被抓进了魔宫，可能凶多吉少。但我不信。阿南说会保护我一生，他就一定会做到。”

杨如意偷瞄了一眼御苍南，脸颊微微泛红，宛如春水映娇花。

“九岁那年，我终于等到了阿南。他半夜翻墙进来，说他很想我。那夜我们在一起，该做的不该做的都做了……阿南说会回来娶我过门，离开后却音信全无……”

御苍南双拳紧握，脸上看似冷漠无表情，眼中却燃烧着熊熊怒火。

他九岁那年是逃出来了没错，但他根本没找过这个女人！况且九岁的男娃能做什么？为何说得如此暧昧？

“这个女人话里全是漏洞！教主，别跟她废话了，快把她赶出去！”

御苍南以为唐俏俏也跟他一样心如明镜，没想到她对杨如意的话深信不疑！

“你说得不错！御苍南就是九岁那年溜出去的，他的亲生父亲也确实叫御风。我爹发现他逃了出去，让我去找他，但那时天都黑了，我才不会为了这个臭小子耽误睡美容觉呢。等到次日下午，我吃饱喝足出发去找他，看见他被一群村民绑起来毒打。时间全对得上！”

不是时间对得上就是真话好吗！话说你知道我失踪了，为什么吃饱喝足下午才来？害我被毒打一顿！报什么恩！老子不报了！

御苍南对唐俏俏怒目而视。

唐俏俏挽住杨如意，为她撑腰：“别怕，你有什么就说什么。我看御苍南怎么狡辩！”

杨如意道：“那夜借着月光，我看见阿南大腿上有一块月牙形状的伤疤。他说是七岁那年他和公鸡打架时被啄的。他还给我讲了八岁那年他喝醉酒跟大黄狗睡一个窝的糗事。”

“对啊，对啊！”唐俏俏眼眸明亮，不住点头，“我做证！这都是真的！”

御苍南面如死灰！

他无从辩解，因为杨如意确实没说谎。

可为何她知道这么多？

唐俏俏叫嚣：“御苍南，你敢不敢脱下裤子给我们看看你大腿上的月牙疤痕？如果没有，就当杨姑娘认错了人，我们绝不为难你。若是有，你立刻八抬大轿将杨姑娘娶进门！”

御苍南从嘴里吐出一个字：“滚！”

杨如意清澈大眼滚出一串泪珠：“阿南，你若觉得我配不上你，我愿意做妾。我不敢奢求其他，只愿守在你身边服侍你一辈子，哪怕做牛做马我也任劳任怨……我什么都愿意，只求一条……你别抛弃我……”话未说完她已经泣不成声，哭声令人揪心。

“做妾？你做梦吧！”御苍南气急败坏，他这辈子都没有如此失控过。要不是唐俏俏还在这里，他能把杨如意揍到地里，“收回你假惺惺的眼泪，我御苍南最讨厌哭哭啼啼的女人！你到底有什么目的？你若不说实话，别怪我的金针不长眼！”

“你吼什么，吓到杨姑娘了！”唐俏俏火冒三丈！

她与御苍南相识多年，怎么就没发现他如此冷血无情。

御苍南突然扬起手，只见袖间金光闪烁，唐俏俏太了解御苍南了，她震惊之余飞快出手，果然挡住了几根飞射而来的毒针。

“御苍南你果然是人渣！居然想杀人灭口！”

御苍南冷着脸，转身便走，只留下唐俏俏在背后跳脚大骂。

整个魔宫的上方都回响着“禽兽”“人渣”“负心汉”的唐式叫骂，空旷的大殿中，回音袅袅。

.. 第二节 ..

杨如意于心不忍，扯了扯唐俏俏的衣袖：“别怪他，我相信阿南有他的苦衷……”

唐俏俏十分感动，这种以德报怨的姑娘不多见了！她决定将杨如意留下来，作为她新书的素材。

唐思慕一直站在门口没说话，大概是男女私情他不便插手。唐俏俏虽然是教主，做事也要征求唐思慕的意见，她乖巧地问：哥，我们让杨姑娘在客房里住下吧？”

“你安排就好。”唐思慕向来好脾气，妹妹的要求他从来不会拒绝。

“如意谢过唐姑娘和唐公子。”杨如意嫣然一笑，眸中光彩宛如月华洒落湖面，明艳照人。

她将桌上的一只竹篓抱在怀中，跟着唐俏俏来到客房。

房中虽然摆设简单朴质，但收拾得干净整洁。

唐思慕让一位名唤紫衣的丫鬟服侍杨如意。

唐俏俏以前从未见过紫衣，心中不由得吃惊，魔宫何时来了这么多貌美女子？但尽管紫衣杏眼桃腮，皓齿明眸，与杨如意相比仍黯然失色。

唐俏俏看杨如意满头繁复银饰，怕她身娇体弱承受不住，便取出几件轻便简装与寻常首饰给她。正与杨如意谈话间，突然听见紫衣一声尖叫，从屋里窜了出去。

唐俏俏十分纳闷，扭头发现竹篓倒在地上，竟爬出许多毒虫毒蛇来。

杨如意脸色绯红，连忙去扶那竹篓，将虫蛇一股脑塞了进去。

“对不起，是不是吓到你们了……”她目光闪烁不定，显然极为愧疚。

“看起来很好吃的样子……”唐俏俏吞口水，脑海中浮现红烧蝎子、油炸蛇肉……

“这都是我的好朋友，不能吃的！”杨如意将竹篓抱在怀里，眼神惊恐。

“嗯？我刚才说什么了吗？”唐俏俏宛如失忆，“我是说它们看起来很可爱……”

杨如意放下心来，将竹篓放在地上，指着那只正在吐信子的毒蛇说：“它是小青，脾气喜怒无常，最喜欢吃麻雀。”又指着两只身形硕大的黑蝎子说，“这是小红和小明。”

唐俏俏笑眯眯地摸了摸小青的脑袋：“滑溜溜的，果然很可爱。”

小青仿佛能听懂她的话，脑袋在她手上蹭了蹭，竟显得憨态可掬。

杨如意震惊地睁大眼：“你……你不怕它？”小青可是剧毒的银环蛇，平时哪有人敢碰它？不，最震惊的并非如此，而是小青竟会对唐俏俏表示友好！

“有什么好怕的。你是我的朋友，你的朋友当然也是我的朋友。”

朋友？

杨如意愣在那里。

她喃喃自语：“我这样的人，也会有朋友吗？”

随后又一怔，她怎么会在唐俏俏面前说出这种话？

“人都会有朋友啊，”唐俏俏觉得她想法甚为古怪，笑道，“杨姑娘这么漂亮，有的是人想跟你做朋友。”

直到唐俏俏走了以后，杨如意还呆立在那里，莹亮水眸渐渐变得幽深……

魔宫里除了唐俏俏，其他人都很怕杨如意，因为她总是躲在房间里窃窃私语。

有人大着胆子瞅上一眼，发现她手里捧着毒蝎，腰间缠着毒蛇，正与它们聊得欢。常人见此情况，早就吓得屁滚尿流了。虽然杨如意貌若天仙，可谁敢对她动心？

好在杨如意性情温婉，凡事亲力亲为，从不要求丫鬟帮她的“朋友”们洗澡喂食。

这几日，御苍南白天去后院练武，晚上回房歇息，与杨如意连个照面都不打。

杨如意没说什么，唐俏俏却着急了。这样下去不是办法呀！假若御苍南能与杨如意结为连理，他就可以远嫁苗疆，再没机会跟她明争暗斗……

思及此，唐俏俏决定想尽办法撮合两人。

她问杨如意借小青一用，杨如意问她要做什么。

唐俏俏故作神秘：“等我回来就告诉你。”

杨如意虽然心有顾忌，却还是选择信任她，只叮嘱她千万要小心。

唐俏俏将小青精心打扮一番，脑袋上系了大红绸缎蝴蝶结，扛着它便去了御苍南的寝室。

冬季的夜来得格外快，御苍南不在房中，屋内屋外皆是一片暮色。

唐俏俏将小青悄悄塞进御苍南的被子里，然后躲进黑漆漆的衣柜。

“御苍南，看我对你好吧，送你这么一份大礼。”

唐俏俏窃窃发笑，脑补御苍南惊喜的表情，心中沾沾自喜。

半个时辰后，却听见一声凄厉的惨叫。

唐俏俏猛地推开衣柜门，看见御苍南跌坐在地上，脸色白得像鬼，而小青在床上“滋滋”对他吐着信子。御苍南衣服都脱了一半，此时也顾不得穿好衣裳，摸出毒针，目露凶光！

千钧一发之际，唐俏俏冲过去拦住他：“御苍南，你住手！”

御苍南看见始作俑者是唐俏俏，更愤怒了，站起身走向唐俏俏。

唐俏俏被他逼得靠在柜子上，面前就是御苍南裸露的上半身，她忍不住偷看了一眼。好家伙，这精壮的腹肌！简直让人喷鼻血！

她连忙捂住眼睛，从指缝里肆无忌惮地看他。

“你要干什么……”

“我还想问你要干什么！”

御苍南双手按住她的肩膀，气息灼热，唐俏俏也分不清迎面而来的是怒气还是杀气，她莫名心虚起来，颤声道：“我是想让你跟杨姑娘的宠物打好关系……”

“宠物？”御苍南怒极反笑，“正常人有这种宠物吗？”

唐俏俏见他俊脸血色尽褪，举止疯癫，心中竟觉不忍。她小声地为杨如意辩护：“这不能说明杨姑娘不正常，只说明她与众不同……”

“这就是你想帮她毒死我的理由？”御苍南的声音冰寒，眼神如毒蛇一般。

“你误会了，我真的是好心。”唐俏俏苦口婆心，“除了杨姑娘，谁还会喜欢你这种凶残冷血、无情无义的魔头呢？你得珍惜人家，不然你就要孤独一生了……”

唐俏俏的劝慰没起到效果，反而激出了御苍南身上更强大的杀气。

她很怕御苍南兽性大发将她大卸八块，这家伙在气头上，什么事都做得出！唐俏俏吹了个口哨，小青飞快爬过来。御苍南顾忌毒蛇，只能松开她退后几步，恶狠狠地瞪视她。

唐俏俏将小青抱在怀里：“你不喜欢蛇吗？”

“不喜欢！”御苍南朝她怒吼。

“不觉得它很可爱吗？”唐俏俏仍不死心。

“不觉得！”

“那你……喜欢蝎子吗？”

“唐俏俏，你是有多想让我死！”御苍南取出剑对唐俏俏挥舞，愤怒的声音划破天际，“立刻从我面前消失！如果有下次，我保证把你和这些毒物一起下锅煮了！”

..第三节..

唐俏俏的计划失败了，心中很是愧疚。

她将小青还给杨如意，幽幽叹了一口气：“看起来，御苍南不喜欢小动物呢。”

杨如意站在窗边，望着如水的夜色，凝白如玉的侧脸好似笼罩着一层冰霜。小青缠绕在她肩膀上，慢慢地滑动，就像她颈子上一条花纹绝美的锦带。

“教主不必为我费心了，我早就知道……”她嘴角微微勾起，笑容虽美却极为勉强。

“别说丧气话！”唐俏俏坚定地握拳，“我相信精诚所至，金石为开！”

杨如意沉默片刻，问：“你觉得阿南是个怎样的人？”

“他？嚣张自大、冷血残酷、卑鄙无耻、阴险狡诈……总之，罄竹难书！”说起御苍南的坏话，唐俏俏能连说几个时辰不带喘气的。

说着说着，她突然察觉到杨如意表情古怪，猛地回过神来，连忙拐个大弯：“但他高大帅气，武功高强，跟他相处很有安全感……他智商、情商双低，不解风情，将来也不会惹出什么桃花债来……综上所述，这个男人很适合居家过日子，是老实人的代表！”

杨如意莞尔一笑，她平日里周身总围绕着一股忧伤，此时却灿如骄阳。

唐俏俏也笑了，眼睛亮闪闪：“杨姑娘，你还是笑起来好看。”

杨如意怔了怔，收敛起笑容，嘴角弧度变得轻浅。

“既然阿南这么优秀，教主对他……”

“原来你在担心这个。”唐俏俏为了让她放心，昧着良心说，“我跟御苍南太熟，就像‘亲姐妹’一样，根本没法下手。况且他那么优秀，除了杨姑娘，世间无人配得上他。”

“如果教主喜欢阿南，我愿意放手……”杨如意望着唐俏俏，眸心似乎闪动着说不清道不明的光。

“别乱说，我怎么能做出横刀夺爱的事呢！”

“我是真心祝福的。将阿南让给任何人我都不舍得，唯有教主，我心甘情愿。”

“喜欢的人，怎么能拱手让人呢。”唐俏俏觉得她的想法很奇怪，“御苍南那么恨我，你硬要将我让给他，我将来肯定死在他手里。杨姑娘高抬贵手放我一马吧。”

杨如意被唐俏俏的话逗笑了。

她低下头，笑着笑着，笑容却渐渐凝固。

岳清河受了风寒，气色不佳，唐俏俏每日都按照方子熬药，早晚各一碗，雷打不动。

药方是唐思慕所写，他做饭难吃就算了，怎么按他药方熬出的药也比一般药难吃百倍呢？连岳清河这般铁血男儿都忍无可忍，脸色铁青，紧抿着唇不肯喝药。

唐俏俏不依，一把将他推倒在床上，轻而易举，宛如推倒一截枯木。

“岳盟主体力太差，竟被小女子我轻易推倒，这药还是得吃。”她箍着他的下巴将整碗药灌下去，呛得岳清河面色青紫。

小女子？她力如蛮牛，怎能与普通女子相提并论！

灌完了药，唐俏俏将空药碗放在一旁，用锦帕仔细擦掉岳清河嘴角的药汁，突然察觉他的喘息声变得沉重，她这才发现盟主面色绯红正用复杂的眼神望着她……

唐俏俏心中一慌。

她是不是最近吃太多变胖了？压得盟主喘不过气来了？

唐俏俏伸手压住岳清河的心口，感受到那胸腔里快而乱的跳动，顿时大惊！

“你还说痊愈了？心跳这么快，分明是病情更严重了！哥，你快来……”

话未说完，岳清河狠狠捂住她的嘴，翻身将她压在身下。

这丫头到底懂不懂避嫌？竟用女上男下这种践踏男人尊严的姿势贴在他身上！

“唐俏俏，”他深深看着她，“我真怀疑那些书是不是你写的。”

“当然是我写的！”她掰开捂住她嘴巴的大手，“怎么，你是不是很崇拜我？”

岳清河叹了声：“书中的长腿妖艳采花贼，撩汉手段之高，令人叹为观止。而你……”他给唐俏俏留几分尊严故而没有把话说得太绝，他眼里的轻蔑却掩不住。

唐俏俏果然不服：“那是你没见识过我撩汉的本事！你给我时间，我证明给你看！”

“证明？”岳清河眯了眯眼。

“明天跟我一起去城里调戏美男。看着吧，我不泄露身份，也能让那些美男乖乖跟我回来。”无视岳清河冰冷的眼神，唐俏俏越说越起劲，“放心，咱们有福同享，我会再帮你诱骗些黄花大闺女。岳盟主身份尊贵，自然不能抛头露面去强掳民女，我来做就没问题了。到时候我修间宫殿将她们关进去，岳盟主何时有空来临幸美人，我将她们洗干净备着……”

“闭嘴！”岳清河咬牙切齿，“魔教果然是魔教！”

“岳盟主不喜欢美人吗？”唐俏俏若有所思，“难道也是断袖？”

岳清河被她气得胃疼，他俯下身狠狠吻住唐俏俏。

唐俏俏双眼圆睁，整个人都僵住了。

这是什么感觉？怎么浑身都麻酥酥的……

“你还不明白吗？”岳清河目光灼灼，“唐俏俏，我喜欢你，只喜欢你！”

他的声音像山风掠过林梢，万千花朵齐齐绽放，在唐俏俏脑中发出噼里啪啦的声音。

“你不是不承认吗？”她呆呆望着他。

“我确实没资格承认……”

岳清河眸子黯了一瞬。

“但你离开后，我想了很久，终于想清楚了。唐俏俏，你能让我的心甜如蜜，又能让它痛如绞。你或许不是天下最好的，却是我心中最特别的。如果失去你，我怕再也遇不到这样的人。就算我们在一起不受祝福，那又怎样？我们又不是非要别人的祝福！”

岳清河这是在表白吗？

唐俏俏顿时得意起来。叫你不珍惜我！现在后悔了吧！不过本教主是有身份的人，怎么能被你两句甜言蜜语哄住呢，起码得送些珠宝锦缎、田地府宅什么的意思一下吧。

她眼如弯弯月牙，忍不住笑意。想嘲笑他几句，却觉得鼻头酸涩。

她伸手抱住岳清河，把头埋在他胸膛里，几滴水星浸湿了他的衣服。

“俏俏？”

“我想就这样抱着你。”她声音略有哽咽。

“好，”岳清河笑了，眼中是难言的温柔，“你想抱多久都可以。”

暮色笼罩了整间房，烛火微摇，静得只能听到轻轻呼吸声。

唐俏俏忽然想到初遇盟主那年，林间白雪皑皑，他持一柄青霜剑，三两下便将那群强盗打得落荒而逃。唐俏俏乔装成失明老妪，躲在一群瑟瑟发抖的商人中间，看得呆了。

如今她还清晰记得，盟主素衣黑发，长身玉立的非凡英姿。

从此，他便成了她书中不变的盖世英雄……

时光如风，吹散了久远的回忆，却无法颠覆她最初的梦……

..第四节..

门突然被推开了，杨如意冲进来叫道："教主，急事……"

杨如意问过柳玉儿，知道唐俏俏来给岳清河喂药，进来也没细看。

话未说完，她突然愣住，三人大眼瞪小眼。

待她明白面前发生了什么时，整个人一下子烧成了煮熟的虾子，连忙捂脸："我什么都没看见……"

"我们也什么都没做啊！"

唐俏俏推开岳清河，跳下床，整理凌乱的鬓发。

杨如意将手指张开一条缝，确认面前二人衣衫整齐，才移开手。

"我来得不是时候，你们继续，我先回避……"

"等等。"唐俏俏叫住她，"你眼睛怎么又红又肿？有人欺负你了吗？"

杨如意低着头，轻轻摇了摇头，却有一滴泪水落了下来，当真是我见犹怜。

除了御苍南还有谁如此无情无耻无理取闹！唐俏俏心里冒火，挽住杨如意的胳膊说："御苍南太过分了！这次就算你为他求情，我也不能放过他！走，我给你出气！"

"不关阿南的事，"杨如意小声抽泣，"是小红和小明丢了……"

唐俏俏一愣。

那两只毒蝎子？

“魔宫里没人敢偷你的蝎子吧，是不是去哪儿遛弯了？”

“不会的！我嗅到房中有迷香的味道，连小青都被迷晕了……”

“这就奇怪了，难道有人想吃蝎子？”蝎子哪有肉？吃蝎子还不如吃那条蛇……

杨如意听她这样说，眼泪直往下掉：“我知道有很多人不喜欢我，但小明和小红是无辜的……教主，我马上就走，求你帮我找到小明和小红……它们同我一起长大，亲如家人……”

唐俏俏连忙安抚杨如意，又通知哥哥安排几位武功高强的心腹侍卫帮忙寻找。然而天色已晚，暮色苍茫，魔宫这么大，想要找到两只通体乌黑的蝎子并非易事。此事也不敢大肆宣扬出去，否则整个魔宫人心惶惶，谁也不敢睡了。

唐俏俏最怀疑的是御苍南，可将他房间翻了个底朝天，也没寻到那两只蝎子。

折腾一宿，终究无功而返。

清晨的微光照进走廊，杨如意蜷缩在墙边默默哭泣，眼睛红肿如桃子。

唐俏俏陪在她身边，轻拍她战抖的肩膀：“别哭啦，我去集市给你重买两只。”

“不一样的，”杨如意哽咽着说，“感情是买不来的……”

真是个重情重义的姑娘，唐俏俏摇头叹息。

御苍南路过，看到两个姑娘很不雅观地蹲在墙边，他一脸鄙夷，仰着头走了。

杨如意痴痴望着御苍南的背影，直到他走远，她抹了把泪，自嘲地笑了：“对不起，教主，我给你们添乱了。怪不得阿南不喜欢我……”

“别这样说。”唐俏俏扶她站起来，不管是语气还是眼神都充满了真心，“是御苍南那家伙不正常！对着你这么好的姑娘还能摆出一副便秘脸，我要是他，早就对你兽性大发了！”

杨如意一愣："什么？"

唐俏俏的脸红了，她乱说什么呢！

"没什么……"

一位绿衫丫鬟满面愁容，端着药碗飘然而来："教主，岳盟主不肯喝药。"

平日里都是唐俏俏熬药喂药，今早没空才交给绿胭负责，果然她不在岳清河就不听话！唐俏俏接过药碗让杨如意原地等候，准备亲自去灌药，杨如意却惊慌地拦住她，抢走那碗药。

"怎么了？"

"这药里有毒！"

此话一出，众人皆惊！

绿胭吓得"扑通"一声跪倒在地上："教主明察，奴婢没有下毒！"

唐俏俏凝神细看，发现药汁颜色确实比以往更深些，气味也有些许不同。

杨如意嗅了嗅，十分坚定地说："药中有剧毒的蝎毒，服下必死无疑！"

"蝎毒？你是说有人杀了那两只蝎子，提炼毒药放在药中？"唐俏俏总算听明白了。

杨如意点了点头，将药泼在花坛中，褐色泥土顿时陷下去，变为深黑色。

唐俏俏心头一颤，望着浑身发抖的绿胭，厉声呵斥："说！谁让你给岳盟主下毒的？"

绿胭泪眼汪汪，不住磕头："奴婢跟岳盟主无冤无仇，杀他作甚？况且奴婢天生害怕毒虫蛇蚁，也不敢碰杨姑娘的蝎子啊！"她见唐俏俏沉默，越发害怕，爬过来抓住唐俏俏的衣角哭叫，"教主，若真是奴婢做的，怎会将药直接端给您过目呢？这不是找死吗？"

此话确有道理，唐俏俏语气缓和了些："除了你，还有谁去过厨房？"

绿胭想了想，脸色忽然惨白，紧咬嘴唇没说话。

与此同时，唐俏俏也在思索。

有人想杀岳清河顺便嫁祸杨如意……

是谁同时恨他们两人？

答案呼之欲出！

看到绿胭恐惧的神情，唐俏俏轻声问：“你老实告诉我，你在厨房见到御苍南了吗？”

绿胭憋不住了，“哇”的一声大哭道：“熬药中途奴婢去解手，回来看见左护法从厨房离开……是奴婢失职，没有寸步不离留在厨房，奴婢不敢说……”

唐俏俏拳头攥紧，清丽水眸被浓雾掩盖。

杨如意失去了心爱的宠物，悲痛欲绝，却怕唐俏俏迁怒情郎，忍痛为他求情：“教主，你别怪阿南，我知道他讨厌我……都是我的错……我这就走……”

“说了多少次，不关你的事！”

唐俏俏突如其来的怒意吓到了杨如意，她眼眶含泪，不知所措。

“若不是我，阿南也不会冒险去捉小明和小红，它们毒性极强，稍不小心就会中毒……”

“事到如今你还担心御苍南？我不明白你为什么非要喜欢他？他根本配不上你！”

杨如意愣愣地看着唐俏俏，心中忽而漫出奇异的感觉。

其实，她根本没有那么好，为什么唐俏俏却愿意信任她……

唐俏俏找到正在密室里练功的御苍南，没想到他根本不承认，还指着绿胭让她大声重复到底有没有在厨房看见他。

绿胭吓得发抖，跪在地上改口说可能是她看错了。甚至在杨如意帮他说话时，御苍南还说她是个惹祸精，让她立刻收拾细软滚蛋，几句话便将杨如意骂哭了。最后御苍南将矛头指向岳清河，说这一切都是他的苦肉计，是岳清河与人串通陷害他。

两人吵起来，拎起各自的兵器差点拼命。

唐俏俏气得七窍生烟，揪住处于暴怒边缘的御苍南："让你低头道歉，又不是让你挥刀自宫，至于这么激动吗？御苍南，你除了会欺负老弱病残，你还会什么？"

御苍南盯着唐俏俏，眼中火焰渐渐熄灭，化为一片深不见底的寒潭。

"我与你相识多年，你只信别人不信我？"

唐俏俏脱口而出："就因为我与你相识多年，我才明白你是怎样的人！"

周围突然静了下来。

御苍南站在那里，冰冷面色竟有几分苍白。

唐俏俏从未见过御苍南这样的表情，那双冰寒的黑眸里，弥漫着深深的失望。她的话是不是太过分了？可是说出去的话如同泼出去的水，已经无法收回了。

"教主，我是你的护法，我害过你吗？"御苍南定定地看着她。

唐俏俏咬了咬嘴唇："可你对岳盟主有偏见……"

御苍南道："不是我对他有偏见。他是什么身份？你是什么身份？你自己好好想想！再说，你得罪的人少吗？江湖人人想杀你，最恨你的人就是岳清河！"

唐俏俏低着头没有说话，她也很为难。

她相信岳清河不会害她，但这份信任，她不想解释，更不需要别人来理解。

杨如意轻声说："教主，你消消气，阿南没有恶意……"

她话没说完就被御苍南冷酷打断："别猫哭耗子了，我看见你就烦！"

杨如意的泪珠又涌了出来，她不敢再多说，背过身默默拭泪。

唐俏俏软下来的心又被点燃，她拽住御苍南的领口，将他拽得弯下腰来。

“你说话别这么绝情！好歹杨姑娘也是你青梅竹马的恋人，你就不怕遭天谴吗？”

御苍南与唐俏俏视线齐平，他迎着她怒气滔天的眸子，嘴角微勾，像是在挑衅她：“青梅竹马的恋人又如何？我喜欢谁，不喜欢谁，还要教主您亲自指点吗？”

唐俏俏气得浑身发抖。

御苍南突然凑近她，声音轻软，气息暖昧，撩动她的鬓发。

“唐俏俏，我有没有说过，其实你很漂亮。”

唐俏俏心中一颤，随即而来的是更大的怒气。

御苍南居然在这节骨眼上调戏她！

话说这是调戏吧……

唐俏俏正要发怒，御苍南话锋一转，恶狠狠地说：“可惜眼睛是瞎的！”

他一根根掰开她的手指，转身便走，高大身形被树木洒上斑驳光影。

这个瞬间，唐俏俏突然想，她是不是真的错怪御苍南了……

尽管他经常用金针射杀她，但他杀人向来正大光明，每次她质问他时，他都会嚣张承认，顺便将她鄙视一番。他怎么会悄悄给岳清河下毒还死不承认呢，这不符合他的作风。

唐俏俏反应过来，连忙追过去，抓住御苍南的衣袖。

御苍南回眸看她，他神色冰冷，只是眼眸微微泛红。

道歉的话堵在心里说不出来，唐俏俏咬了咬嘴唇，轻声说：“御苍南，咱们各退一步。你给岳盟主和杨姑娘道个歉，事情就算过去了，我也不会记恨你……”

御苍南眼中微弱的期待焚化成灰。

他什么都没说，甩开唐俏俏，使出轻功飞上屋檐，瞬间消失不见。

唐俏俏差点摔倒，晃了几步才站稳，她望着他消失的方向，心里竟空落落的。

也许错的是她，可他们从小争锋相对，吵了十几年，看着御苍南的脸，她就是说不出软话……

这些小小的悔意，都只能深埋在她心底，折磨她自己……

杨如意小声啜泣起来，那副梨花带雨的模样令所有人都心碎了。

唐俏俏很同情杨如意，但她也明白，人要自私一些，仅凭善良是不会得到幸福的。

等杨如意的情绪缓和下来，唐俏俏认真地说："杨姑娘，你看你温柔善良，美若天仙，还养了那么多可爱的小动物，简直就是小说中最独特最完美的女主角设定。你为什么非要委曲求全呢！既然御苍南对你无情，你也别念着他了，人还是要往前看呀。"

杨如意睁着泪汪汪的眸，惊讶地看着唐俏俏。

温柔善良？独特完美？这些词用在她的身上，真的没问题吗？

她这辈子从来都没有朋友，围绕在她身边的，只有那些令人恐惧的毒虫。

她知道她并不善良，至于漂亮，她不清楚，因为从来就没有人夸过她，大家都很怕她，唯有唐俏俏对她真心实意……

不……

还有一个人，看着她的时候，目光中同样没有厌恶。

杨如意突然想起那个月光笼罩的身影，高冷如水中月镜中花，遥不可及……

她低着头，茫然地望着鞋尖，一滴泪落在了地上。

没有人知道，这滴眼泪，是杨如意来到魔宫，唯一一颗真心的眼泪。

..第一节..

唐俏俏送杨如意回房后，突然收到消息，御苍南居然离家出走了！

有人看见他背着个包袱翻墙走了，临走时还用刀划花了岳清河的院门。

这家伙是小孩吗？泄愤也不动动脑子！他划的是魔宫的院子！是自家财产啊！

唐俏俏欲哭无泪。

唐思慕闻声赶来，看到划花的门，也是哭笑不得。他吩咐下人立刻修补残破的铁门，转身对唐俏俏说：“别担心了，哥哥这就去把御苍南找回来。”

唐俏俏赌气道：“找他作甚，我才不想看见他！”

唐思慕笑道：“都是一家人，闹什么脾气。”

什么一家人，她才没有那种嚣张妄为的家人！唐俏俏冷冷道：“随他去吧，都是大人了，难道我们还要限制他的自由吗，说不定他现在正逍遥快活地逛窑子呢。”顿了顿，她恨恨道，“我要为杨姑娘谋个好夫君。等御苍南回来，后悔也来不及！”

唐思慕见妹妹正在气头上，也没有再为御苍南说话。

他朝院子里看了一眼，隐约看见岳清河坐在窗边，便对唐俏俏说：“你该送岳盟主回去了，他待在魔宫并不安全。况且许多人等在沧明山庄，他许久未归，会引人怀疑。”

唐俏俏“哦”了一声，眼神难掩失落。

唐思慕问：“俏俏，你怕岳清河回去会改变心意吗？”

唐俏俏摇了摇头，慢慢转身，沿着碎石小径走向自己的小院。她并不怕岳清河改变心意，只是他们之间，横亘着太多问题，并非他们两人可以解决……

柳玉儿迎面走过来，看见唐俏俏行了个礼：“教主。”她穿了一件鲜艳的新衣裳，脸颊搽着红彤彤的胭脂，脖子上戴了好几串珠子，像是把自己全部首饰都挂在了身上，绝对有情况！

唐俏俏拉住她，上下打量：“穿这么漂亮，是要去相亲吗？”

柳玉儿绞着手扭扭捏捏地说：“教主不给奴婢介绍对象，奴婢跟谁去相亲啊。”

唐俏俏瞥她一眼：“你这是怪我？”

“奴婢不敢。”柳玉儿偷看了一眼唐思慕，脸色更红了，她羞答答地说，“听说灵云寺有棵千年铁树突然开花了，奴婢想去沾沾喜气，顺便求个姻缘签。”

“原来你这丫头思春了，”唐俏俏忍不住笑了，摆摆手放行，“去吧。”

柳玉儿谢过唐俏俏，欢天喜地地跑远了。

唐俏俏望着她的身影，吐出两个字：“迷信。”

唐思慕笑问：“你不想带着岳盟主去灵云寺看看吗？”

唐俏俏傲娇地仰起头：“本教主不感兴趣！”

女人都是虚伪的，嘴上说着不要，身体却很诚实。

傍晚时，唐俏俏带着岳清河出现在灵云寺。

她四下偷看，没看到熟人，暗自松了口气，将蒙在脸上的布巾扯了下来。

岳清河瞥她一眼："看你鬼鬼祟祟的，不知道的还以为你是来偷铁树的盗贼。"

唐俏俏瞪他："那么重的树，我能搬得动？"

岳清河心说：一般人肯定搬不动，你就不一定了……

唐俏俏是怕被哥哥发现自己口是心非，但想了想，哥哥又不可能背着她来这里求姻缘。

她拉着岳清河的袖子，满怀期待地走近那棵传说中的铁树。

唐俏俏没见过铁树，没想到这么丑！

巨大的芭蕉叶中间长着一坨，哦，不，一根金黄色的棒子。地上撒满了铜钱，像是把这棵树当作了许愿池。叶子上还系着无数红布条，上面写着些情情爱爱的肉麻话。例如"俺要俺们在一起""女人！不管天涯海角本公子都会找到你"等等。

这和她想象里的浪漫场景完全不同！唐俏俏顿感失望，拉着岳清河转身："走吧。"

岳清河却没有听她的，扭头看到一位白发白须的老者正在卖红布条，他也买了几条，将布条和毛笔塞进唐俏俏手里："来都来了，你就不想写些什么吗？"

也对，来都来了，一路爬坡累得她气喘吁吁，就这么走了实在可惜。

唐俏俏大笔一挥，写下"长腿女侠到此一游"，然后亲手系在了树上。

岳清河一头黑线。

唐俏俏察觉到盟主表情不对，连忙将剩余的红布塞给他，讨好地问："盟主想写什么？"

岳清河叹了口气，写下一句话系在了叶子上。

唐俏俏凑过去，看见布条上写着：死生契阔，与子成说。执子之手，与子偕老。

心中浮起一股暖洋洋的感动，像是蜜糖化开在心湖里。唐俏俏握住岳清河的手，眼睛亮闪闪地望着他：“我会等你回来的。不管发生什么，你都不能再抛下我了。”

岳清河点了点头，眸里万般柔情。

月光下，铁树旁，两人甜蜜恩爱如神仙眷侣。

不料风云突变，那卖红布的白发老人突然掀桌拔剑，一时间四面八方有人涌来。

那手持折扇的是青城派大师兄，那男扮女装的是崆峒派弟子，那跑太快跌了几个狗吃屎的是华山派小师弟，那假发随风飘扬的是武当派掌门……

唐俏俏再傻也知道发生了什么，连忙甩开岳清河的手，可是已经来不及了，这些人躲在暗处早就看见了一切。但还好，他们并不知道她的身份，她还可以假装小丫鬟。就算大家看见武林盟主和丫鬟谈情说爱，也不是什么大事吧。

唐俏俏立刻露出惊恐的表情，躲在岳清河身后：“盟主，发生了什么，人家好怕……”

岳清河将她护好，安慰道：“别怕，你待在这里，我与他们谈谈。”

青城派大师兄用剑指着他，愤慨地说：“岳盟主，你一去不归，我们都在担心你的安危。你倒好，在这里与丫鬟打情骂俏。难道你根本没去魔宫，全是骗我们？”

“廖师兄息怒，”岳清河表情严肃，好像真的没说谎，“岳某在魔宫查探时发现唐俏俏被魔教教主关在地牢里受尽折磨，岳某将她救了出来，正在此商量正事。”

唐俏俏忽闪着晶莹眼眸，用力点头，示意盟主说得对。

青城派大师兄半信半疑，但表情比刚才稍稍缓和。

然而几个美貌女子突然从天而降，持剑便往人堆里一顿乱挥。

原本平静下来的场面又变得混乱，两方恶斗时，唐俏俏发现那绿裙女子和紫衫女子正是绿胭和紫衣，其他的女子虽然叫不出名字，却很眼熟，肯定在魔宫里见过。

唐俏俏极为震惊，她没想到这些丫鬟不光姿色过人，武功还这么高。

在魔宫时她从未察觉到，是她太迟钝，还是她们故意在隐藏实力?

八大门派高手众多，打了几个回合，她们渐渐不敌，退到唐俏俏身后，跪下高呼：“教主恕罪！不是属下太无能，而是敌人太强大！先走一步，后会有期！”

我身份还没暴露呢，你们这是故意出卖我吧?

唐俏俏眼睁睁看着她们咻咻咻跃上屋檐，瞬间消失。

她以为自己做了场梦，揉了揉眼睛，发现不是梦！

无数人愤怒地盯着她，武器的寒光几乎闪瞎她的眼睛。有人从叶子上扯下唐俏俏刚写的红布，发现了那句“长腿女侠到此一游”。

人群沸腾了，怒气变为滔天杀气。

“听说魔教根本没有圣姑，原来你就是那无恶不作的魔教教主！”

“上次的圣姑是你冒充的吧，怪不得戴着面纱不敢示人！”

“写书抹黑我们的短腿妖贼也是你！妖女，你骗得我们好惨！”

“你到底说了多少谎话！小小女子竟有如此心机，当真是祸害！”

“大家上啊！一定要抓活的！让她也尝尝我们遭受的痛苦！”

众人冲过来，连地面都微微震动起来，尘土飞扬。

岳清河却避也不避，挡在那里。

他手持一把绝世青霜剑站在月光里，眸如寒星，映着清冷剑光，有种说不出的孤高霸气。

青城派大师兄被他挡住，他以为岳清河受到妖女欺骗，以为他也是受害者，挥动长剑说道："岳盟主，你让开，我们要替天行道！"

唐俏俏也跟着附和："是啊！岳盟主，你让开，这件事跟你没关系！"

岳清河却道："不行，你打不过他们，我不能让你白白送命！"

唐俏俏心里着急，她确实打不过这么多人，但她就算死，也不能拉岳清河垫背啊！

她尽量露出冷傲的表情，像真正的魔教教主一般，抬高下巴说道："岳盟主，我知道你们名门正派都是菩萨心肠，但我骗你利用你，你还非要以德报怨，你莫不是个傻子？"

岳清河回头看着她，唇边忽而浮起一抹笑容。

这一瞬间，仿佛整个天空都亮了。

"你要我别再抛下你，你忘了吗？"

唐俏俏僵住。

她望着那只伸过来的手，修长精致的手指，盈着月光，仿佛盈满了希望。

接着，她缓缓抬头，看到岳清河蒙着皎洁清光的俊脸，他的眼神异常温柔。

"所以，无论你说什么，我都不会再抛下你了。"

唐俏俏的心脏猛地抽紧。

面前的这个男人，虽然武功不及她，此时身形却如此高大，安全感爆棚。

短短时间，她做出了决定。无论前路多么艰难，她会和岳清河共进退！

"好！"唐俏俏牵住他的手，"不管发生什么，我们都一起面对！"

两人相视一笑，彼此眼中绽放璀璨花火。

岳清河在众目睽睽之下表露了自己的心意，众人震惊之余，又感到深深怨愤！

岳清河应该为大家主持公道，他知道唐俏俏有多恶毒！之前还跟他们站在统一战线，说要将短腿妖贼千刀万剐，如今却要保护这个妖女，他根本不配做武林盟主！

..第二节..

这是一场恶斗！

八大门派恨透了唐俏俏，多年积怨一并爆发，所有人都使出了看家本领。唐俏俏武功虽高但寡不敌众，他们两人边打边退，直到身染鲜血，精疲力竭。

两人背依着对方，将武器对准人群，将最柔软最薄弱的后背留给了对方，这一刻起，唐俏俏突然发现，他们对彼此的信任，比她想象中的还要多。

两人边打边退，逃到魔宫外，岳清河用尽最后气力，将唐俏俏推入幻影八卦阵。下一刻，他便被青城派大师兄抓住，寒光闪烁的长剑横在他脖子上，殷红血丝从肌肤渗入，触目惊心。

唐俏俏想都没想，就要冲出去救他，却被岳清河一句话骂了回来——

“你是想我们两人都葬身此地吗！”

“他们的目的是我，不是你！”唐俏俏瘫坐在地上，眼中含泪。桃树围在她身边，雾气缭绕。

岳清河笑了，那笑容映着他脸上的血迹，却显得分外清澈明朗：“我们之间还分什么彼此？若我死了，你一定要代替我好好活着。”

“不行！没我的允许你怎么能死！”

唐俏俏挣扎着想爬起来，岳清河收起笑，低吼道：“回去！”

接着，他神色忽而变得温柔：“听话，你先回去。我一定有办法脱身的。”

唐俏俏从模糊泪光中望着岳清河的脸，在这种情形之下，他竟还笑得风轻云淡。

她知道岳清河说得对，她不能白白送命，她要回去找救兵！

可她真的很怕，怕这次会是诀别……

众人顾忌八卦阵，不敢闯进来，在阵外大声叫骂，尤其是青城派大师兄骂得最狠，说唐俏俏自私卑鄙，为了自己活命背叛岳清河，还嘲笑岳清河被妖女蛊惑，让他看清这个女人的本性。

岳清河毫不动怒，用无声的唇形，对唐俏俏重复那两个字：“快走！”

唐俏俏抹了把泪，最后看了岳清河一眼，转身朝着桃林身处跑去。有几个大胆的追了进来，却很快陷于迷雾之中。

唐俏俏身受重伤，在林中走走停停，好不容易来到魔宫大门前。

她靠坐在铁门上，无力地敲打大门：“哥哥……救命……”

过了很久很久，大门打开了，唐俏俏没有东西支撑，倒了在地上。她眯着眼，看到哥哥站在她的面前，黎明的微光洒在他玄色长衫上，像是给他蒙上了一层模糊不清的薄雾。

唐俏俏抓住唐思慕的衣角，艰难出声：“哥哥，岳盟主被抓走了，我们快去救他……”

唐思慕却蹲下身，轻轻地掰开了唐俏俏的手。

唐俏俏怔了怔，为什么觉得今天的哥哥不同寻常……

紫衣和绿胭面无表情地站在唐思慕身后，仿佛对出卖唐俏俏的事情没有半分愧疚。唐俏俏伸出颤抖的手，指着她们问：“这两个女人……到底是什么来历？”

“她们是我的手下。”

唐思慕摆摆手，让她们退了下去。

从头到尾，她们都没看唐俏俏一眼，只把唐思慕当主人。

“你换了魔宫的丫鬟？为什么？”

“她们对你太忠心了，我用着不放心。”唐思慕说得轻描淡写。

“哥哥，你怎么了……你说的话，我怎么一句都听不懂……”

唐俏俏不明白，是她做错了什么，惹哥哥生气了吗？

她努力露出笑容，脸上嫣红的鲜血，衬得她肌肤苍白近乎透明。

唐思慕冷酷地说：“你不用再叫我哥哥了，我们不是兄妹。”

“不，你是我哥哥！”唐俏俏拼命摇头，“你看，我们都姓唐，我们是一家人啊！”

“我不叫唐思慕，我是慕容月辰。”他平静地说着，温润的声音击打着唐俏俏的耳膜，“我爹叫慕容北斗，我娘叫柳英英。我是北斗山庄的少庄主。”

唐俏俏震惊地看着唐思慕，不，这个自称慕容月辰的陌生男人。

她知道，十几年前的武林四大世家，有岳家、唐家、欧阳世家，以及慕容世家。可她听说爹爹与慕容世家交恶，怎会抚养慕容世家的后人长大？这其中到底发生了什么事？

“俏俏，你是不是也想过，为何你武功那么厉害，我却一窍不通呢？”

“爹说你不爱练武……”唐俏俏喃喃道。

慕容月辰冷笑：“当年唐天道屠了北斗山庄，将我强掳进魔宫。唐天道与我爹有仇，从小便给我灌下毒药，强制我练阴邪武功。我身子弱，险些走火入魔，废了全身功力才保住性命。我不能习武，不是我不喜欢，而是我再也没有能力习武了。我是个废人！这些年来，我过得人不人鬼不鬼。我表面上对唐天道恭敬有加，其实我早就恨透了这个恶棍！”

他盯着唐俏俏，眼中似有泪光闪烁，那是一种极其残酷的色彩。

“我是慕容月辰！我根本不该在这个鬼地方，成为人人唾骂的魔教护法！”他的声音陡然拔高，神态癫狂竟让人毛骨悚然。

唐俏俏被吓到了，她这才发觉，相处多年，她竟从未了解过他。

“俏俏，我时常在想，为什么你可以无忧无虑？为什么所有苦难让我一人承担？你凭什么？”慕容月辰钩住她的脖子，将她揽入怀中，沉重的呼吸在她耳边游走。

唐俏俏身子一抖，用力推他，就算离慕容月辰稍微近些，都让她心生寒意。

有生以来，她第一次感受到如此强烈的恐惧。

"吓到你了吗？"慕容月辰轻拍她的后背，"怎么抖得这么厉害？"他又变得温柔，脸上好像戴着一张反复无常的面具，谁也不知道下一刻，他会露出怎样的表情。

"你一直在骗我吗？这十几年的呵护，都只是你的伪装吗？我对你来说，到底算什么？"

唐俏俏眼眸含泪，望着面前逐渐变得模糊的男子。

有些真相，就算已经摆在眼前，她也不肯相信……

"你为什么要撮合我和盟主？你可以让他厌恶我，为什么把我往他身边推呢？哥哥，你还是在乎我的，对不对？你希望我幸福。就算我们没有血缘，我们也是兄妹啊！"

"俏俏，你总是那么单纯。"慕容月辰笑了，他抚摸她的脸，手指冰冷，滑过她的热泪。

"御苍南说得没错，你身为魔教教主，怎么可能嫁给武林盟主呢。我撮合你们，因为我想让你们成为众矢之的。只是杀了你们，太无趣了，我要你经受同我一样的苦痛！"

他白玉般的手指上也沾染了她的血，如红梅点点，傲然绽放。

"先前我在药中加了桃花玉露，是故意想让你听到岳清河的醉话。所谓酒后吐真言，我相信没有人的真心话经得起考验。若你们反目成仇就好了。可岳清河偏偏就经住了考验。"

"好吧，我改变策略。我在岳清河药中放了蝎毒，嫁祸御苍南，离间你们的关系。一切都朝着我期望的方向发展。你失去了御苍南，等于失去了左膀右臂，我也不需再顾忌他。然后我放出消息，你和岳清河在灵云寺私会。你的身份公布于众，你什么都得不到了。”

他看着她，眼神里不知是嫌恶，还是得意，抑或是同情……

“俏俏，将来不要再轻易相信别人了。如果，你还有将来。”

眼泪如碎玉般落下，唐俏俏紧紧抓住慕容月辰的衣角，她想说些什么，可是嘴唇动了动，却什么也说不出口，只有悲痛在心中膨胀，撑得她整个人都快要崩溃。

还能说些什么呢……

她一直无条件地相信哥哥，以为就算全世界背叛她，哥哥也永远是她的保护伞。

殊不知，他一开始就在布局。

他恨她，想要夺走她的一切，想要她生不如死。

慕容月辰捏住她的下巴，给她塞了一颗药丸，一掌迫使她吞了下去。

“你给我吃了什么？”唐俏俏惊恐地看着他。

慕容月辰喉间溢出一声轻笑：“当然是毒药，不然你以为是什么。”

唐俏俏想起娘久病不愈，终于意识到是慕容月辰给她下了毒。

爹不知所终，娘隐忍不言，一定是慕容月辰抓了爹爹，利用他的性命威胁娘。所以每次她去见娘的时候，慕容月辰都会跟进来监视，所以每次娘都用那般忧伤的眼神看着她，却什么都不敢说……

“我爹呢？”

“哐当”一声，是金属砸在石板上的声音。

唐俏俏循声望去，看到地上扔了一张银色面具，正是爹在位时戴的面具。

魔教教主这个名头听起来威风，但爹绝非凶神恶煞的罗刹！

他长着一张人畜无害的圆脸，总是笑眯眯的样子。他身份特殊，出身于武林四大世家之一的唐家，也曾是上一任大热的武林盟主人选，后因种种原因脱离正道名门。为免节外生枝，行走江湖时，爹总是戴着一张鬼脸面具隐藏身份。那面具最大特点是有画着狰狞可怖的笑容，见过他的人莫不被吓得屁滚尿流，久而久之，人们便称他为“笑面阎罗”。

世人只知魔教教主是个戴面具的可怕男人，并不知唐天道就是教主。

后来唐俏俏继承其位，也曾想过等她写完这几本书就去江湖上游玩，顺便戴着爹的面具去吓人，谁知爹突然失踪了，面具也找不到了。如今看见爹的面具被慕容月辰丢在地上，唐俏俏心里着急，挣扎着爬起来，扑向慕容月辰。

“你把我爹怎么样了？”

“放心吧，我将他关在地牢里，有吃有喝，日子过得不差。”

慕容月辰钩住她的腰，稍一用力，将她打横抱在怀里，朝魔宫里走去。

“我不会让他轻易死掉的。”他低头看她，语气依旧温柔，说出的话却字字惊心，“我要毁了他的女儿，夺走他的地位，让他痛不欲生。现在，还远远不够呢。”

..第三节..

唐俏俏被慕容月辰丢在了地牢里。

三面是阴冷潮湿的石墙，面前则是碗口粗的铁栅栏。唐俏俏眼睁睁看着慕容月辰的背影消失在视线里，但她不敢动弹，因为在路上他告诉她，她中的是七步断肠散！

顾名思义，只要她走七步，她就会断肠而死！

冷汗浸湿了后背，唐俏俏想到自己可能会成为古往今来第一位站着死掉的人，不由得悲从中来。也不知道被她连累的岳盟主怎么样了，下场估计不会比她更好。不行！大名鼎鼎的传奇人物长腿妖艳采花贼怎么能死在这种地方！

传出去太丢脸了！她必须要自救！

唐俏俏正想着，身后突然传来奇怪的声音。

她扭头看见背后墙边有个鼓起的草席，里面好像卷了个人。

唐俏俏吓得浑身汗毛倒立，哇哇大叫："好歹兄妹一场，你把我跟死尸关一起是什么意思？"

等等！

死尸为什么会打呼？

唐俏俏仔细观察，发现那人好像是她爹……

她连忙呼喊，但她爹睡得很死，不但没听见她的声音，中途还翻了个身背对着她。

唐俏俏无计可施，看了一眼地上的碎石和苔藓，一咬牙，身体绷直，扑倒在地上，像根柱子一样直愣愣地滚向唐天道。

满身的伤又裂开了，疼得她龇牙咧嘴，地上血迹斑斑。她也顾不得尊卑，一把扯掉唐天道身上的破席子，对着他耳朵大喊："老唐，该起床了！"

唐天道吓得一个哆嗦，猛然坐起，看到面前坐着个披头散发的女鬼。

他脸色煞白，沉默片刻，突然仰天大笑："我唐天道早知会有此一天。"

"什么？"唐俏俏一头雾水。

唐天道伸出戴着镣铐的双手："来吧，黑白无常，送我上路。"

唐俏俏打开他的手，气不打一处来："你连你闺女都不认识了？"

唐天道虎躯一震，望着面前满身血污的女子："俏俏？你怎么胖了这么多？"

"不是胖，是肿！爹你知道吗，我刚才经历了惊心动魄的一场恶战！我的脸都被打肿了！"

唐俏俏悲伤地揉了揉自己的脸，确实感觉到比平日里胖了许多。

她将事情大致描述了一遍。说到慕容月辰对她的所作所为时，唐天道气得将半个硬邦邦的窝头砸在墙上，牵动锁链哗啦作响："那家伙对我不敬也就罢了，竟然还敢欺负我女儿。你们从小一同长大，兄妹情深，他竟连你都想杀！真是狼心狗肺！俏俏，若你真有个三长两短，爹做鬼也不会放过慕容月辰！"

爹的话让唐俏俏眼睛一酸，眼泪忍不住落了下来。

许久未见，爹瘦了许多，原本白白胖胖一脸富态，如今两颊凹陷，衣衫破烂，头发蓬乱，手上脚上都铐着粗厚铁链，衣袖下隐约可见未愈合的伤疤，哪还有当初魔教当家的威风？

明明受苦的是他，他却满心都在担心她……

唐俏俏哽咽道："爹，女儿不孝，没能及时赶来救你……"

她越说越难过，又不想在爹面前痛哭出声，便低下了头，强忍眼泪，肩膀微微耸动。

唐天道拍拍女儿的后背，安慰道："俏俏，别哭了。爹不是好端端的嘛。"其实他倒是欣慰，唐俏俏没有及时看出慕容月辰的阴谋。他这个女儿虽然机灵，却没什么阴险心机，哪里是慕容月辰的对手。

唐俏俏抹了把泪，情绪慢慢平稳下来。

有个问题一直刺在心中，她必须要问个清楚！

"爹，慕容月辰说你屠了北斗山庄，将他掳进魔宫折磨十几年，这是真的吗？"

唐天道怔了怔，背过身去。

他像是在思考，沉默了很久很久，才缓缓叹了口气。

"该来的终究会来。既然瞒不下去了，为父便将真相告诉你吧……"

父女两人说了大半个时辰，唐俏俏渐渐理清头绪。

原来，真相竟是如此！

她还想再问些什么，突然嗅到一股淡香。

唐俏俏扭头，看到杨如意站在铁栏杆外。

与平日里截然不同，她唇边没有笑容，眼角没有泪花，那身凛然的黑色长裙衬得她气质高贵冷艳。而她的腰间，竟还佩着一把纯黑色宝剑。

唐俏俏终于明白了，杨如意的来头不简单。

她怎么就没怀疑过她呢……

果然，越漂亮的女人越具有欺骗性！

“杨姑娘，你也是慕容月辰的人吗？”

杨如意沉默不语，她站在阴森的暗影里，苍白的面孔没有表情。

唐俏俏盯住她：“所以，你说你喜欢御苍南，都是在说谎？”

杨如意眸光飘动，走廊里的风吹动她的黑纱，将她整个人都吹得脆弱如落叶。

“我没有说谎。”她低下头，手指在眼睛上轻拭几下，好像在擦泪，“我很喜欢阿南，可他对我不冷不热，我心里不好受……”

杨如意的声音与以往一样，轻软娇柔，将无能为力的弃妇形象诠释得淋漓尽致。可是自始至终，她没有与唐俏俏视线交汇，连她的声音，都仿佛带着心虚的战抖。

唐俏俏没有说话，她盯着杨如意，就那样盯了很久，杨如意的表情开始僵硬。

“别装了，”唐俏俏轻声说，“你根本不喜欢御苍南。”

杨如意的手垂下来，她抬起眸，眼中没有泪光，亦无悲伤。

唐俏俏第一次见到杨如意如此冰冷的表情，依旧是那张绝色美颜，柳眉如黛，樱唇如朱，但她身上早已没有了初见时的柔弱，那紧抿的唇线，甚至透露出几分义无反顾的冷然。

唐俏俏该震惊才对，可经过慕容月辰的欺骗，她已经不再意外任何一场背叛。

“你的演技很好，眼泪说掉就掉，但你眼中根本没有真正的爱意。杨如意，你知道什么是爱吗？恐怕你这辈子都没有体会过吧！”

爱……

这个字，是杨如意心中无法触及的禁区。

她完美的面具终于龟裂，惨白面孔仿佛覆盖寒霜。

“你想说什么？你是不是觉得我很可怜？”

唐俏俏摇摇头，她坐在地上不能动弹，只能隔着一段距离遥望她：“我以前觉得你温柔漂亮，御苍南不喜欢你是他没眼光，现在我不这样想了。”

“是啊。现在你才明白，我是个蛇蝎心肠的坏女人，所以没有人爱我。”杨如意嘴角扬起一抹笑，慵懒的语气，好像她根本不在意。但她握紧剑柄的手指在颤抖。

却没想到下一刻，她看见唐俏俏双手合十，露出恳求的表情：“现在我觉得你冷酷独特，你有属于你自己的魅力！杨姑娘，你愿不愿意做我新书女二号的原型呢？”

什么？

杨如意愣愣地看着唐俏俏。

“抱歉，因为女主角是一位惊才绝艳的长腿采花贼，也就是我本人，所以只能委屈你做女二号了。”唐俏俏向她道歉，满脸都是真诚，“但是你放心，我肯定会把你写得酷帅到爆炸。我书里的美男你随便挑！你喜欢霸道有腹肌的，还是柔弱好欺负的？”

杨如意的手从剑柄上松开，她看着一场恶战后遍体鳞伤的唐俏俏。

魔教教主的体力不是吹的！唐俏俏此时满面春光，沉浸在自己的幻想中，嘴唇不断开合，叽叽喳喳地制造噪音：“书名就叫《蛇王蝎后之双面美人》

你看好不好？我有预感，此书必定大火！杨姑娘，你不喜欢御苍南也好，他那个粗人哪配得上你这种身娇体柔易推倒的小仙女！对了，你有心上人吗？我说要为你找个百里挑一的好夫君，你还记得吧。我可不是说说而已……”

你是魔教教主还是媒婆啊？竟然比京城那著名的王氏金牌媒婆还要舌绽莲花！你不妨考虑一下媒婆这个很有前途的工作？

杨如意怕自己忍不住动心，连忙打断她：“你不用对我这么好。”

唐俏俏眨眨眼睛，天真无辜又有几分楚楚可怜：“我们不是朋友吗？”

杨如意垂下眸子，长睫遮住眼中的孤寂：“我没把你当朋友，而且我也不需要朋友。”

唐俏俏笑盈盈地说：“那是因为别人都怕你，只有我不怕你，我们很适合做朋友哦。”

“为什么？”杨如意睁大眼，“我一直在骗你，你为什么拿我当朋友？”

唐俏俏敛起笑，就这么平静地望着她：“慕容月辰对你也不好，你又为什么喜欢他呢？”

杨如意身子一震，惊骇地看着唐俏俏。

她的心事，何时被她撞破了？

“你……你怎么知道……”

“他做的饭，除了你没人吃得下。”

“……”

“别人吃时一脸苦相，吃完上吐下泻。唯有你，吃饭时满脸幸福。”

“我只是觉得，他做的饭好看又好吃，不该浪费。”

“我还见你把他雕的萝卜花拿回屋子里，干了都不舍得扔掉。”

杨如意僵在那里，脸色很难看。

是的，她喜欢慕容公子。

接近御苍南，欺骗唐俏俏……她做的一切，都是为了他。

那年寒冬，爹娘为了钱逼她嫁给年近古稀的地主张员外，她拼死不从，连夜逃走，却误入了魔宫的幻影八卦阵。在她以为自己就要丧命的时候，慕容公子出现了。

他朝她伸出手的那个画面，永远是她心中的阳春白雪，让她为之沉醉，为之钟情。

杨如意愿意为他做牛做马，奉献一生。

她知道自己有几分姿色，做他身边的丫鬟应该没问题吧？

可是慕容公子拒绝了她。他给了她一些盘缠，让她去城里做些小生意糊口，寻个好人家嫁了。杨如意当然不肯，她跪在魔宫外三天三夜不肯离去，发誓愿为他赴汤蹈火。

后来，慕容公子安排她在他暗中设置的茶楼做事，有时他也会来，教她识字绘画。他会安静看她练剑，会帮她拂去头发上的树叶……还有，他说话时总是浅笑盈盈，像山谷掠过的春日微风。

杨如意从未被人如此温柔地对待过。

就这样，她彻底沦陷，万劫不复。

她喜欢他，喜欢到愿意为他去死，然而他心中却只有仇恨，从来没有看到她眼中的光。

良久，她嗓音干涩地说：“慕容公子和别人不一样……”

唐俏俏似笑非笑：“因为你长这么漂亮，他却对你没有企图，你觉得他是君子，对不对？”

杨如意一怔，苦涩地点了点头。

是啊，他是正人君子，他一直都很尊重她。她想走就走，他绝不会强留。可她多希望他也跟普通的男人一样，能用发光的眼神看她，能开口挽留她。

她愿意将自己献给他啊！

唐俏俏道：“因为有件事压在他心底，误会一日未解，他就绝不会考虑感情问题。”

“误会？”杨如意突然变得激动，双手抓住栏杆，声音陡然拔高，“根本不是误会！我明白慕容公子背负了多少痛苦！他思念亲生爹娘，然而他的身份令他无法再回到北斗山庄。他原是天之骄子，如今却只能在魔宫里做废人！就算将来他手刃仇人，他受过的伤也不会被抹去！慕容公子那样……那样温柔美好的人……为什么要受到这种伤害……”她说着，泪水滑落下来，在空中飞散。

唐俏俏皱了皱眉，大步走过去，取出一块皱巴巴的帕子递给杨如意。

杨如意没有接，她震惊地盯住唐俏俏的脚：“你走了六步……再走一步，你就要死了……”

“是啊，”唐俏俏苦笑，“谁让我抵挡不了漂亮姑娘的眼泪呢。”

还好她机智，原本十步才能走过去的距离，她大步跨越，终于在六步以内搞定！

唐俏俏将帕子硬塞给杨如意，缓缓靠着栏杆坐下：“杨姑娘，此事说来复杂，但并不是你所想的那样。从小到大，我爹娘对慕容月辰很好，从来没有亏待过他。如果我爹真的恨他，就不会教他制毒了……你不妨去北斗山庄走一遭，亲口问问庄主……”

她话没说完，突然猛烈咳嗽起来，竟咳出一口血来。

杨如意大惊，蹲在地上摇动唐俏俏的肩膀。

“唐姑娘，你怎么了？”

唐俏俏回眸对她虚弱地笑：“我怕是活不了多久了……什么狗屁七步断肠散，这才走了六步，我的五脏六腑就疼得厉害……杨姑娘，最后，我求你答应我一件事……”

她的声音越来越轻，捂住腹部，慢慢滑在了地上，身体蜷缩成一团。

杨如意惊慌失措，声音忍不住颤抖起来：“什么事……”

“我错怪了御苍南，我想在临死前见他最后一面，亲口对他道歉……”

杨如意看着唐俏俏眼睛慢慢闭上，嘴角流出的鲜血触目惊心！

突然之间，她很怕唐俏俏会真的死去！

想起跟唐俏俏相处的点点滴滴，杨如意心中揪痛。

她不是不想要朋友，而是朋友这两个字对她来说太奢侈。

可唐俏俏是除了慕容公子之外，第二个给予她温暖的人。

如果她死了，她这一生都会背负着痛苦与悔恨……

..第四节..

终于，杨如意艰难而坚定地说：“我答应你，我去找御苍南……”

唐俏俏没有说话。

她静静躺在那里，宛如一条没有知觉的咸鱼。

杨如意抱头失声痛哭。

唐俏俏眼皮抬了条缝偷看她，又立刻闭上眼睛装死。

杨如意抹了把泪，望着唐俏俏好一会儿，终于下定决心，取出一颗药塞进唐俏俏嘴里。

唐俏俏没睁眼，嘴巴却嘎嘣嘎嘣嚼了几下。每嚼一口，她的表情都更狰狞……

她在药丸里尝到了久违的味道，肯定是慕容月辰做的，否则不会这么难吃！

“唐姑娘，这是解药，你会没事的……”

唐俏俏眼睛睁开一条缝，气息微弱：“你把解药给了我……你怎么向他交代？”

“没关系的,慕容公子本性善良,不管当初发生了什么,你毕竟是他的妹妹，他会理解的。”顿了顿，她绝美面孔绽开一抹笑，似雨后星空明净透彻，“再说，我们是朋友呀。”

“是啊，我们是朋友……”唐俏俏也笑了，柔柔道，“真羡慕他有你这样的红颜知己。”

杨如意脸一红，嘴角的笑意却忽而染上忧伤。

等杨如意离开以后，唐俏俏立刻站起来，拍拍身上的土，仿佛又生龙活虎。

唐天道目瞪口呆，呆坐在那里，根本没顾得上说话。

这丫头的演技浑然天成，不简单啊！

“爹，你闺女差点死了，你好歹有点反应，发什么呆呀……”唐俏俏颇为不满。

唐天道叹道：“没想到你装死这么有一套，连爹都差点被唬住了。”

“谁装死了。昨夜一场恶战，我身受重伤，就剩半条命了，我这完全是本色流露。”

唐俏俏扶住墙，咳了几声，殷红血点溅在潮湿的石墙上。虽然毒解了，但不代表她没事了，她受的伤不轻，疲倦不堪，此时终于支撑不住了，倒在地上睡过去……

北斗山庄门外，残阳落日，面色苍白的杨如意站在街口久久没有缓过神来，她原以为只是一场父辈间的恩怨情仇，却没想到事实并不简单。

慕容北斗十分焦急，他答应杨如意会尽快赶往魔宫，当面对儿子说出真相。

而现在，杨如意要做的，就是去找到御苍南。

可是天大地大，她去哪儿才能找到御苍南呢？

杨如意来到青楼，取出御苍南的画像，一一询问：“你们见过这个男人吗？”

花枝招展的姑娘们看了看，笑嘻嘻地说：“放心吧，你夫君没来过这里。”

杨如意恼羞成怒，指着画纸上冷酷的男人说：“你们看清楚，他跟我一点关系都没有！”

姑娘们只是笑，“哦哦嗯嗯”地敷衍她，眼神里充满暧昧。

杨如意气极，差点把手里的画纸撕碎。

不过，御苍南对女人向来冷漠，或许他的兴趣并不在此……

杨如意又来到城中最大的勾栏院，一进门，俊俏小倌便围过来，眼神含情脉脉。

“这位姑娘，瞧你面生，第一次来吧。这么漂亮的姑娘可不多见。”

杨如意的脸一下子红了，她何时见过这么多花容月貌的美男子！

有人钩住她的手，柔柔问道：“姑娘，今晚我来陪你吧。”

杨如意心脏狂跳，这些精致男子身上的脂粉味比她都香！一个个说话时气息清幽，带着似有若无的诱惑。她的脸滚烫似炭，好怕自己会忍不住流鼻血。

杨如意连忙掰开他的手，退后几步，将画纸展开：“我是来寻人的，你们见过这个人吗？”

小倌们仔细看了看，摇摇头：“没见过。”

杨如意不死心：“真没见过吗？”

小倌们给了她确定答案。

杨如意很是失望，给了些银两谢过他们，转身欲走，却听到背后传来窃窃私语：“有这么好看的夫君，竟还来勾栏院里找乐子……”

杨如意回眸怒视他们：“什么夫君？是男人就叫夫君吗？这是我走失的残

疾弟弟！”

小倌们露出震惊神色，这般美男竟是残疾？太可惜了！若是勾栏院中有如此姿色的男子，早就成为顶级头牌了。众人又是同情又是可惜，连忙朝杨如意道歉。

杨如意大步走出来，充满怨恨地看着手中的画像。其实她与御苍南并无仇怨，但几次三番被人误会，心里终究不爽，这让她感到好像自己背叛了慕容公子……

思及此，杨如意面色通红，将手中的画纸揉成一团。

忽然，一抹冰冷抵住了她的咽喉！

杨如意浑身都僵硬了，听到耳边传来熟悉的声音：“你在找我？”

她动也不敢动，浅淡月色映照下来，显出地上修长的人影。

“你刚才说谁是残疾，活腻了吗？在魔宫有唐俏俏护着你，外面可没人护着你。”

“这只是个误会。你先把刀放下来，有话好好说……”杨如意声音颤抖。

“我跟你没什么好说的！”

匕首抵得更紧了，带着浓重杀气，杨如意甚至感觉到一阵刺痛。

“我知道你恨我，但你杀了我，唐姑娘会死！”

“你在威胁我？”男人漫不经心地轻笑，“她是生是死与我何干？”

“别逞强了，我知道你在乎她。是唐姑娘让我来找你的！”

身后的人静了静，然后匕首被挪开了。

杨如意摸了摸脖子，心有余悸。

御苍南冷睨她：“找我做什么？”

杨如意急切道：“唐俏俏被关在魔宫地牢里。”

御苍南并不信，唇边勾起冷笑：“怎么可能。”

杨如意寻了个安静的地方，将事情一五一十地告诉了御苍南。

末了，她察觉到御苍南眼神阴郁。

杨如意万分不安，跪在他面前哀求道：“我不愿看到慕容公子活在莫须有的仇恨中。左护法，求你帮我一次。你和慕容公子一同长大，也算至交好友，你不能看着他走错路。纵使他千错万错，也求你给他个机会改过……”

“你倒是痴心，”御苍南低头看她，“混进魔宫也是为了他吧？”

杨如意表情一僵，想起自己几次三番污蔑御苍南，心中既是忐忑又是羞愧。

本来慕容公子要她用美人计大胆火辣地勾引御苍南，但她实在做不到。她怎能在慕容公子面前去喜欢别人呢！就连演戏也不行！最终，她用了个折中的方法，假装被抛弃的怨妇，不用多说什么，只要一直哭哭啼啼，便让整个魔宫都以为御苍南是始乱终弃的负心汉……

“都是我的错，求您不要迁怒慕容公子……”杨如意的头磕在地砖上，额头都磕出了血痕。

御苍南当然生气，这些年他一直把唐思慕当兄弟，却没想到被摆了一道！那家伙到底想做什么，对自己的妹妹、兄弟，甚至抚养他长大的老教主都下得了毒手吗？

但看见杨如意泪汪汪的样子，御苍南又有些心软。

他不是抵挡不了美女的眼泪，相反，他厌恶那些柔弱爱哭的女人。

可是，他从杨如意眼中看到了对唐思慕的真心。

真心这种东西，真是一种少见的奢侈物……

..第一节..

冬夜冷得瘆人。

偌大的牢房里，只有几张散发霉气的破草席。

唐俏俏将自己卷在草席里，冻得直发抖，心里怀念厨娘做的八宝鸭、葫芦鸡……

慕容月辰这心狠手辣的男人，整日就给她吃些萝卜、白菜、窝窝头，她还在长身体啊！

唐俏俏下意识地摸了摸扁平的胸口，不由得泪流满面。

突然天降碎石，如一阵泥石流将唐俏俏砸醒。

她猛地坐起身，惊疑不定地望着屋顶越变越大的窟窿。有人竟在地牢上方凿了个洞，就这样跳了下来。

借着闪烁不定的烛火，唐俏俏看清面前冷冰冰的俊脸。

这不是她朝思暮想的御苍南吗！唐俏俏扑过去，钻进御苍南温暖的怀里哭号：“恩公啊，你可算来了！”

御苍南的脸一下子红了，用力地推她：“哎，你放尊重点儿，男女授受不亲！”

唐俏俏死活不撒手，眼泪鼻涕抹了他一身：“我知道错了，你跟杨如意是清白的。是我误会了你。要杀要剐我都认了，你大人不记小人过，别跟我一般见识……”

要不怎么说唐俏俏不是一般人呢。

脸皮也太厚了！

不过，向来喜欢跟他对着干的唐俏俏居然扑进他怀里又哭又蹭，御苍南的心情莫名地晴朗起来。若不是她衣服又脏又破，他倒很想安静享受这美人入怀的好时光。

御苍南来之前特意打扮过，虽然没有涂脂抹粉，但他换了新买的长衫和斗篷，头发也梳得一丝不乱，用金冠束起，闪闪发亮。和唐俏俏站在一起如同俏公子与女乞丐。

他很嫌弃地推开她，取出一个纸包扔过去。

唐俏俏闻到一股香味，打开油纸，果然是她喜欢吃的烧鸡！

她双眼放光，撕下一只鸡腿吃得满嘴油，口中含混不清地说：“还是南哥哥懂我！好人一生平安！”

南哥哥，这是什么诡异的称呼？

如今女人的甜言蜜语已经这么不值钱了吗？一只烧鸡就换来了！

御苍南低头看她很没出息地啃鸡腿，眼中掠过一丝鄙视：“饭桶。”

但他平素冰寒的眸子，却有种不被察觉的淡淡宠溺。

“不是我贪吃，这里伙食真的很差，你看我都瘦了！”

唐俏俏泪汪汪地挺胸抬头，让御苍南看她瘦弱的小身板，试图博取同情。不料御苍南的脸更红了，扯下自己身上的黑色斗篷将她罩住：“你一个姑娘家，衣服怎会烂成这种地步。”

唐俏俏可怜巴巴地看他："打架的时候划破了……"

御苍南冷笑："还有你打不过的时候？"

唐俏俏激动道："那是群殴，群殴你懂吗？几十个人围攻我一个，我能活着回来就不错了。哼，什么名门正派，尽干些龌龊事。等我养好伤，看我怎么在书里报复他们！"

唐俏俏越说越气愤，差点连鸡骨头都嚼碎吞下去了。

唐天道听到声响，睡眼惺忪地坐起来，平静眼神波澜不起："苍南，你来了。"

"属下来晚了。"御苍南看到唐天道的圆脸竟瘦出了棱角，有些心酸。

两人谈了一会儿，御苍南得知了事情缘由。

唐天道武功虽高，却没想到信赖的养子竟会偷袭他，一个不慎便中计被关入地牢。

白小惜虽然知情，但慕容月辰以唐天道的性命相逼，她不敢透露真相。慕容月辰在她的饭菜中掺了迷药，让她筋骨酸软，内力暂失。他念在白小惜生性善良一直很照顾他，倒也没做出太恶劣的事情，只是换了她的丫鬟，将她软禁于琼华苑里，并命她见了唐俏俏就说唐天道有事离宫远行。唐俏俏也是心大，根本没怀疑，只想趁爹不在到处搞事情。

两人交谈结束，御苍南将烛台放在地上，取出一根铁丝捣鼓几下，帮唐天道撬开了锁链。

唐俏俏吃完半只烧鸡，看到御苍南的好身手，竖起了大拇指："怪不得你突然失踪，敢情去学手艺了。"

御苍南瞪她一眼。这丫头会不会说话？刚营造出的温情就这样被她打碎了！

偏偏她还没察觉他的怒气值正在飙升，舔了舔油腻的手指头，凑过来啧啧赞叹："手艺真不错。将来我做采花盗，你做我的开锁匠。咱们'姐妹'同心，其利断金……"

她还没说完，御苍南狠狠地捏住她的脸。

"烧鸡给我吐出来！"

在御苍南的帮助下，三人顺利逃离地牢。

他们避开巡逻的侍卫，来到慕容月辰的别院。

夜色覆于大地，院中漆黑静默，慕容月辰的房间却还亮着灯。

虽然门口有彪形大汉守着，但他们三人皆是一流高手，根本没把这种头脑简单四肢发达的守卫放在眼里。他们神不知鬼不觉便跃上屋顶，掀开瓦片朝屋里偷看。

这一看，唐俏俏的视线就无法移开了！

杨如意正在为慕容月辰宽衣。

孤男寡女共处一室，干柴烈火绝对有戏！

唐俏俏按捺着激动的心情，想在爹和御苍南面前假装冷静。

但御苍南轻易便看出她的心事，竟伸手捂住了她的眼睛。

唐俏俏面前漆黑一片，气急攻心，直接上嘴就咬了御苍南一口！他的呼吸明显重了一下，但他坚持没有放手，在她耳边压低声音说："偷看别人会长针眼的。"

你难道没看吗，伪君子！

唐俏俏的牙抵在御苍南胳膊上，又狠狠咬下去。

屋内二人并没有察觉到危险，当然他们也没有做坏事的打算。

杨如意将慕容月辰的外衫叠好放在一旁，柔声道："奴婢告退……"

慕容月辰却伸手抚摸她的额头："怎么受伤了？"

杨如意心一惊，仿佛一阵暖流从慕容月辰指尖涌了进来，填满她心田。她脸颊发烫，知道自己的脸一定红透了，连忙低下头：“走路时不小心撞到了，公子莫要担心。”

慕容月辰轻笑道：“你呀，总是这般迷糊，以后走路可要当心点。”

杨如意声音更轻了：“奴婢知道了。”

“不是说了吗，你在我面前无须自称奴婢。”

“奴……如意知道了……”

“还好有你在，”慕容月辰望着她，“如意，我能信任的，也只有你了。”

等了这么久，杨如意就是想听这样一句话，她的眼睛竟有些湿了。

她不敢奢求其他，只要自己对慕容公子是有用的，她就心满意足了。

“公子，接下来你要怎么做呢？会杀了唐天道吗？”

“当然。”慕容月辰不假思索，“我要提着他的人头去见我爹娘。”尽管说着狠毒的话，他的语气却风轻云淡，温雅似玉的俊颜甚至还带着笑容，这让他给人一种心惊胆战的反差。

“可是唐姑娘怎么办？”杨如意问。

沉默了一下，慕容月辰轻轻松松说道：“若我留她一条命，她定会为了父亲的死与我拼命。唐俏俏武功高强，是我最大的威胁，斩草除根这个道理你应该明白吧。”

听到这话，唐俏俏的心瞬间碎成豆腐渣。

好你个慕容月辰，竟想对我斩草除根？

想想是谁为了不伤害你的自尊心，强撑着吃下你做的黑暗料理；是谁带你去青楼长见识；是谁给你买花裙子威逼利诱你穿下……

等等！后半段画风不对……

唐俏俏掰开御苍南的手，愤怒叫嚣：“我要下去教训那个没良心的男人！”

御苍南连忙阻止："你别乱来！"

然而来不及了，慕容月辰已经听到了屋顶上的争吵，同一时间，唐俏俏也跳了下去，一脚踹开窗户发出巨响。她的力道太大，木窗甚至被她踢裂了。

侍卫以为有刺客，冲进来却见教主站在屋里，表情好似要杀人。

"滚出去，"她环视众人，"没我的命令谁也不许进来！"

众人吓得一哆嗦，也不知教主为何双眼通红如猛兽，连忙退了出去。

慕容月辰惊讶地看着唐俏俏，她何时行动自如了？但他很快便明白是怎么一回事，望向杨如意，墨眸染上寒意："你把解药给唐俏俏了？"

杨如意"扑通"一声跪在地上，浑身颤抖，却未开口否认。

唐俏俏挡在杨如意身前："此事与她无关，你别为难她。"

慕容月辰幽幽叹了口气："不过一个叛徒罢了，我怎会为难她。"

杨如意心中痛极，就算公子打她骂她，也比这般冷漠要好。

"公子，如意没有背叛您。那日我见唐姑娘奄奄一息，怕她出事，才将解药喂给她。我知道公子口硬心软，若是唐姑娘有个三长两短，公子心里肯定不好受……

"我何时让你帮我做决定了？"慕容月辰冷冰冰地打断她。

杨如意不敢说话，抖得更厉害了。

"我在七步断肠散中加了别的药物缓和毒性，就算她走了百步也不会死，顶多双腿瘫软无力，休息几日便好了。你却偏要多管闲事，毁我计划。当初我就不该救你！"

当初，我就不该救你！

..第二节..

杨如意如遭雷击，满心悔恨绝望，不住地磕头求慕容月辰开恩。

唐俏俏十分不忍，拉住杨如意扶她起来。此时御苍南和唐天道也来了，御苍南依旧是面无表情，唐天道虽然面色冷酷，手中的短刃却早已出鞘，弥漫凛冽杀气。

“都来了？”

慕容月辰淡然一笑，仿佛闲话家常一般轻松悠闲。

唐天道顿时谨慎起来，明白慕容月辰肯定还有撒手锏。

“来了就好，省得我动手了，”慕容月辰将匕首丢在地上，“自己了断吧。”

唐天道气得发抖。慕容月辰是活腻了吗，居然把武器扔他面前！这小子虽然阴险毒辣，但他武功尽废，交起手来毫无威胁。唐天道就势捡起匕首，正要动手，却见慕容月辰笑道：“尊夫人中了我的毒，日日都需服下解药。若我死了，一个时辰后她也会没命。”

唐天道僵在那里。

怪不得慕容月辰半点不慌，他早有准备！

“你真是蛇蝎心肠！”唐天道咬牙切齿。

慕容月辰笑了笑：“是您教导有方。”

唐天道望着他，许久。

夜风狂肆，吹开了门窗，屋外是一片深不可测的寂静。

唐天道的视线忽然转向门外，朗声道：“北斗兄，好久不见。”

慕容月辰一惊，视线随他看过去，但只看到一片无边夜色。

短暂的惊慌过后，慕容月辰的表情恢复平静。他依旧素衣飘然，温雅和煦，只是那双桃花般狭长的眸子，掠过些许阴沉。

“你以为这样唬得住我吗？杀了你以后，我自会去北斗山庄寻我爹娘。”

他话音刚落，突然有人自夜色中出现。

那是一个穿着深蓝锦衣的中年男人，虽然五官与慕容月辰有几分相似，浑身的气势却天差地别。他大步走来，直接走向慕容月辰，二话没说，甩给他一个巴掌。

慕容月辰捂着脸，这一巴掌太大力，他什么都听不清了，只觉耳朵嗡嗡作响。

但他没有躲避，没有反抗，因为他知道来者正是他的亲生父亲——慕容北斗！

慕容月辰悄悄去过北斗山庄几次，但他不敢进去，只是远远望着。他暗想等一切结束，他会去北斗山庄拜见爹娘，却没想到，初次见面竟是在这种情况下。

可这到底是怎么一回事？明明是他为父报仇，为何父亲会勃然大怒？

柳英英跟在身后，怕夫君伤到儿子，忙说：“北斗，你干什么？不是说好不动手的吗？”

“这个孽子！”慕容北斗气得双肩发抖，“这些年来，天道兄背负着巨大的误解，辛苦抚养他长大，他竟恩将仇报。若是我们来晚一步，说不定要后悔终生。”

慕容月辰惊讶地看着父亲。

“什么？什么误解……”他嗓音干哑，脸色越发苍白。

说出这话的同时，他已经意识到了什么。

慕容北斗怒气未消，柳英英在一旁说道：“唐叔叔与你爹是结拜兄弟，当年我们自愿将你托付给他。”顿了顿，她改口，“不！不是自愿托付，是我们恳求他收养你……”

“所以，是遗弃吗？”慕容月辰声音轻飘，原来他的仇恨如此可笑。

“月辰，你我母子连心，我怎会狠心遗弃你？”柳英英拉住儿子的手，她眼中含泪，说话时微有哽咽，“是你中了毒，只有白教主能解毒，我们实在没别的办法了。”

慕容月辰想到前任教主白阿萌的绝世医术，隐约明白了。

他抿着唇，面色惨然。

唐天道站在一旁，低声说出了埋葬多年的往事。

当年他脱离唐门，娶了魔教教主的女儿白小惜，成为武林公敌，慕容北斗是唯一支持他并且帮助他的人。但他知道自己绝不能连累他的兄弟，回到魔宫后，他再也没有去找慕容北斗。可是有一日，慕容北斗突然抱着襁褓中的孩子来找他，求他施救。

没错，那个孩子就是慕容月辰。

慕容月辰中了一种极其阴邪的剧毒，若非白阿萌出手，活不过三岁。

但想彻底解毒，必须长期住在魔宫，日日灌药，活下来的希望不足五成。

慕容北斗信任唐天道,将孩子托付于他,承诺不管孩子生死,都不会怨恨他。但此事若被各大门派得知，北斗山庄必会受到牵连。唐天道与他演了一出戏，当众掳走慕容月辰。

这些年来，他们表面视若仇敌，彼此默契地保守着这个秘密。

所有罪责都被推在了唐天道头上，天下人全当他是杀人如麻的魔头……

说到这里，慕容北斗再也按捺不住情绪，竟红着眼想要跪下谢罪。

“我欠了天道兄太多太多，就算死一万遍也无法弥补……”

唐天道连忙扶住他：“咱们这么多年交情，我还会与你计较这些？只恨我能力不强，解了你儿子的毒，却让他再也无法练武。他原本该与你一样，是个天下少有的武学奇才……我只能尽其所能教他药理，还好他天资聪颖，制毒很有一手……”

慕容月辰低头望着自己摊开的手。

他的手指凝白细腻，没有练武的厚茧。

他是个废人……

至少在今天之前，他都是这样认为的。

却没想到，唐天道竟是他的救命恩人。

他到底，做了些什么啊……

慕容月辰转动床头的木质开关，墙上一面装饰的折扇突然移开，露出暗格，他从中取出一个拳头大小的檀木盒，递给了唐天道："这里是解药。白夫人服下便性命无忧……"

唐天道接过解药，将慕容月辰的匕首放在一旁。

却不料，慕容月辰突然拿起匕首，将锋利的刀刃抵在自己脖子上。

众人大惊！

柳英英急得扑来想夺他匕首："月辰，你要做什么？"

慕容月辰退后几步避开："孩儿犯下大错，没脸面对爹娘。生育之恩来世再报吧。"

慕容北斗怒急攻心，呵斥道："男子汉大丈夫，生死怎能儿戏？"

柳英英也说："放下刀，好好给你唐叔叔认个错，随爹娘回去。"

慕容月辰沉默不语，眼神微有些恍惚。

他想起自己对妹妹设下的阴谋……

他害岳清河陷入危机，让妹妹的身份被拆穿，他做了那么多坏事，并非三言两语就能补救。况且此后他要如何面对爹娘？又如何面对抚养他长大的唐天道与白小惜？

有些事，一步错，步步错。就算以死谢罪，也不能将错误抚平。

趁慕容月辰走神，杨如意冲过来，抓住他手里的刀。

鲜血从她的指间渗出，慕容月辰眼中掠过惊慌："如意，放手！"

杨如意哭着摇头："慕容公子，你别乱来，你若出了事，如意该怎么办？"

她太害怕失去他，怕到整颗心都乱了。

慕容月辰却依然不肯放下手中的刀，面色凶狠地对着如意：“你听不见吗，我叫你放手！”

情急之下，悲痛之间，杨如意哭着说出自己的心中隐藏了多年的秘密。

“我喜欢你，从第一眼看见你，就喜欢你了……慕容公子是这世上最温柔的人，再没有人像你一样好……我知道我配不上你，只要有这份喜欢的心情陪伴，就足够了……公子让我接近御苍南，我拒绝，不是我不听话，我只是不愿去喜欢别人……就算只是做戏，我都没有办法。我心里只有公子一人，永不会背叛……公子，求你放下刀，好吗？如果你死了，如意，也绝不独活……呜呜呜……”

她说了很多很多话，平时不敢说，也曾以为这辈子都不会说，如今却统统说了出来。

她太担心、太害怕，她知道慕容月辰心中的仇恨有多深，分毫之失，他都有可能冲动做出傻事。她不能眼睁睁看着一切发生，慕容公子是她的唯一，是支撑她活下去的希望啊。那些深存在她心中的爱，若是再藏下去，便会如腐朽的树木，永生不见天日。

慕容月辰神色复杂地望着杨如意。

这些年来，他活在仇恨中，仿佛被浓雾遮了眼，连眼中看到的世界都是阴暗一片。

他从未想过，这世上竟有人用真心待他，这个女人日日陪在他的身边，他利用她，却从来没有好好看过她一眼……

慕容月辰慢慢松开匕首，将满手是血的杨如意揽入怀中。

他的动作轻且温柔，仿佛怀中拥着的，是久寻终获的珍宝。

“别哭了，如意。我答应你，我不会做傻事。”

杨如意惊呆了，她连梦中都不敢奢望，能与他如此靠近……

慕容公子的胸膛宽厚温暖，她能感觉到他的心跳声，深沉有力。

杨如意想说些什么，但她哭得失声，再也说不出话来，只能发出呜咽的抽泣声。

慕容月辰眼中的仇恨慢慢退去，取而代之的是掩饰不住的怜惜，他小心翼翼地握住杨如意的手。

“你也是，夺我的刀做什么。万一刀上有毒怎么办？”

“呜呜呜呜……”激动的哭声。

“你的手伤成这样，什么都做不了了。”

“呜呜呜呜……”幸福的哭声。

“这段时间，我来做你的手，可好？”

“嗯嗯嗯嗯……”感动的哭声。

慕容月辰拭去她眼角的泪珠，轻叹一声：“别哭了，眼睛肿了就不好看了。”

他朝她微微一笑，竟似百花齐放，俊美难言。

杨如意的心跳更快了，脸颊漫上红云，她连忙低下头，竟不敢多看他一眼。

他是她憧憬崇拜的慕容公子，是她朝思暮想又遥不可及的光。她不怕为他死，她怕的仅仅是失去被他利用的价值。或许这样说很可笑，但没人明白，他在她心中的意义……

..第三节..

唐俏俏一脸蒙。

这没良心男人的批斗大会，怎么突然变成了虐狗现场？转变有点快啊！

唐天道却没多说什么，拿了解药就去找自己心爱的夫人。而慕容北斗也在妻子劝说下，渐渐平息了怒火。虽然儿子做得不对，但这件事的错并不在他……

等唐天道带着白小惜过来，几位久别重逢的好友聊了起来。

慕容月辰走向唐俏俏，轻声道：“俏俏，对不起……”

唐俏俏的气还没消，但现在不是生气的时候：“岳盟主安全吗？”

慕容月辰说：“他被关在了沧明山庄。”

唐俏俏一听就急了：“我现在就去救他！”

御苍南连忙拉住她：“你疯了！岳清河是武林盟主，你去见他等于狼入虎口！”

唐俏俏挣脱不开，声音拔高：“武林盟主又怎样，我相信他对我没有恶意。如今他被抓走，生死不知。岳廷川那么爱面子，要是大义灭亲怎么办？我必须立刻赶去沧明山庄，迟了就来不及了！御苍南，你敢拦我，我咬死你！”

“武林盟主”“岳廷川”“沧明山庄”这些关键词打断了唐天道的思绪，他扭头望着女儿，瞪大双眼：“俏俏，你们在说什么？你……跟岳廷川的儿子？”

唐俏俏被她爹的语气吓住了。

是错觉吗，为何爹激动中还带着一丝小愤怒？

待她将事情告诉唐天道后，唐天道坚持不许她去沧明山庄救人。

“为什么啊？”唐俏俏不理解。

“那种人不值得你冒险。”

“哪种人？爹，你都没见过岳盟主，不要这么武断啊！”

“就凭他是岳廷川的儿子，爹就知道，他绝不是值得托付的人！”

这都什么跟什么啊！爹什么时候变成封建老头子了？

但唐俏俏细想，又察觉出不对劲。

“爹，你认识岳廷川吗？”

“老相识了！”唐天道语气不善。

唐俏俏想起岳家和唐家都曾是赫赫有名的武林四大世家，难道两家发生过什么？爹平时最开明了，绝不会无缘无故棒打鸳鸯。而且娘的表情也很奇怪。竟没有帮女儿说话。

“到底发生了什么？为什么我不可以去找岳清河？”唐俏俏看了看爹，又看了看娘，心里堵得慌，眼中隐隐浮起泪光。

最终是柳英英拉住唐俏俏，告诉了她真相。

原来唐天道曾有两位结拜兄弟，一个是慕容北斗，另一个就是岳廷川了。

唐天道长着一张忠厚老实脸，实则八面玲珑，人缘极佳，武功也极为高深。当初所有人都推选他做武林盟主，但他闲云野鹤惯了，不愿受约束，便将盟主之位让给同样实力不俗的岳廷川。

后来他们两人偶遇白小惜，那时白小惜被人追杀，身受重伤，岳廷川带她回到沧明山庄。相处中，两兄弟都对她动了心。但白小惜喜欢的不是高大英俊的岳廷川，而是幽默风趣的唐天道。岳廷川恳请唐天道将白小惜让给他，但这一次，唐天道没有答应。

后来的事情，大家都猜到了。

白小惜是魔教教主白阿萌之女，唐天道依旧坚定地保护她，岳廷川却将此事告知华山派掌门，导致唐天道与白小惜被正道追杀。为了和心爱的人在一起，唐天道便入了魔教，从此与所谓的正道势不两立。

一切都是因岳廷川而起。

唐俏俏双腿瘫软，差点跌坐在地上。

还以为只要岳清河下定决心，她点点头便能与他在一起。却没想到，唐家与岳家竟有如此仇怨，爹绝对不会让她再接近岳清河。

“岳廷川的错，不该让岳清河承担呀……”唐俏俏仍不死心。

她武功虽高，却不及唐天道，很快便被绑了起来。

“为父心意已决，你不必多说！虎毒不食子，岳廷川应该不会对亲生儿子下毒手。不过以他的为人，就算真的下毒手，也并非意料之外。呵呵呵呵！”说起岳廷川，唐天道每句话都是讽刺。

“俏俏，你是爹的宝贝女儿，你看上谁，爹都会全力支持，唯独岳清河，你们绝对不能在一起！再说他如今失势，恐怕也活不了多久了。你在外面浪了这么久，也该收收心。这段日子你先在静室里闭门练功，等岳清河死了，爹会放你出来的。”

唐俏俏惊呆了，她不能就这样眼睁睁看着岳清河死，若他死了，她活着还有什么意义？

她拼命挣扎，绳子嵌进肉里，勒出一条条血痕，却只是从爹的手上挣扎到了御苍南手上。

“苍南，你把俏俏关起来。安排人手看牢她。”唐天道冷酷地叮嘱。

岳清河被吊在沧明山庄大门外，浑身满是凌乱染血的鞭痕。

他垂着头，长发散落下来，若不是胸口还有着微弱起伏，真如死了一般。

岳廷川率人埋伏在隐暗处，以为魔宫会有人来救岳清河，不料一连十几天都没有动静。他灰头土脸地躲在一只木桶里，越想越气，忍不住骂出声：“那个妖女果然无情！”

欧阳竹躲在另一只木桶里，在木头上挖了个洞与岳廷川交谈。

“死心吧，魔教的女人都一样狡猾薄情，你忘了白小惜吗？”

木桶晃了一下，欧阳竹看不到岳廷川的表情，心想他一定正在暴怒边缘，继续说：“当初那个女人为了接近你，扮作单纯小丫鬟，跟唐俏俏的套路一模一样！你对她动了心，她却跟你的结拜兄弟私奔，掀起轩然大波，这是折磨你一生的噩梦，难道你都忘了吗？”

岳廷川的眉毛抽了抽。

怎么说呢，其实白小惜没有错……

是他单相思，尽管很喜欢白小惜，他却始终不敢踏出那一步。

没想到白小惜竟会爱上颜值一般的唐天道，此事已经对岳廷川造成了重击，又发现她竟然是魔教的人，这简直是双重打击，传出去还得了？他的一世英名就要被毁了！

为了面子，岳廷川含糊地暗示，是白小惜主动接近他，后又出卖他……

这事传出去更不得了！所有人都以为唐天道给岳廷川戴了一顶亮闪闪的绿帽。

欧阳竹屈指敲了敲木桶，不耐烦地说："岳庄主，唐俏俏不会来了，撤了伏兵，让大家回去喝口热汤吧。至于你儿子，他的态度你也看见了，他被妖女迷了心窍，救不回来了！"

欧阳竹想起岳清河给他女儿造成的伤害，心生怨恨，语气冷下来："这种不忠不孝之人，留在世上也是祸害，干脆杀了吧！"

岳廷川虎躯一震！

说得轻巧，这是我儿子，不是你儿子！养了这些年你说杀就杀？

他怒目瞪向欧阳竹，可惜木桶遮住了他的脸，对方看不到他狰狞的表情。

"你要是不忍下手，我可以帮你。"欧阳竹站起身，跨过木桶，拔出腰间长剑，气势汹汹地走向岳清河。

"等等！"岳廷川连忙拦住他，"再给清河最后一次机会……"

欧阳竹看了他一眼，收回剑，口中虽然答应了，神色却隐含轻蔑。

岳廷川用水泼醒了儿子。此时正值寒冬，冰水浇湿衣衫，风一吹冰寒刺骨。

岳清河缓缓醒过来，脸色唇色皆苍白，虚弱至极。

岳廷川不愿让别人以为自己偏袒儿子，所以对岳清河更为严厉，将他吊在这里十几天，每日只灌他一碗冷粥。大家看到岳清河被折磨得遍体鳞伤，都在想他是岳廷川的亲生儿子吗……

“那个妖女不会来了，她心里根本没有你！”岳廷川一声怒喝，撼动枯树枝丫，惊起几只鸟。

岳清河抬了抬眼皮，望着面前的父亲，竟欣慰笑道：“那就好……”

岳廷川气得发抖，甩过去一个耳光：“那妖女给你灌了什么迷魂汤？让你对她死心塌地！老子生你、养你，辛苦将你培养成人才，你却为了一个女人自寻死路，真后悔养你这么大！你若一意孤行，咱们就断绝父子关系，从此以后老子再也不用罩着你这废物了！”

岳清河的头被打得偏到了一旁，他舔了舔嘴角的血，不怒反笑：“父子？你当过我是你儿子吗？你只把我当作炫耀的器物！”

岳廷川脸色铁青：“你有什么值得拿来炫耀的？资质平平！论天赋论努力，论相貌论才华，论所有的一切，你都比不过张三李四王阿狗家的孩子！”

岳清河黑眸冰冷地盯着他：“你总说别人家的孩子有多优秀，我对你来说就是废物。既然我这么差劲，你何必要对我抱希望？不如就当我是个废物，不要管我死活！”

岳廷川胸口仿佛被刺了一刀，气得说不出话来。

岳清河竟还变本加厉：“在你们眼里，唐俏俏是魔教妖女，她什么都不好。在我眼里，她聪明、开朗、善良什么都好。她就是我所仰望的那个人。我不会放弃她，更不会出卖她！”

岳廷川恼羞成怒：“你真是疯了！混账东西！我一定要亲手杀了那个妖女！”

岳清河迎着父亲滔天的怒火，不给他半点面子：“要杀她，除非从我尸骨上踏过去！”

这不孝子竟敢当众忤逆他！岳廷川气到丧失理智，恨不得立刻将儿子就地正法！

却听到身后有人拍手叫好：“呵呵呵呵，是条好汉！”

回过头，岳廷川看到身后站着一个戴面具的男人，那面具虽然是张鬼脸，却有着令人毛骨悚然的笑容。岳廷川立刻明白，来者正是“笑面阎罗”！

而唐俏俏也站在后面，看起来憔悴瘦弱了许多，被御苍南扶着。

岳廷川又惊又喜，真没想到他竟钓出了一条大鱼，若能活捉唐俏俏和“笑面阎罗”两人，他在欧阳竹面前就更威风了，将来在江湖上也好吹牛，让他的光辉事迹流传千古！

岳廷川扬起手，埋伏在暗处的伏兵全都冲了过来，将几人团团围住。

但“笑面阎罗”不慌不忙，哈哈大笑道：“廷川，你还是和以前一样，高大威猛，风流倜傥，只可惜武功没有进步，竟连身后的脚步声都没听见。”

岳廷川僵立在原地。

他嘴唇颤抖，那声“大哥”卡在喉咙。

他不会听错的！

面前站着的，就是他的结拜大哥唐天道！

..第四节..

唐天道以轻功飞向岳清河，三两下便解开绳索，将他扔进女儿怀里。

他的武功高深莫测，围攻他的侍卫甚至没看清他的动作，岳清河已经被救了。

待大家反应过来，纷纷持剑上前，与唐天道打斗起来。

御苍南臭着脸守在唐俏俏身边，保护她……和岳清河。

唐俏俏声音哽咽，眼中泪光闪闪：“盟主，我来晚了……”

岳清河强撑着想站起来，但他的伤太重，只能虚弱地躺在她怀里，稍一动弹便牵连浑身的伤。他苦笑道：“傻瓜，你来做什么……我宁愿你别来……这里很危险……”

“那怎么行，”唐俏俏摇头，“你要是死了，我会后悔一辈子的！”

她的眼泪一滴滴落下，落在他身上，每一滴都让岳清河心痛。

他想看到她，可是真当她出现在他面前，他又怕得要死。他的命不值一提，反正他是爹眼中的废物。可唐俏俏不一样，她比他优秀，命也比他值钱，何必要来冒险……

岳清河缓缓抬起手，拭去唐俏俏眼角的泪。她的泪冰凉，让他触及心伤。

“你怎么……瘦了这么多？”

唐俏俏反问：“怎么，我瘦了你就不喜欢我了？”

岳清河连忙否认：“当然不是。我喜欢你，只要是你，不管美丑胖瘦都喜欢。”

“这还差不多。”唐俏俏将头埋在他胸口，长发披散下来，遮住了她的表情。

御苍南瞥了她一眼。

这些天唐俏俏不吃不喝，瘦了一大圈，再这样下去随时会羽化登仙！

老教主爱女心切，只好带她来沧明山庄救人。本来只是走个形式，谁料竟听见岳清河对唐俏俏爱的表白，不用说，老教主肯定对岳清河改观了！

想到这里，御苍南气不打一处来，一把金针撒出去，又刺伤了若干人。

唐天道越战越勇，一连打伤数十人。不过岳廷川是故意放水吧？不但没打着他，还绊倒了几个自己的手下。唐天道摸不准岳廷川的意图，他慢慢退到女儿身边，想找个机会带他们逃离，突然，一阵烟雾炸开！一时之间眼前全是浓雾，他什么都看不清了。

耳边传来熟悉的声音：“大哥，快随我来！”

这是……

岳廷川的声音？

唐天道有些迟疑，岳廷川又喊了一声：“大哥！”

就这句大哥，让唐天道决定信他一次！

三人跟着岳廷川逃到假山后一处密道，密道中漆黑一片，仅以墙上夜明珠发出的幽暗光芒照亮前路。唐天道并未彻底松懈下来，长剑依旧紧握在手中，但岳廷川身上并无杀气。

沉默着走了一会儿，岳廷川开口问道：“唐俏俏是你的女儿吧？”

唐天道点头：“小女顽劣，让岳庄主费心了。”

岳廷川呵呵笑道：“不费心！不费心！俏俏聪颖伶俐，很讨人喜欢。”

唐俏俏跟在后面听他们尬聊，自己也觉得十分尴尬。刚才是谁说要亲手杀了她这妖女？

唐天道将长剑插入剑鞘，道：“你儿子也不错啊，重情重义、刚强不屈，我看你这么嫌弃他，不如让他入赘我魔宫，做我的上门女婿。我可不嫌弃他。”

“那怎么行！”岳廷川脱口而出。

“怎么不行，”唐天道看他一眼，“反正你都要跟他断绝父子关系了。”

岳廷川挠挠头，讪笑道：“我那是一时气话……”顿了顿，他又充满讨好地说，“但既然大哥喜欢，大哥想怎么做就怎么做，入赘什么的完全没问题！”

唐天道的脚步突然停了。

唐俏俏差点撞在他后背上。

唐天道扭头望着岳廷川，不解地问：“廷川，我以为你恨我入骨，再见面时一定会与我拼命，我特意找最好的工匠做了张面具戴在脸上，生怕咱俩狭路相逢会打起来。我这人下手没有轻重，万一打伤了你就不好办了。可你怎么是这种态度，我很不习惯。”

岳廷川的脸红了，还好密道里光线阴暗，彼此看不清对方的脸。

“你是我大哥，我怎么会恨你入骨呢，没有的事……”

“可是很多人说我抢了你媳妇。”

“一群闲人道听途说罢了。”

“但最初说这话的，不就是你本人吗？”

“……”

岳廷川的脸更烫了，苦着脸说：“大哥，当年的事情都怨我。我暗恋小惜不敢说，谁知道她竟喜欢上你。我承认我是个肤浅的人，觉得你比我胖还没我帅，配不上小惜。”

唐天道脖子上的青筋跳了几下。

这家伙说的话，他怎么就这么不爱听呢？

但岳廷川的语气十分真诚，说到动情处甚至有些哽咽：“是我年轻冲动，将小惜的下落透露给了武当派宋掌门，他嘴上说开导我，灌醉我以后带人去捉拿小惜。我也是醒来以后才知道大事不妙。我立刻追过去，却发现你跟小惜逃走了，我连句道歉都没来得及说。大哥，我对不住你。欧阳竹那厮总调侃我，说我比你高大帅气，泡妞竟然输给你。因为他说的是实话，所以我更受不了，一时头脑发热就说了谎，丑化了你，美化了我自己。虽然当时很爽，但爽完以后，我又沉浸在了无边的悔恨中。大哥，我心里苦哇！”

岳廷川越说越悲伤，一把鼻涕一把泪地哭起来。

唐天道很郁闷，按理说他应该安慰岳廷川的，可这话谁听了高兴？

等岳廷川控制了情绪，唐天道拍了拍他的肩膀：“呵呵！”

岳廷川抽泣两声：“谢谢大哥理解！”

唐天道：“……”

大家继续往前走，密道十分曲折，内有许多机关，走了很久他们才走到出口。

唐天道凝神观察，发现确实没有伏兵，这才对岳廷川放下警惕。

唐天道说："你的儿子，我带走了！"

岳廷川态度殷勤："大哥一路好走！"

唐天道无语，他这些年没见岳廷川，完全不知道岳廷川的心理状态是怎样的。

他看了岳清河一眼，即使已经做了决定，他仍要征求下他的意见："小子，既然我救了你，别人便会以为你与魔教勾结。你再也没办法回去做你的武林盟主了，你有意见吗？"

岳清河看了唐俏俏一眼，眼中有种柔软的光。

"这是最好的结果，晚辈没有意见。"

看来这小子是真心对俏俏，唐天道心中欣慰，大笑道："好！你比你爹光明磊落多了！"

岳廷川老脸一红，背过身去，心中有愧。

虽然他对儿子严厉，但他并非冷血，他只是对儿子报以太大希望，恨铁不成钢罢了。

每次和旧友闲聊时，大家都会将自己的儿女夸成三头六臂的神童，岳廷川信以为真。凭啥别人的孩子一岁能背诗，五岁便打通任督二脉，十岁就成了高手榜上顶尖人物。他越看自己的儿子越觉得普通。后来儿子和欧阳翠花一战后，他才明白，敢情大家都在吹牛逼啊！

临走时，岳清河对着岳廷川的背影，轻声说了句："爹，保重。"

岳廷川摆了摆手，什么也没说。

直到身后的脚步声消失很久很久，岳廷川才抹了抹眼角。

沧明山庄出动大半侍卫也没抓住"笑面阎罗"，还让岳清河逃了出去，此事成了江湖上一大笑柄。八大门派所有美男又过上了提心吊胆的日子，生怕长腿采花贼再写新书抹黑他们。他们本想再去魔宫打上一架，可是想起幻影八卦阵，众人心有余悸，一时没能下定决心。

但无论如何，气势上不能输！

于是八大门派广发追杀令：如能生擒唐俏俏和岳清河，重赏！

大街小巷挂满了他们二人的画像。诸位美男不甘心被唐俏俏欺辱，如今找到报复机会，自然不会心软，便将她画成小眼大嘴满脸麻子的矮胖丑女，跟她本人完全不像！鬼才能根据画像找到她嘞！

唐俏俏的脑残粉并不认为画像上的丑女就是长腿女侠，她们扛着横幅抗议示威。画像贴上一张，她们就撕下一张。魔教与正道的恩怨，成了平民百姓与正道门派的斗争。

寒冬终于过去。

春暖花开。

魔宫中处处都是怒放的桃花，花瓣飘飘扬扬，遍地清香。

唐俏俏坐在铜镜前，捧着一张苦瓜脸问岳清河："我是不是胖了？"

岳清河摸了摸她的头发："别担心，你胖了也很好看。"

话音刚落，他突然从镜子里看到唐俏俏眉毛一挑，强烈的求生欲让他又补了一句："可惜你根本就不胖！"

唐俏俏回眸一笑，眸如弯月，清甜俏丽。

"清河，从武林盟主变成魔教教主的上门夫君，你真的甘心吗？"

"当然，"岳清河俯身，在唐俏俏耳畔印下轻吻，他气息轻柔，撩动她耳边碎发，"名利地位对我来说不重要。俏俏，我只要有你就好。无论天涯海角，我都愿意追随……"

虚掩的门被轻轻合上。

御苍南站在门外，捏碎了一根桃树枝。

这两人还没成亲，每天就腻歪成这个样子，魔宫里到处是恋爱的酸臭味！

说起来，他才是最悲惨的！

明明喜欢唐俏俏喜欢得那么明显，她却硬是没看出来！好不容易鼓起勇气表白，又被杨如意毁了！最后杨如意坦白自己爱的是慕容月辰，他只是个炮灰。他被唐俏俏误会了，唐俏俏却一句道歉都没有，就知道跟岳清河秀恩爱，还有没有天理？有没有王法？

御苍南在心中呐喊！

他越想越气，斗志被完全激发了出来！

御苍南回到屋里，取出纸笔，在白纸上写下书名《绝情盟主的下堂妻》……

内容是长腿女侠成亲后并不幸福，被花心盟主抛弃，还好她遇到了魔教教主御苍南……

此书一经发售，红得发紫，化名“玉面妖娆俏公子”的御苍南成了继“长腿妖艳采花贼”之后的第二大江湖才子。这是后话不提。而唐俏俏正在提刀赶来的路上。

京城中开了家创意餐厅，名曰：月意食肆。

正是慕容月辰和杨如意的名字中取了一字而成，从内到外都散发着虐心的狗粮味。

唐俏俏拿着特制金卡，战战兢兢来到门口。虽然她闻到了饭菜香味，也看到了络绎不绝的食客，但她仍然不敢掉以轻心。哥哥本性善良，为何突然要开店？毒死人怎么办？

唐俏俏左顾右盼，以为食肆旁一定有医院和药铺，结果只有一排客栈，她更忐忑了。

店小二见唐俏俏手中握着一块厚如砖头的金卡，立刻猜出她身份不简单！这可是终身免费的顶级金卡，能带朋友一同来享受，将这里当自助餐厅，天天吃到扶墙出都没关系！

小二换上十二分殷勤的表情，就差跪着迎接她了：“贵宾楼上请！”

唐俏俏上了楼，坐在雅座。周遭嘈杂，许多食客喝酒笑谈，生意好得离谱。

他们吃了慕容月辰做的饭，居然没有上吐下泻，这不合理啊。

莫非，大厨另有其人？

一排美人儿端出招牌美食放在桌上，唐俏俏一看就知道是哥哥做的！实在是太精美了，简直是鲁班在世！雕工鬼斧神工！这白萝卜怎么就能雕成豪华宫殿？这嫩豆腐怎么能雕成纤毫毕现的蝴蝶？这里是卖饭的还是卖艺术品？价钱这么贵，生意还这么好？这合适吗？

唐俏俏不敢吃。

她怕自己脆弱的小鸟胃承受不住……

可听到身边食客的啧啧夸赞，唐俏俏又忍不住好奇。

杨如意听说唐俏俏来了，连忙从后厨过来找她，见她半晌不敢动筷子，她“扑哧”一声笑了。

她在唐俏俏身边坐下，柔声问：“俏俏，你怎么一个人来啦，岳清河呢？”

唐俏俏没敢说她怕岳清河被毒死，约他晚一点儿过来，她自己先来试菜。

她眼神闪躲望向窗外，呵呵干笑：“他去给我买糖葫芦了，随后就来。我先过来点菜……”

杨如意满怀期待地望着她：“那你快尝尝啊，这几道菜卖得最好了。”

唐俏俏硬着头皮，用筷子夹了一根翠绿的青菜放进嘴里。她已经做好了最坏的打算，大不了就是腹痛不止呗，她以前又不是没尝试过，反正她常年练武，身子没那么差……

万万没想到！

这根平平无奇的青菜竟好吃到让她差点飙脏话！

一根青菜而已，为什么做得比肉还好吃啊？这不是浪费吗！

杨如意忽然惊慌失措：“俏俏，你哭什么？”

“没什么，我只是没想到会这么好吃，真是太励志了……”

唐俏俏抹了一把泪，端起盘子将一整盘菜都倒进了嘴里，腮帮子鼓得像小松鼠。

“你吓死我了，”杨如意拍拍胸口，眼中有着柔软笑意，“这些菜都是你哥哥的创意，我只是帮他稍作改良，没想到反响这么好。慕容公子真是天生的食神大厨。”

这就是传说中的情人眼里出西施吧……

明明都是杨如意的功劳，她眼里却全是对慕容月辰的憧憬崇拜。

唐俏俏用帕子擦了擦嘴角的油：“你们这叫互补，所以我说，你们果然是天生一对！”她可不是在拍马屁，在她心里确实是这样想的。绝对是杨如意拯救了哥哥！这是宿命啊！

杨如意的脸红了，这般倾国倾城的绝色佳人，害起羞来真是太有杀伤力了！

周围的食客都被她迷住了，大家饭也不吃了，在旁议论纷纷：

“那姑娘是什么人？怎么与我未来的娇妻长得一模一样？”

“你可别做梦了，那是月意食肆的老板娘！是北斗山庄的少夫人！”

“什么？你说她的夫君是失踪多年的慕容月辰？”

“没错！这间食肆就是他们夫妻二人开的。”

“不可能吧！我听说慕容山庄的少庄主早在十几年前被魔教掳走，生死未卜！”

“那都是一场误会，慕容北斗前几日召开武林大会，澄清过此事。原来慕容月辰幼时被人贩子拐走，慕容北斗误以为儿子被魔宫抓走，如今找到儿子，一切真相大白。”

“那魔宫岂不是白白背负恶名十几年……”

“唉，听说魔宫并不是邪魔外道，反而是救死扶伤的神医组织呢。”

大家越说越远了……

唐俏俏竖起耳朵偷听，心中暗自欣慰。

关于魔教的真相，已经渐渐被世人所知道。谁的锅谁背，反正她这个教主不背。

慕容月辰走过来，将手中的袖珍砂锅放在桌上，打开盖子，香气扑鼻。

“俏俏，这是哥烹制的秘制东坡肉，每日限量十份，特意给你留了一份。”

唐俏俏深吸一口气，只觉自己陷入了一片美味的海洋，她真想住在这里不回去了！对慕容月辰的怨恨早就烟消云散，既然跟着哥哥有肉吃，她当然要抱紧哥哥大腿！

“谢谢哥！”

唐俏俏擦了把口水，视线一直没从东坡肉上离开。

杨如意望着慕容月辰，眼睛里满是星星。

她每天都能看到他，为什么每一次都忍不住脸红心跳？

不管看慕容公子多少次，她都看不够，想到他们相爱了，杨如意的心跳就快要停下。每天清晨醒来，她都要告诉自己，她没有做梦。她想把自己最好的一面展现在他面前，可她总是这么紧张，视线与他相撞时，她的心脏就好像又要爆炸一回，真是好丢脸哦。

“累吗？”慕容月辰笑望杨如意，伸手将她耳畔的碎发拔在耳后。

“不累，不累！”杨如意用力摇头，能为慕容月辰干活是她现阶段最幸福的事情，她脸颊红红如苹果，声音柔软惹人怜爱，“公子，还有别的吩咐吗？”

慕容月辰摇头。

杨如意仍然不死心：“需要我洗菜吗？或者洗碗、擦桌子？烧火、扛大米呢？”

慕容月辰一直摇头。

杨如意越说越失望，垂下眼睫：“那我还能做什么呢？”

慕容月辰笑出声来，俊颜温雅如玉，像一道光，点亮了杨如意的世界。

“夫人，有我在，你什么都不用做，只要坐在这里陪我的好妹妹吃饭聊天就好了。”

深深感动如三月春雨从心间满溢出来，杨如意差点要哭了。

得夫如此，妻欲何求……

唐俏俏忍不住翻了个白眼，这家店应该叫虐狗食肆吧！杨如意和慕容月辰总是用这种带着爱意的眼神互看对方，说话做事也总是为对方着想，到底有没有考虑过别人的心情？

她正在郁闷时，岳清河终于赶到，他大步流星朝她走来。

虽然他早已不是武林盟主，但他剑眉朗目、玉树临风，刚一进来便吸引了所有人的目光。无论何时何地，岳清河都是极为耀眼的存在，只是他怀里抱着一根粗胖的木头桩子，与他高贵冷傲的气质格格不入。

唐俏俏望着满满一桩色彩缤纷的糖葫芦，额头冒汗。

“也太多了吧，我怎么吃得完……”

“我忘了问你喜欢吃什么口味，就全买来了。”岳清河无所谓地笑了笑，将木桩子插在窗棂上，颇为大气地说，“你挑几根你喜欢的，剩下的我分给其他食客，就当我们请客。”

“那不行，”唐俏俏一口拒绝，“这些都是你送我的礼物，不可以给别人！”

她将桌上的美食推在岳清河面前，自己捧起糖葫芦，嘎嘣嘎嘣地嚼了起来。

当然，糖葫芦没有月意食肆的饭菜好吃，但唐俏俏仍吃得满心甜蜜蜜。

嗯！这根海参糖葫芦好吃！

嗯！这根黄鱼糖葫芦也好吃！

嗯！还有这根……

猪腰子糖葫芦？

呕……

最近，欧阳大小姐很郁闷、悲伤以及害怕。

她这个武林第一美女还没谈过恋爱，就被可耻的“长腿妖艳采花贼”扣上了屎盆子，说天下英雄全都爱上了她，为她钩心斗角争天下。

虽然她知道这是真的，天下英雄有九成痴恋她，还有一成暗恋她！

可做人要低调啊，把私事大肆宣扬出去成何体统？

欧阳大小姐悲痛之中还有三分窃喜，整日穿金戴银打扮得花枝招展，坐在松鹤山庄门口晒太阳。她以为会有各路英雄前来向她示爱，但等了小半年，她皮肤都晒黑了，也没等到一封情书。倒是常有过路人啐她一口，说她是长腿女侠和岳盟主之间的第三者。

唐俏俏的新书早已将岳清河洗白，说他当初的背叛是有苦衷的。不管多少女人投怀送抱，他只爱长腿妖姬。善忘的读者立刻原谅了他，还为他们惊天动地的虐恋哭得死去活来。

欧阳大小姐就惨了，污点被围观群众牢牢记住，茶余饭后总要拿出来谈论一番。欧阳翠花越发绝望。

她恨唐俏俏，恨得每天半夜都在房中磨刀！

再加上“月意食肆”横空出世，那个叫杨如意的女人，姿色与她不相上下，欧阳翠花很怕自己会失去“武林第一美女”的名号，她怕得夜不能寐，头发都白了几根。

欧阳竹察觉到女儿日夜忧愁，颜值下降，不由得担忧起来。

晚膳时，他特意让厨子熬了绵软易消化的八宝粥。欧阳大小姐望着一大碗浓稠的粥，想到那日唐俏俏做的烩菜，胃里又是一阵翻腾，她捂住嘴，冲进院子大吐特吐一番。

欧阳竹跟出来，忧心忡忡道：“翠花，你怎么了？”

欧阳大小姐快要崩溃了，对着爹怒吼：“说了多少次，不要叫我翠花！我的艺名是欧阳玉环、欧阳西施、欧阳貂蝉、欧阳昭君……随便什么都比翠花好听！”

欧阳竹看到女儿面色狰狞，吓了一跳。

“好好好，翠花，咱们有话好好说。”

“不许叫我翠花！”

“好好好，欧阳菊花怎么样？爹一直觉得菊花比翠花高洁清雅。”

欧阳大小姐瘫倒在院里的软泥上，满脸都是泪，身边摇曳的黄菊花在风中轻舞。

欧阳竹唤人将女儿抱进屋里，给她灌了几碗药，女儿才清醒过来，躺在床上嘤嘤哭泣。

欧阳竹哪能眼睁睁看着女儿哭泣，顿时心痛难忍，眼睛都红了：“翠……菊……哎，女儿啊，你到底是怎么了，跟爹说说。爹看你这样子，心都要碎了。”

欧阳大小姐泪汪汪地看着她爹，她哭得眼睛都肿成了桃子：“爹，我难道不漂亮吗？难道咱们松鹤山庄没有钱吗？为什么那些英雄好汉都不来提亲？以前不是这样的，媒婆每日都要把咱们家门槛踩烂了。现在到底是怎么回事？

这个世界到底怎么了？”

欧阳竹连忙安慰女儿：“不是你的错！是你太优秀，能配得上你的人太少了！”

欧阳大小姐痛哭流涕：“我知道他们配不上我，但他们多追几天会死吗？说不定他们努力一下就能感动我，有机会与我共进晚餐什么的。现在的年轻人怎么这么没耐心？”

欧阳竹一边附和，一边将天下所有知名的英雄美男骂了个狗血淋头。

欧阳翠花的情绪渐渐平静下来，将浸透了泪水的帕子揉成一团丢在地上。

欧阳竹突然想到什么，紧皱的眉头一下子舒展开：“女儿啊，当今圣上不是还未婚配吗，不如你入宫吧。爹与镇国将军毛大虎有些私交，与丞相陆知秋也见过几面，爹这就上京帮你打点，到时候你做了宠冠六宫的皇后，谁还敢说你坏话。”

欧阳翠花眼睛一亮。爹说得对！她貌美如花，岂是凡人配得上的？只有皇帝才配得上她！最重要的是，当了皇后，她就能将所有污点全都抹去！谁敢看轻她，她诛他们九族！

欧阳翠花爬起来朝门外喊了一声：“梦菊，快把我的鱼跃龙门黄金套装拿来！”

于是，欧阳竹带了些土特产上京了……

而欧阳翠花日日坐在门外小板凳上，脸上露出端庄的笑容，整齐地露出八颗牙齿，无论是吃饭还是如厕，她脸上笑容不改，生怕皇帝大驾光临时，不能第一时间看到她绝色倾城的笑靥。她厚重的“金色盔甲”在阳光下闪耀，一如她奢靡缥缈的皇后梦……

后来，松鹤山庄成了有名的景点，许多适龄少女前来求姻缘。

而欧阳翠花也有了新名字——欧阳望夫石。

桌上放着一张“月意食肆”的金卡。

耀眼的金色，几乎要闪花了御苍南的眼睛。

他很想去品尝慕容月辰的新菜，他也听说过这家店的饭菜味道一流。可他没有时间啊！夜以继日地赶稿，他的眼睛都快看不清了。谁让他火呢！才华跟唐俏俏不相上下，却没她那种逆天的手速。如今又到了截稿日，御苍南忙得不可开交，每天只能吃两个土豆对付一下。

偏偏那冷血无情的编辑还双手叉腰站在窗外，虎视眈眈地监视他。

“苍南大大，您到底写完了没？什么时候才能写完？您看看长腿妖姬大神，文笔、剧情都是一流，速度还那么恐怖，您要不加把劲儿，这辈子都比不过她……”

话音刚落，几根金针与她的脸蛋“擦肩而过”，冰凉的触感，绝对真实！

编辑吓得一个哆嗦，冷汗浸湿了后背，说话时嘴角抽动：“您别生气，我就是问问……您慢慢写，质量最重要嘛……”

御苍南：“呵呵！”

又埋头写了三天三夜，御苍南终于写完了，将厚厚的稿子丢到窗外，砸醒了正在打瞌睡的编辑。她立刻爬起来，捧着书稿翻看起来，越看越是惊喜：“不愧是大神，写得太好了！不过……有一点小小的欠缺……当然！瑜不掩瑕嘛，哈哈哈哈……”

御苍南知道她有话要说，他瞥她一眼，言简意赅：“说。”

编辑指着封面上的书名说：“《浮世相思》这个名字不好，看书名都不知道内容是什么，读者怎么能花钱买呢？我建议您换一个更吸引眼球的书名。”

“所以呢？”御苍南若无其事地活动着酸痛的手腕。

她想了想，认真地提议：“改成《淘气娘子带球跑》，销量绝对要翻上百倍！”

她是真心为御苍南出谋划策，不知道他为何突然黑了脸，朝她掷出几十根金针。

“救命哇！”

编辑抱着书稿狂奔，背后扎了密密麻麻的金针。

还好，无毒……

交稿后的御苍南一身轻松，哼着小曲儿来到月意食肆，一口气点了数样他爱吃的美味佳肴。果然名不虚传，杨如意给原本没有灵魂的食物注入了新生命，真是太好吃了！

这就是俗话说的，男女搭配，干活不累……

啊，不对！是夫妻同心，其利断金？

御苍南觉得自己写稿写得脑袋都快成糨糊了。

慕容月辰听说他来了，放下手头的事情来找他，虽然慕容月辰总在烟雾缭绕的后厨里忙碌，他却如同不食人间烟火的神祇，一袭干干净净的白衣，超脱出尘。

看着御苍南的手一直抖啊抖，一颗白玉丸子夹了几次都没夹到嘴里，慕容月辰心酸不已："这么年轻，就已经有老年痴呆的前兆了。苍南，你要好好休养，身体才是本钱啊！"

"啪"的一声，御苍南将筷子拍在桌上，俊颜冷酷如冰。

"写稿子写得手疼，还没缓过来。"

"哦，原来如此。"

慕容月辰盯着御苍南的手，生怕他一个不高兴会用金针射他。

“我店里开业这么久了，你才过来，我以为你还没有原谅我呢……”

“忙。”御苍南懒得多说话，他身心俱疲，只想吃饱了睡，睡醒了继续吃。

“来了就好。”慕容月辰呵呵笑了几声。其实他心中对御苍南仍有几分内疚。就算给了御苍南一张终身免费金卡，依旧不能打消他心中的愧意。再加上他曾让如意去接近御苍南，虽然他知道如意和御苍南互相都不喜欢对方，但这种关系说出来还是很尴尬……

不过御苍南并未在意，他心里根本没有杨如意这个人，很快将她忘得一干二净了。他朝慕容月辰摆了摆手，觉得他喋喋不休有些烦：“行了，你去忙吧，我继续吃。”

御苍南坐在一楼靠窗显眼的位置，吃得很认真。

但他再饿也没有狼吞虎咽，因为他手抖。

如今他好歹是位当红作家，有偶像包袱了，怎么能像个老年人似的，夹什么掉什么呢。为了保险起见，御苍南缓缓地吃，一举一动极端优雅，很快便吸引了无数豆蔻少女。

姑娘们也不是没见过外表如此酷帅的男人，但岳清河爱的是长腿妖姬唐俏俏，慕容月辰也与杨如意爱得刻骨铭心，难舍难分。

两位绝世美男心有所属，这第三位绝世美男可不就是抢手的香饽饽嘛！

御苍南正吃着，一位碧衣少女跌跌撞撞扑过来，差点撞进他怀里。还好御苍南及时避开，少女摔倒在地上，疼得龇牙咧嘴。御苍南看到桌上饭菜没事，才低头看了少女一眼。

“这位公子，奴家有些醉了，不慎撞到了公子，还望公子恕罪。”少女泪汪汪，声音娇柔动听，说话间口中酒香弥漫。

御苍南俯下身，在少女唇边轻嗅。他的呼吸轻软暧昧，惊得少女心口剧烈起伏，她伸手想要牵住御苍南的手，不料他突然后退，嫌恶地捏住鼻子："你喝的可是最便宜的烧刀子？"

少女没想到御苍南竟不按套路出牌！

她羞愧地点了点头，心中暗恨自己不是富贵千金。

御苍南随手丢给她几锭银子："别总是喝这种便宜的烈性酒，女人要对自己好点。"

少女受到了鄙视，却又感受到了一丝关心，内心百感交集。她拿着银子，哭着跑了出去。

御苍南继续吃，刚吃了几口，耳边又传来柔媚的声音："这里有人坐吗？"

御苍南抬眸看到一个浓妆艳抹的粉衫女子指着他对面的空座位。她姿容秀丽，大眼红唇，身上戴着华美金饰，身后还站着几个丫鬟侍从，一看便是大户人家的千金。

御苍南道："没有。"

"奴家可以坐在这儿吗？"女子嫣然一笑，明艳照人。

御苍南很纳闷，手指往大厅里扫了一圈："那边不是有座位吗？"

他话还没说完，生生止住。此时不是饭点，他来的时候，大厅里分明有好几张空桌子，如今一看，哪有座位？大厅里、楼梯上，乌压压全是女人，环肥燕瘦，各有千秋，唯一不变的是所有女人都满面通红，死死地盯住他，也不知是喝醉了还是中了毒……

御苍南一慌，不明白发生了什么。

粉衫女子见他发呆，取出几块金子放在桌上，想要贿赂他："公子，奴家可以付酬劳的……"

御苍南却看也没看那几块金子，站起来说："我吃完了，你想坐就坐吧。"

他吃饱饭心情好，态度也难得地友好了几分，不知道为什么粉衫女子哭着跑了出去……

接着，又有许多女子过来搭讪，老少美丑，应有尽有，最终全都哭着跑了。

御苍南累了也烦了，转身想走，突然看到唐俏俏就坐在他身后，笑得花枝乱颤。见御苍南发现了她，她指着他大笑：“御苍南，你果然是凭实力单身。”

御苍南微怔。

唐俏俏笑起来的样子真可爱，比那些庸脂俗粉漂亮多了……

他脸一红，别开脸冷声道：“不懂你在说什么！”

唐俏俏突然走过来，踮起脚凑近御苍南的耳朵，轻声说：“我在这家店里连吃了半个多月。当然，我不是单纯为了吃，而是在观察。我发现做餐饮真是特别赚钱，好羡慕啊！”

平静的大堂突然沸腾了！

唐俏俏居然和她们的梦中情人靠得这么近，而“情人”本人不但没推开她，反而连耳朵根都红了！

又有十几个女人哭着跑了出去……

“左护法，咱们也合伙开家店吧？”

“什么店？”

御苍南鼻尖全都是唐俏俏身上的气息，那是一种清幽淡雅的香气。

唐俏俏眼睛亮晶晶：“美男店！你做当家头牌，我负责收钱，看你一眼十两银子。怎么样，这生意绝对是一本万利！和你共进晚餐一百两，同床共枕五千两！哇，我们很快会发财……”

唐俏俏话都没说完，御苍南的匕首已经横在她的脖子上。

他从牙缝里挤出一句话：“唐俏俏，我每年都有三百多天想杀死你！”

御苍南和唐俏俏的关系一直不好。

原因很多。

比如他那么勤奋，武功还不如她。

比如他和院里的大公鸡比武时，和看门黄狗斗殴时，总是被她撞见……

御苍南是魔宫丫鬟们的偶像。他做事果敢决断，被那些春心萌动的少女暗中称为“冷面俏公子”。他仅有的几次出糗，都被唐俏俏撞见了，难道这就是传说中的宿命？

那时的唐俏俏总是女扮男装，爬树摘果子，下河捉小鱼，把自己搞得灰头土脸。

御苍南根本没把她当女孩子，而是把她当作自己的宿敌，总想着怎么打败她。

可他不但没有打败她，反而还被她救了一次。

不，不止一次……

那次唐俏俏捉了鱼，唐思慕自告奋勇要做叫花鱼。唐思慕将整条鱼包在荷叶中，裹上泥，置于火中煨烤，待鱼熟后，御苍南闻着香味，一个劲儿夸唐思慕。

唐思慕给御苍南分了半条鱼，剩下的半条，唐俏俏死也不肯吃，非说自己在减肥。

就她这小身板儿还想减肥，再减就真的变成咸鱼了！御苍南露出鄙视的眼神。

唐思慕神色落寞，将剩下的鱼肉给了御苍南："苍南，你还在长身体，多吃点儿。"

"谢谢唐大哥！"御苍南感激之余，忍不住腹诽起唐俏俏来。这丫头太过分了，她哥哥辛苦为她烹制绝世佳肴，她居然拒绝。她从小就如此冷血无情，将来怎么嫁得出去？

御苍南朝唐俏俏翻了个白眼，大口吃下鱼肉。

接着，他双眼一黑……

后来发生了什么，他就不知道了……

醒来的时候，他躺在床上，虚弱得爬不起来。

守在一旁的丫鬟哭得失声，说他昏迷了好几天，还以为他再也醒不来了。

御苍南不知道发生了什么事，唐思慕也不知道，他以为是御苍南身子虚，连忙调配了一瓶药丸送来。这药比叫花鱼还难吃，御苍南刚刚吞下，又两眼一黑，昏迷了数天……

后来御苍南明白，经过唐思慕的手，不管是饭菜还是药材，都不能吃！会死人的！

经过这场劫难，御苍南瘦了一大圈，他奄奄一息地躺在床上，看着唐思慕端来一碗药粥，他紧闭着唇死也不吃。

唐思慕忧心忡忡，正想掰开御苍南的嘴给他灌粥，唐俏俏来了。

御苍南从来没有哪一次，觉得唐俏俏如此美丽。

简直就是救苦救难的大菩萨啊！

唐俏俏接过唐思慕的饭碗，笑盈盈地说：“哥，这里有我就行了，你先出去吧。”

唐思慕拍拍妹妹的肩膀，柔声道：“辛苦你了。”

等他走了，唐俏俏将药粥倒入花盆，一株娇艳欲滴的兰花瞬间枯萎。

“御苍南，你连我哥做的饭都敢吃，我真佩服你的勇气。”她坐在床边看着他，明亮眼眸里波光闪动，看不出是不是幸灾乐祸。

“你现在说什么风凉话？当初怎么不说？你是故意想毒死我吧！”御苍南知道这件事不是唐俏俏的错，可看着她娇俏的笑靥，他就气不打一处来。

“哥哥难得有个爱好，我怎么能在他面前说实话呢，太残忍了！”

“我被毒死就不残忍吗？”御苍南瞪她。

唐俏俏莞尔一笑：“没关系的，我有解药，你不会死的。”

御苍南怔了怔，唐俏俏笑得很美，仿佛缤纷落英在她酒窝里舞蹈。

不过，解药是什么意思？唐思慕的饭果然有毒啊？

“御苍南，你以后要好好练武，身强体壮，就不会轻易被哥哥的饭菜毒倒。”唐俏俏叹口气，“你昏迷这么久，太没出息了！魔宫里的丫鬟们日夜哭泣，差点为你殉情了。”

“所以，是我的错吗……呵呵呵呵……”御苍南笑得咬牙切齿。

唐俏俏取来一个木头食盒，那里放着些清粥小菜。虽然只是粗茶淡饭，对御苍南来说却是绝世佳肴，他饿得眼前都要出现幻觉了，如果再不吃饭，他不知道还能撑多久。

御苍南努力想要爬起来，可他太虚弱了，很快又躺下喘着粗气。

唐俏俏也没笑他，舀了一勺白粥，在唇边吹了吹，放进他嘴里。

那是御苍南记忆里吃过的，最好吃的东西……

其实，唐思慕也不是故意的，他只是在烹制叫花鱼的过程中，用一些相克的药材腌过鱼，又忘记扔掉鱼的苦胆，所以那鱼难吃且有毒。后来制作药丸时也因经验不足，所用药材恰与鱼的毒性冲撞，让御苍南毒上加毒……

御苍南渐渐明白了这个道理，唐思慕做的饭，能不吃就不吃。

只是，唐思慕那楚楚可怜的样子，让人觉得不吃他做的饭便是罪大恶极！

唐俏俏最爱哥哥，不愿惹他难过，有时实在推托不了，只得硬着头皮吃下。她狼吞虎咽，夸赞哥哥厨艺精湛，走出别院没多远，她便“扑通”一声摔倒在花丛中。

御苍南找到她的时候，看着繁花映衬着她娇美的容颜，他眼中的惊慌渐渐化为说不清道不明的情愫。

不知道从什么时候开始，御苍南对唐俏俏的感觉变了。

这个古灵精怪的少女，慢慢地扎根在他心底……

他将她横抱在怀中，走过烂漫花海，桃花坠落在他们身畔。

如诗如画，如梦如幻。

御苍南特意找来郎中诊治唐俏俏，结果发现唐俏俏只是喝醉了。

原来是唐思慕在醉虾里放了太多桃花玉露，唐俏俏顾及哥哥的面子，吃完虾还把汤喝光了，所以醉得一塌糊涂，没有大碍，睡上一夜便能醒来。

待郎中走后，御苍南守在唐俏俏身边，静静地望着她。

她躺在床上，双手胡乱挥舞，迷迷糊糊地说着胡话：“太难吃了……虾难吃……酒难喝……”

御苍南抓住她不安分的小手，她的肌肤滑润……

她再也不是当初那个大大咧咧的假小子了，她穿了裙子，长睫如扇，青丝如瀑。在他眼里，她甜美纯真，脸颊上那一抹微醺的绯色，比幻影八卦阵中的桃花还要美丽动人……

御苍南忍不住俯下身，在唐俏俏唇间印下轻轻浅浅的吻。

那是蜻蜓点水般的轻触。刚刚碰到她的唇瓣，他便慌张离开……

他知道自己乘人之危不对。

他心如鼓鸣，羞愧无助，却又慌乱幸福。

原来，这便是初吻的感觉。

大鱼
有爱的青春陪伴者
我等风雪又一年
阿Q 著
致你我的青春成长书
这里，有你有我，有我们每个人的校园时光
实力校园疼痛女王阿Q的又一青春力作
青春因你，风雪归来
好评100%
那年大雪，所有人都走了，只有他陪她在原地。
这是一个爱错了人与来不及去爱的故事
/定价：38.80元/
随书附赠
角色性格明信片

不愿悄悄喜欢你

苏幸安 著

校园初恋 × 最萌年龄差

一次青涩心动的遇见
一场甜美又感人的校园恋爱时光

二十三岁的陆骁，
你好，我是十六岁的余俏俏。

大学入学报到时，陆骁和余笙一起来送俏俏。寝室在三楼，俏俏进去时，其他室友都来了。

睡前夜聊，俏俏自然成了主攻对象。

寝室长："老实交代，跟Ω大两位门面级男神是什么关系？"

老二许绵绵："你是不是傻，余俏，余笙——一听就是兄妹啊！"

老三周楚甜："那陆骁呢？难道是表哥？余俏，你缺表嫂吗？提前报名的话，能不能优先录取啊？"

隔壁寝室的听见动静，也来凑了一脚，道："死心吧你！陆学神早就有女朋友，两个人感情好得不得了。学神无论去哪出差都会给女朋友带礼物，可细心了！"

俏俏："报告组织，我就是你们口中那位朋友的妹妹，也就是陆学神的女朋友。我证明学神确实非常体贴细致且富有情调，是非常合格的男朋友。"

众人：！！！

一本一见面就喂狗粮的校园甜文！
甜炸少女心！

随书附赠
"陆骁四首英文情诗"
或"俏俏告白卡"
+心动书签